鉄路の行間

文学の中の鉄道

土屋武之

幻戯書房

目次

はじめに

文学に携わる人たちは押し並べて好奇心が強く、新しいものが好きで、人間や世の中のさまざまな出来事、あるいは自分たちが生きている社会そのものに深く関心を寄せ、鋭く観察し、作品に反映させるものと思います。

私が最も深い興味を持っている鉄道についても、時代性を深く感じさせる描写がある小説や詩、短歌などが見受けられます。明治の黎明期に日本に鉄道が開業してから約百五十年。その数は膨大なものとなるでしょう。

内田百閒《ひやっけん》や阿川弘之、宮脇俊三など、列車の旅を愛好した作家もいますが、鉄道にはそれほど詳しくなさそうな作家のさりげない表現にも、鉄道に関する著述を業《なりわい》としている私が作品を読めば、目を見開くような発見があります。例えば窓を開ける時、登場人物が上げたか下へ落としたかという描写だけでも、歴史を重ね改良を加えてきた、作品成立時期の客車の基本構造がわかります。作家が生きた時代の駅や列車、車両、あるいは旅そのものがいかなるものだったのか。私の脳裏に活き活きと展開されてゆくのです。

十代の頃から読書好きだった私は、時にそういう鉄道の描写を見つけると、ついつい作品の内容から離れ、資料をひっくり返し、いかにそれが正確であるかを確認。改めて、敬服に値すると感じ、独り悦に入ったものでした。本末転倒かもしれませんが、それが私の秘かな趣味で、今も楽しんでいます。

本書は、これまでの私の、そんな体験の集大成のようなもの。私を感心させた三十六人の作家の作品を選び、その中に描かれた鉄道に関わる部分を、深く掘り下げました。この〝鉄路の行間〟を、味わってください。


本文中の文学作品の題名の表記について、詩歌などは「 」で、それ以外の小説や随筆、また単行本は『 』でくくりました。

各作品からの引用の表記について、原則として新字体、新仮名遣いに改めています。ただし、詩歌などは原典の表記に従い、また内田百閒については、作家が終生尊重した旧仮名遣いのままとしました。

ほか、引用文中のルビは適宜加減し、また私の註釈は〔 〕内に示しました。

本文中の関連用語については、以下をご参照ください。

用語解説

鉄道車両　線路の上を走る車両の総称。

列車　多くの場合、複数の鉄道車両を連結して、旅客や貨物を運ぶために運転されるもの。

軌間　二本のレールの間の寸法。

電車　電動客車の略。旅客を乗せて、電気で走る鉄道車両。

電気機関車　電気で走り、旅客を乗せる客車や、貨物を載せる貨車を牽引するための動力車。

ディーゼルカー　軽油が燃料のディーゼルエンジンで走る旅客用鉄道車両。

馬車鉄道　動力に馬を使った鉄道。馬車を線路上に走らせる形になる。

ガソリンカー　戦前に普及した、ガソリンエンジンで走る鉄道車両。燃費や安全性の問題から、戦後はディーゼルカーに取って代わられた。

軽便鉄道　JR在来線の一〇六七ミリより狭い軌間を採用した小規模な鉄道。ただし、一〇六七ミリ軌間でも軽便と呼ばれた例もある。

軌道　路面電車など「道路の改良」を目的とした輸送機関。一般的な鉄道と構造的には同じだが、適用される法律が異なる。

木造車、鋼製車　明治～大正期の客車、電車は骨組みまで木製で木造車と呼ばれる。昭和期に入り骨組みや外板が鋼鉄製の鋼製車に切り替えられた。内装が木製の車両は半鋼車と呼ばれる。

一等車、二等車、三等車　国鉄の客車は昭和三十五（一九六〇）年六月末まで一、二、三等の三等級制。昭和四十四（一九六九）年五月九日までは一、二等の二等級制。以後はグリーン車と普通車になった。

国有鉄道　昭和二十四（一九四九）年発足の「日本国有鉄道（国鉄）」以前の、政府が運営していた鉄道。管轄官庁の名称がたびたび変わったため、こう総称される。

装丁　佐藤絵依子
装画　始発ちゃん

鉄路の行間

文学の中の鉄道

文豪たちを難渋させた悪路を越えた碓氷馬車鉄道

森鷗外『みちの記』

明治二十三年八月十七日、上野より一番汽車に乗りていず。途にて一たび車を換うることありて、横川にて車はてぬ。これより鉄道馬車雇いて、薄氷嶺《うすいとうげ》にかかる。その車は外を青「ペンキ」にて塗りたる木の箱にて、中に乗りし十二人の客は肩腰相触れて、膝は犬牙《けんが》のように交錯す。つくりつけの木の腰掛は、「フランケット」二枚敷きても膚《はだ》を破らんとす。右左に帆木綿《ほもめん》のとばりあり、上下にすじがね引きて、それを帳《とばり》の端の環にとおしてあけたてす。山路になりてよりは、二頭の馬喘《あえ》ぎ喘ぎ引くに、軌幅《きふく》極めて狭き車の震《ふ》ること甚しく、雨さえ降りて例の帳閉じたれば息籠もりて汗の臭《か》車に満ち、頭痛み堪えがたし。嶺は五六年前に踰《こ》えしおりに似ず、泥濘踝《くるぶし》を没す。こは車のゆきき漸《ようや》く繁くなりていたみたるならん。軌道の二重になりたる処にて、向いよりの車を待合わすこと二度。この間長きときは三十分もあらん。あたりの茶店より茶菓子などもて来れど、飲《のみ》食わむとする人なし。下りになりてより霧深く、背後《うしろ》より吹く風寒く、忽《たちまち》夏を忘れぬ。されど頭のやましきことは前に比べて一層を加えたり。軽井沢停車場の前にて馬車はつ。恰《あたか》も鈴鐸《れいたく》鳴るおりなりしが、余りの苦しさに直《じか》には乗り遷《うつ》らず。油屋という家に入りて憩う。信州の鯉はじめて膳に上る、果して何の祥《さち》にや。二時間眠りて、頭やや軽き心地す。

（『みちの記』）

§ 日本屈指の険路だった碓氷峠

江戸時代の中山道は江戸と京都を結ぶ主要街道の一つで、大井川などの増水による川止めの影響が大きい東海道に代わって、西国の大名の参勤交代にもしばしば用いられた。しかし信州の山間部を進むだけあって道中は険しい。中でも上野《こうずけ》と信濃《しなの》の国境に横たわる碓氷峠は、その最たるものだった。

碓氷峠は非常に特徴的な地形をしている。東側は大きく削られた低い平地で、麓の横川の標高は三八七メートルにすぎない。これに対し西側は、峠の頂上が標高九六〇メートルで、軽井沢の標高の九三九メートルとほとんど差がない。横川から進むと、延々と上る片勾配が続く。

そのため、一度は中山道経由に決定した東京〜京都間の幹線鉄道も、碓氷峠をはじめとする険路に建設が阻まれた。しかも、明治政府の財政難で費用が捻出できず、上野《うえの》〜高崎間は日本初の私鉄、日本《にっぽん》鉄道に建設が委ねられて、明治十七（一八八四）年に開業。高崎以西は国有鉄道として政府が建設を受け持ち、高崎〜横川間が翌明治十八（一八八五）年の十月十五日に開業した。ところが、横川〜軽井沢間の設計、建設は大いに難航し、大幅な遅れが見込まれるため、政府は明治十九（一

（上）昭和八年建立の碓氷峠修路碑。鉄道開通後も道路は度重なる改修が行われた。
（下）碓氷峠旧道。馬車鉄道は羊腸の悪路に敷かれていた。

八八六）年に東海道経由で幹線鉄道を建設する計画に方針転換。中山道経由の鉄道は、日本海側の要港、直江津へ通じる鉄道に変更されて、軽井沢～上田間が明治二十一（一八八八）年十二月一日に開業。先行して出来上がっていた上田～長野～直江津間とつながった。

ただ、残る横川～軽井沢間の建設はやはり相当に苦戦した。そもそも、急勾配を克服するための手段も決め切れていなかった。そこで暫定的に馬車鉄道を道路上に敷設してこの区間の輸送を途切れさせないとともに、鉄道建設のための資材や人員輸送にあたる方策が考えられた。こうして軽井沢〜上田間の開業に先立つこと約三ヶ月前の明治二十一（一八八八）年九月五日に営業を開始したのが碓氷馬車鉄道だった。

§ 書き残された碓氷馬車鉄道の実態

碓氷馬車鉄道は、明治二十六（一八九三）年四月一日に、後に信越本線と名付けられる横川〜軽井沢間が開業すると、同日付けで即、廃止された。当初から予定されていたとはいえ、営業期間は五年に満たない。なお、車両やレールなどの資材一式は、これも当初の計画どおり、すぐに他の馬車鉄道へ転用されるとの用意周到ぶりだった。

このわずかな期間に、明治を代表する文豪が二人も碓氷馬車鉄道に乗り、様子を描写している。一人が『みちの記』を記した森鷗外。もう一人が正岡子規だ。

上野より汽車にて横川に行く。馬車笛吹嶺《うすい》を渉《わた》る。鳥の声耳元に落ちて見あぐれば千仞《せんじん》の絶壁、百尺の老樹、聳《そび》え聳えて天も高からず。樵夫《きこり》の歌、足もとに起って見下せば蔦《つた》かづらを伝いて渡るべき谷間に腥《なまぐさ》き風颯《さつ》と吹きどよめきて万山自ら震動す。遙かにこしかたを見かえるに山又山峩々《がが》として路いづくにかある。

（正岡子規『かけはしの記』）

子規が碓氷峠を越えて木曾路の旅へ出かけたのは、鷗外の約一年後、明治二十四（一八九一）年の五月だ。しかし、碓氷峠の描写は、周囲の風景のみに終始しており、馬車鉄道の描写の精密さにおいては鷗外に譲る。関心の赴くところ、あるいは自らの文学的な趣向に基づいた結果ではあるが、鉄道好きとしては鷗外の文に心ひかれる。そもそも碓氷馬車鉄道に関する資料は乏しく、『みちの記』の描写は貴重な記録でもあるのだ。

鷗外自身は、馬車鉄道の旅には相当、懲りた。

運転本数は一日四往復。横川～軽井沢間は二時間三十分を要した。客車は小さなもので、満員電車のように窮屈な思いをしなければならなかった。座席は木製の固いベンチ状で、雨よけのカーテンのようなとばりで外と区切られているだけと、極めて簡易な構造をしていた。蒸し暑い八月の旅だ。雨に降られると人いきれが車内に満ちた。

当時の記録を見ると、客は背中合わせに外側を向いて座る構造だったようだ。大きさは横四尺五寸、長さ六尺だから、幅一三六センチ×長さ一八一センチ。畳一枚より少しだけ広い程度のところへ、座席は各五人掛け。定員は十人だ。それでも相当に窮屈だが、利用客は多かったそうだから、無理に十二人詰め込まれたのだろう。定員五人の上等客車もあったが、明治二十三（一八九〇）年は鷗外二十八歳、陸軍中佐相当の官職に就いていたものの、乗れなかったようだ。ちなみに客車もレールもフランス製だ。

碓氷峠を越える旧道は、今もいわゆる〝羊腸《ようちょう》〟の道のりだが、当時は江戸時代から大して改良されていなかったようだ。全線の三分の二が曲線で、その数は二百三十余りに達した。下り坂となる横川行きの方が問題で、ブレーキをかけつつ馬にも踏ん張らせたが、それでも転覆事故とは紙一重だった状況が想像できる。

乗り心地は最悪だった。上り坂で二頭の馬があえぎあえぎ力任せにひっぱると、バネもない客車は左右に振り回された。途中、峠を下る馬車とすれちがうための休憩場所では、茶店の茶菓子に手を出す人はいなかった。疲れと車酔いで、鷗外をはじめ皆、ぐったりしていた有様がうかがえる。馬も同じで、途中に設けられた駅で新しい馬と交代しつつ峠を登っていった。

ようやく軽井沢に到着すると、すぐ長野方面行きの列車に接続しており、発車合図の鈴（鈴鐸）が鳴っていたが、鷗外は頭痛に悩まされていたので、駅前の旅館で休憩せざるを得なかった。鷗外は軍医でもあり、自らの症状に対し、無理をしてはいけないと診断を下したと見える。

§ 碓氷馬車鉄道のその後

二十七日、払暁荷車《ふつぎようにぐるま》に乗りて鉄道をゆく。さきにのりし箱に比ぶれば、はるかに勝《まさ》れり。固《もと》より撥条《ばね》なきことは同じけれど、壁なく天井なきために、風のかよいよくて心地あしきことなし。碓氷嶺過ぎて横川に抵《いた》る。

（『みちの記』）

十日後、戻ってきた鷗外は、再び碓氷馬車鉄道に乗り込み、横川へと下った。往路で蒸し暑さに懲りたため、どうやら荷車（貨車か）に乗り込んだようだ。風通しが良く、頭痛は起こらなかった。払暁とあるが、横川行きの〝始発〟は午前八時と当時の時刻表にある。利用客が多いので、便宜を

碓氷峠を走ったアプト式電気機関車と電化直後の軽井沢駅。鉄道開通後も碓氷峠では特殊な運転方法を長くとらざるを得なかった。機関車は最初、ドイツからの輸入品でまかなわれた。

図って貨物輸送用の列車、たとえば軽井沢に荷物を降ろした帰りの空車に人を乗せたのだろうか。

碓氷馬車鉄道に代わって開通した信越本線は、二本のレールの間にもう一本、歯車付きのレール（ラックレール）を敷いて、これと機関車の歯車を噛み合わせて急勾配を上り下りする、ラックレール式鉄道となった。当時の日本としては唯一の技術だったため、いくつかあるラックレールの形状のうち、碓氷峠区間に採用された〝アプト式〟がその後、日本におけるラックレール式鉄道の代名詞となっている。

鉄道の輸送力としては馬車鉄道とは比べものにならないほどの改善だったが、それでも限度があった。当初は蒸気機関車を用いていたが、窒息事故が頻発したため、明治四十五（一九一二）年に電化。さらに昭和三十八（一九六三）年にはアプト式を廃止して、一般的な鉄道としながらも、急勾配区間専用の電気機関車を用いる方式に転換した。

しかし、それも今は昔。平成九（一九九七）年の北陸（長野）新幹線開業により横川〜軽井沢間は廃止。碓氷馬車鉄道の時代は、はるか遠い昔となってしまった。

麓の横川に住民有志が立てた碓氷馬車鉄道顕彰碑。馬車鉄道の存在を今に伝える印の一つ。

移転する前の敦賀駅と北陸本線の延伸

泉鏡花『高野聖』

敦賀で悚毛《おぞけ》の立つほど煩わしいのは宿引《やどひき》の悪弊で、その日も期したるごとく、汽車を下《お》りると停車場《ステイション》の出口から町端《まちはな》へかけて招きの提灯、印傘《しるしがさ》の堤を築き、潜抜《くぐり》ける隙もあらなく旅人を取囲んで、手ン手《で》に喧《かまびす》しく己《おの》が家号を呼立てる、中にも烈しいのは、素早く手荷物を引手《ひった》繰《く》って、へい難有《ありがと》う様で、を喰《くら》わす、頭痛持は血が上るほど耐《こら》え切れないのが、例の下を向いて悠々と小取廻しに通抜ける旅僧は、誰も袖を曳かなかったから、幸いその後に跟《つ》いて町へ入って、ほっという息を吐いた。

（『高野聖』）

§ 北陸本線が敦賀止まりだった頃

現在の北陸本線は明治十五（一八八二）年三月十日にまず、長浜～柳ヶ瀬間と洞道口《どうどうぐち》～金ヶ崎間（後の敦賀港駅）が開業した。この日、敦賀駅も開業している。

明治15〜42年に営業した初代敦賀駅の稀少写真（『福井県史』通史編5）。

洞道とはトンネルのこと。柳ヶ瀬〜洞道口間には険しい山地が横たわっていたが、トンネルを掘削する計画で工事が進められた。しかし、完成を待たずに工事が完了した区間から営業を開始し、未開通区間は徒歩連絡とした。それだけ、鉄道が求められていたのだ。その柳ヶ瀬トンネルが完成し、長浜〜金ヶ崎間が全通したのは明治十七（一八八四）年だ。

日本海側の要港だった敦賀がまず目的地として選ばれたのは、鉄道建設用などの物資を運ぶ海運との連絡とともに、大陸方面への軍事輸送も考慮したものと思われる。当初は東海道本線の支線の扱いだった。明治二十二（一八八九）年七月一日には東海道本線が全通。同時に敦賀方面への接続駅が米原《まいばら》に変更され、米原〜長浜間も開業している。

明治六（一八七三）年に金沢で生まれた泉鏡花が、文学を志して上京したのは明治二十三（一八九〇）年だ。敦賀までは徒歩または汽船で向かい、そこからは鉄道を利用したのだろう。その後、何度か帰郷している。敦賀から先への延伸工事が進み、福井まで鉄道が延びたのは明治二十九（一八九六）年。金沢に達したのは明治三十一（一八九八）年四月一日だから、伸びゆく鉄道のありがたみを身をもって感じたに違いない。

鏡花が作家としての名声を確立した『高野聖』は、明治三十三（一九〇〇）年の発表。旅の僧が飛騨の山中で出会った怪異譚だが、その導入部分が北陸へ向かう鉄道の場面となっている。これも、東京と金沢を行き来した際の経験が下敷きになっていると思われる。作品の発表当時、北陸本線はすでに富山まで開業していたが、この小説は、敦賀までしか列車が走っていない頃の話になっている。

この汽車は新橋を昨夜九時半に発って、今夕《こんせき》敦賀に入ろうという、名古屋では正午《ひる》だったから、飯に一折の鮨を買った。旅僧も私と同じくその鮨を求めたのであるが、蓋を開けると、ばらばらと海苔が懸《かか》った、五目飯《ちらし》の下等なので。

（やあ、人参と干瓢ばかりだ。）と粗忽《そそ》ッかしく絶叫した。私の顔を見て旅僧は耐《こら》え兼ねたものと見える、くっくっと笑い出した、もとより二人ばかりなり、知己《ちかづき》にはそれからなったのだが、聞けばこれから越前へ行って、派は違うが永平寺に訪ねるものがある、但し敦賀に一泊とのこと。

（『高野聖』）

聞き手の〝私〟は新橋を夜九時半に発ち、話し手の僧は「東海道掛川」から乗ったと描写されて

明治37年頃の駅弁販売風景。東海道本線の駅と推定される［撮影：C.H.Graves］。

いる。敦賀着は翌日の夕方だ。

復刻された明治二十七（一八九四）年十一月一日発行の『汽車汽船旅行案内』をひもとくと、これに近い列車としては、新橋午後九時五十五分発がある。掛川発は午前三時十三分。深夜だが、交通機関が限られた明治の頃なら、この時刻に乗る場合もあり得るとして、名古屋は午前九時二十三分着・九時三十三分発。「名古屋では正午だったから」との描写とは辻褄が合わない。

名古屋で買った鮨を見て、あまりの粗末さに〝私〟は絶叫した。当時の旅の食事情がわかる。諸説あるが、駅弁は一八七〇～八〇年代に鉄道の発展とともに誕生したとされているから、旅の途中の駅で弁当を買うこと自体は、もうふつうの行為になっていただろう。現在のような折詰に入った駅弁は、明治二十三（一八九〇）年の姫路駅が始まりとの説があるので、この鮨も折詰だったと想像できる。そうでないと五目飯は入らない。

岐阜ではまだ蒼空が見えたけれども、後は名にし負う北国空、米原、長浜は薄曇、幽《かすか》に日が射して、寒さが身に染みると思ったが、柳ヶ瀬では雨、汽車の窓が暗くなるに従うて、白いものがちらちら交って来た。

（『高野聖』）

米原は午後十二時二十分着。米原を経由している以上、明治二十二（一八八九）年以降の話でなければならない。当時の時刻表では列車の行先がわからないが、おそらく神戸行きだろう。米原で乗り換えになるが、そのような描写はない。米原からは午後一時十五分発の列車があり、敦賀に着くのは午後三時九分。冬場の話だから、夕方とも言えなくはないが少々苦しい。作品中の列車は各駅停車としても足が遅すぎるが、幻想文学の担い手、鏡花らしい、空想の産物だったのか。

§ 北陸本線延伸工事も舞台として描く

敦賀に着いた〝私〟は、殺到する客引きに辟易しながらも、旅の僧と同宿になる。

この時の敦賀駅は今の場所ではない。明治十五（一八八二）年に開業してから明治四十二（一九〇九）年に移転するまでは、氣比《けひ》神宮のすぐ脇、現在の気比神宮交差点から敦賀郵便局付近にかけての位置にあった。なるほど、官有鉄道の駅として開業したから、令和の今日も郵便局、消防署、交番などが固まって立つ公有地なのだなと納得できる。市街地の一角だが、当時は町外れにあたり、農地を買収して駅が建設されている。

町外れに建てられた初代敦賀駅があった場所。氣比神宮の大鳥居のすぐ前に当たる。

そのような場所に定められたのは、つまりは港へと線路を直進させるのに都合がいい位置だったから。そして、駅ができると、鉄道の終点で、航路との接続地点でもある敦賀には、たちまち大小さまざまな宿が林立したと、想像に難くない。客引きのすさまじさが、宿の多さを表している。夕方に到着する列車から降りる遠来の客は、それこそいいカモだったろう。ただ、僧侶には遠慮があったのか。同行している〝私〟は客引きの襲来を免れた。

しかし、福井への延伸工事が始まると、初代の敦賀駅の場所はいささか都合が悪くなった。まずは、敦賀で折り返すような形で線路が敷かれたが、当然、旅客列車も貨物列車も敦賀での機関車の付け替えを要した。その手間を省くため、明治四十二（一九〇九）年に現在の場所へと駅が移され、米原方面と金沢方面の間が直進できるようになったのだった。これまで以上に町外れになったものの、抜け目のない宿屋の連中は、さっそく新駅周辺に引っ越したことだろう。

それがというとの、北から南へ三十里ばかり、間《あいだ》が切れて居る鉄道が繋がるで、工事が去年から始まった処、いや其の工夫《こうふ》というのがよ、大概つもっても知れること、今時そんな理屈はない筈じゃが、百が九十九人までは、どれも無宿もの同然で、殺人《ひところし》に放火《つけび》をかねた、夜叉羅刹《しゃらせつ》じゃと思われい、はあ。

（『風流線』）

鏡花は明治三十六（一九〇三）年から翌年にかけて、『国民新聞』に長編小説『風流線』を連載する。物語の主な舞台は、手取川《てどりがわ》への架橋など北陸本線の延伸工事が進む金沢の近郊だ。明治三十（一八九七）年頃を想定した話だと想像できる。

徳冨蘆花は『みゝずのたはこと』で記しているが、京王電気軌道のかまびすしい建設工事が始まると「鏡花君の風流線」を思い出した。時期的には連載が終了して、まだ印象が深く残っていた頃だ。

当時の鉄道建設は人海戦術が当たり前で、素性の知れぬ荒くれ者でも工夫として容易に紛れ込めた。必然、工事現場は荒々しいものとなる。北陸本線は政府の手で建設されており、今で言う国家プロジェクトだから、一日でも早い完成が厳命されていただろう。殖産興業の国是から、鉄道建設の促進は全国どこでも同じだったが、南下政策を採るロシアの存在ゆえに日本海側の鉄道は特に軍事的に重要視され、早期の完成が望まれた節があった。それゆえ、明治二十六（一八九三）年に敦賀側から着工し、わずか五年ほどの工期で、明治三十一（一八九八）年に金沢まで完成させたのだった。日露戦争の開戦は、明治三十七（一九〇四）年だ。

総武鉄道開業当時の乗車ルポ、切符を発売してなかった本所駅

正岡子規『総武鉄道』

鉄道は風雅の敵ながら新しき鉄道に依りて発句枕を探るこそ興あらめと二人して朝疾《はや》く出で立つ。〔中略〕橋を二つ渡りて小石敷きたる道を曲り停車場に着く。本所の町はづれ早や少しく都離れて原の中にかた許《ばか》りの家新しく、場内の人まばらに田舎めきたるが多し。建物は広からねど二町四方の構内には溝あり沼あり原あり叢《くさむら》あり。停車場の前の広場を残して向うは沼田の中に一条の鉄軌低き柵に沿いて汽鑵車《きかんしゃ》の車輪まであらわに往来する様などむくつけきが中々におかし。

汽車道の此頃出来し枯野かな

（『総武鉄道』）

§ **建設が遅れた千葉県の鉄道**

新橋～横浜間に日本で初めての鉄道が開業し、明治十六（一八八三）年には私鉄の日本鉄道が上

野〜熊谷間を皮切りとして、北関東、東北へと路線を延伸すると、鉄道の経済的効果や鉄道そのものの収益性の高さから、われもわれもと各地で鉄道建設の機運が盛り上がった。東京に隣接する千葉県もそれは同じで、すぐ近くで鉄道が通った町が繁栄している様子を見せつけられると、わが県にも蒸気鉄道を敷設し利便を享受して、郷土の発展を図らんとの動きが起こるのも当然だった。しかし、千葉には少々特殊な事情があった。それは利根川、江戸川の水運に恵まれていた点で、ほぼ平坦な土地で鉄道建設も容易だったにもかかわらず、鉄道への期待は薄く、なかなか計画が具体化しなかった。

千葉県最初の鉄道は、明治二十二（一八八九）年に設立された私鉄の総武鉄道。現在の総武本線の一部だ。この会社は水運業者を刺激しないよう、また、未開拓地が多かった千葉県に多く設けられていた陸軍施設を結ぶよう、現在の隅田川左岸にターミナルを設け、市川、船橋、千葉、佐倉とのルートを選んだ。市川に近い国府台《こうのだい》には陸軍の重要施設があるため、亀戸から船橋へ直進せず、北へ進路を変え小岩を経由して市川に至り、さらに反転して県庁所在地の千葉へ南下するなど、今の総武本線が大きくカーブしているのも、元はと言えば陸軍への忖度《そんたく》だった面が大きい。そして狙い通り陸軍の支持により免許を獲得。着工に至っている。

兵営や霜にあれたる国府の台　（『総武鉄道』）

最初に開業したのは、明治二十七（一八九四）年七月二十日の市川〜佐倉間。続いて江戸川橋梁の完成により、同年十二月九日には本所〜市川間が開業して、当面の計画区間が全通した。日清戦争の開戦は総武鉄道開業五日後の七月二十五日で、建設は急がれただろう。さっそく軍需輸送に活用された。なお、後に長くターミナル駅となる両国までの延伸が完成したのは、明治三十七（一九〇四）年だ。

§　子規がルポした総武鉄道

総武鉄道の開業早々の明治二十七（一八九四）年十二月。『総武鉄道』と題して、今で言う「乗車ルポ」を記したのが正岡子規だった。慶応三（一八六七）年生まれの子規は、この時二十七歳。新聞『日本』の記者をしており、『総武鉄道』も同紙に掲載されている。すでに明治二十六（一八九三）年には『獺祭書屋俳話《だつさいしょおくはいわ》』を刊行し、俳句の革新運動を始めていた。この俳諧論は後に増補され、『総武鉄道』も収められる。

子規は明治二十八（一八九五）年四月に従軍記者として大陸へ渡るが、すぐに戦争は終わって下関条約が結ばれ、軍医として従軍していた森鷗外と面会した程度で戻ってきた。〝風雅の敵〟とか言いつつ、日清戦争への関心が、軍用鉄道との建設主旨も持つ総武鉄道に足を向けさせたのか。『総武鉄道』は淡々とした紀行文ではあるが、ところどころ戦争が身近にあった世情がうかがえる。

昔は鴨緑江《おうりよくこう》に水かはんと言い長白山《ちようはくざん》に旗を翻《ひるがえ》さんということ空しく詩人の言葉に残りて夢だにも容易くは通わぬ遠きあたりとこそ思いしが、今は一字不通の匹夫匹婦も旅順平壌を隣のように覚えて蝦夷よりも琉球よりも近き心地ぞすなる。

（『総武鉄道』）

ただ、総武鉄道そのものについては、現在の総武本線からは想像できない、至ってのんびりとした様子が描写されている。この乗車の時に詠まれ、四街道駅前に碑が立つ句からも、寒々とした十二月の車窓風景が思い浮かぶ。

JR四街道駅前の正岡子規の句碑。
ここでは「四ツ街道」になっている。

棒杭や四つ街道の冬木立　（『総武鉄道』）

子規は同じ『日本』の記者で親交が深かった画家の中村不《ふ》折《せっ》と共に、本所から列車に乗り込んだ。この本所駅は現在の錦糸町駅にあたる。当時はもう少し西、現在のハローワーク墨田から大横川親水公園にかけての辺りにあった。水運との連絡を考慮した位置だ。

本所駅へ出向いたのは「朝疾く」とあるが、明治二十七（一八九四）年十二月の時刻表が、幸い同年十二月二十八日の『官報』に付録として掲載されている。それによると本所発佐倉行きの一番列車は朝六時三十分発。次が九時発だ。子規はこの年、今は子規庵として再建された根岸の家に転居している。鶯谷駅から歩いて数分のところだが、当時はまだ駅はなかった。さすがに真冬、夜が明けるか明けないかの六時三十分に間に合うよう、五キロ以上離れた本所へ行くのは気が向かなかったかもしれない。九時発に乗ったと考えるのが妥当だろう。なお、中村不折の住まいは子規庵の向かいで、現在の台東区立書道博物館だ。

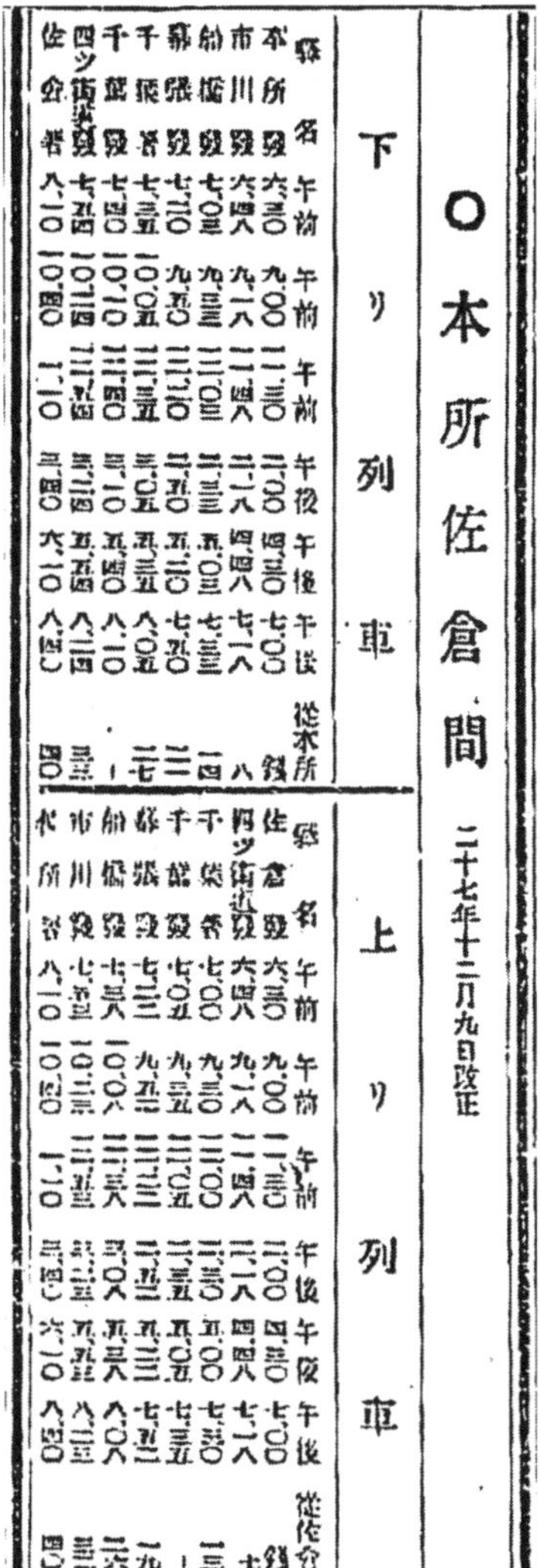

○本所佐倉間　二十七年十二月九日改正

下り列車

驛名	午前	午前	午前	午後	午後	午後	從本所 錢
本所發	六、三〇	九、〇〇	一一、三〇	二、〇〇	四、三〇	七、〇〇	
市川發	六、四八	九、一八	一一、四八	二、一八	四、四八	七、一八	八
船橋發	七、〇三	九、三三	一二、〇三	二、三三	五、〇三	七、三三	一四
幕張發	七、二〇	九、五〇	一二、二〇	二、五〇	五、二〇	七、五〇	二一
千葉着	七、三五	一〇、〇五	一二、三五	三、〇五	五、三五	八、〇五	二七
千葉發	七、四〇	一〇、一〇	一二、四〇	三、一〇	五、四〇	八、一〇	｜
四ツ街道發	七、五四	一〇、二四	一二、五四	三、二四	五、五四	八、二四	三六
佐倉着	八、一〇	一〇、四〇	一、一〇	三、四〇	六、一〇	八、四〇	四〇

上り列車

驛名	午前	午前	午前	午後	午後	午後	從佐倉 錢
佐倉發	六、三〇	九、〇〇	一一、三〇	二、〇〇	四、三〇	七、〇〇	
四ツ街道發	六、四八	九、一八	一一、四八	二、一八	四、四八	七、一八	七
千葉着	七、〇〇	九、三〇	一二、〇〇	二、三〇	五、〇〇	七、三〇	一三
千葉發	七、〇五	九、三五	一二、〇五	二、三五	五、〇五	七、三五	｜
幕張發	七、二一	九、五一	一二、二一	二、五一	五、二一	七、五一	一九
船橋發	七、三八	一〇、〇八	一二、三八	三、〇八	五、三八	八、〇八	二六
市川發	七、五三	一〇、二三	一二、五三	三、二三	五、五三	八、二三	三三
本所着	八、一〇	一〇、四〇	一、一〇	三、四〇	六、一〇	八、四〇	四〇

この頃の官報は列車の時刻表も掲載しており、旅行客の情報源になっていた。

§ 伊藤左千夫とは面識を得る前

後に子規の熱心な信奉者となる伊藤左千夫は、総武鉄道が開業する前の明治二十二（一八八九）年にはすでに、現在の錦糸町駅南口の駅前広場にあたる場所で乳牛を飼い、牛乳製造を業としていた。だが『総武鉄道』の取材の頃にはまだ、お互い面識はなかった。左千夫が子規に会って門人となった時期は、明治三十三（一九〇〇）年まで下る。

さて、本所駅は実にのどかな場所だと子規は記している。鉄道駅の喧噪とは、開業直後はまだ無縁だった。この付近が本格的に都市化するのは、両国駅が完成してターミナルとなってからとされる。

発車の時刻も来れど人の騒ぐけしきも無し。ようように鐸《かね》の声よそよそしく響きて汽車に上る。出口にて切符を切るの煩いなし。列車は一より他へ思うままに移るべくしたる。これは西の国にて長き旅路の汽車に用うるとぞ。切符も車の中にて切るなり。（『総武鉄道』）

この一節には、興味深い点が多い。朝の賑わいに欠けていたのは通勤ラッシュが存在しなかった時代だからとしても、乗車券を駅の窓口ではなく、列車

伊藤左千夫の牧場があった現在のJR錦糸町駅南口バスターミナル。子規が乗り降りした本所駅はもう少し左奥の隅田川寄りにあった。

内で発売していた点は、現在のローカル線と同じだ。それで間に合っていたからだが、いかに利用客が少なかったかがわかる。さして長くない紀行文の中でわざわざ記しているのは、長距離列車に乗るには乗車券を予め駅の窓口で買うものとの常識が子規にあり、総武鉄道はそれに反していたからに他ならない。

ちなみに、本所〜佐倉間の運賃は、先の官報によると四十銭。一八九〇年代の一円は、公務員の初任給が十円ほどだから、今の二万円ほどの価値があったとも考えられるので、換算すると八千円、庶民が日常的に使えるものでもなかったようだ。なお今は九百九十円だ。

本所九時発の列車は、佐倉には十時四十分に到着した。この間の距離は約五十キロ。令和の総武本線快速なら約五十分で走り抜くから、総武鉄道の列車は、さすがにのんびりだった。東京の馬車鉄道は明治十五（一八八二）年にはすでに開業していたから、子規もこのような感想を残している。

車は歩む如く動き初めぬ。漸《よう》く疾くなりて漸く揺れる。鉄道馬車に乗りたらん如し。

（『総武鉄道』）

また、西洋における長距離列車と同じく、客車は今で言う〝貫通式〟で中央に通路があり、自由に他の車両へと移動できた様子も記されている。明治初期の客車は、車内が細かく小部屋に区切られ、側面にはたくさん扉が並び、各部屋ごとへの出入口となっている構造のものが多くあった。しかし、これでは車内の行き来が不便で、ましてや走行中の車掌の巡回は不可能だ。総武鉄道が開業

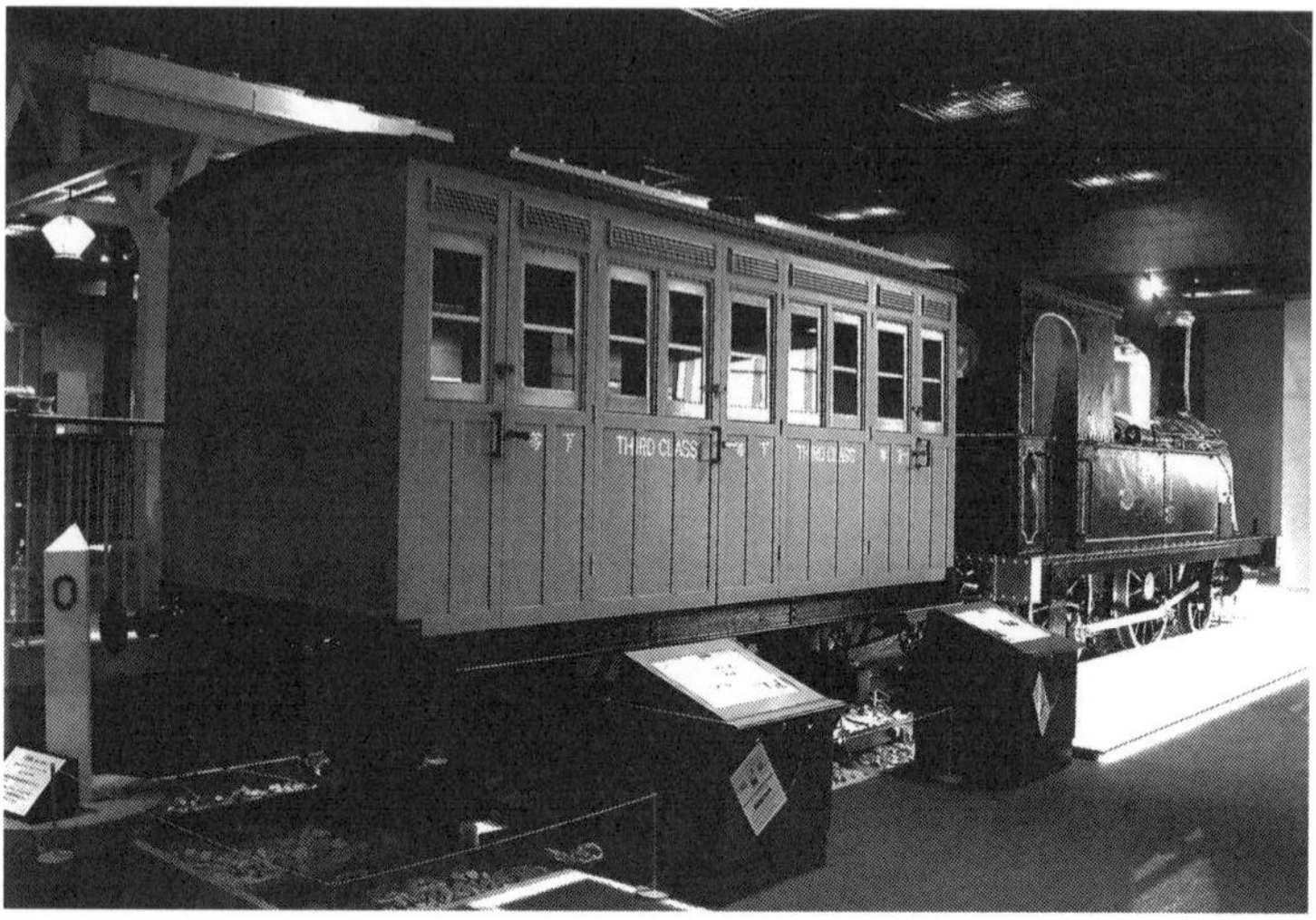

鉄道黎明期の客車の一部はイギリス風に側面に乗降扉をたくさん取り付けており、車内の行き来ができなかった。写真は鉄道博物館で展示されている鉄道創業期の客車（レプリカ）。

した頃には、貫通式の構造が日本でも普及しつつあった。新しい鉄道だけに新型の客車をそろえたと思しい。そして、駅ではなく車内での乗車券発売も、このタイプの客車ならではこそ。当初の利用客の少なさを見込んでの判断だろう。

ただ、ほどなく、駅での乗車券発売へと移行したともうかがえる記述が、後の文学作品の中に現れる。美術家・美術評論家の仲田定之助が、さまざまな庶民の姿と町の風物を描いた随筆集『続・明治商売往来』にこう描いているのだ。明治三十（一八九七）年頃、銚子からの帰路、佐倉から錦糸町へと向かった時の話だ。

> 狭くて小さい客車にはいくつも扉が並んでいて、その一つを開けると五人ずつ掛けられるベンチのような座席が

向いあっていて、倚り掛りの板が横に渡してあり、一輛の定員は五十人位だったらしい。そんな客車数輛と貨車一輛位を牽引している蒸汽機関車も、四十噸《トン》くらいの小型のものだった。

（仲田定之助『続・明治商売往来』）

これこそ、鉄道黎明期の客車の構造だ。開業から三年あまりで輸送量が増え、客車を新たに造るいとまもなく、中古を別の鉄道会社から購入したのか。いずれにしろ、この構造の客車だと、車掌が車内を巡回して乗車券を売るわけにはいかない。

鉄道先進地帯だった松山で生まれた伊予鉄道
夏目漱石『坊っちゃん』

停車場はすぐ知れた。切符も訳なく買った。乗り込んでみるとマッチ箱のような汽車だ。ごろごろと五分ばかり動いたと思ったら、もう降りなければならない。道理で切符が安いと思った。たった三銭である。

（『坊っちゃん』）

§「マッチ箱のような汽車」の正体

夏目漱石は明治二十六（一八九三）年に帝国大学（現在の東京大学）を卒業し、明治二十八（一八九五）年四月、愛媛県尋常中学校（旧制松山中学）へ英語教師として赴任。翌年四月に熊本市の第五高等学校へ移るまで、約一年間を松山で暮らした。この時の体験を元に、明治三十九（一九〇六）年に発表したのが、代表作の一つ『坊っちゃん』だ。作中では明らかにされておらず、ところどころ架空の地名も用いられているが、県庁や温泉があり、独特な方言などから、この作品の舞台は松山とされている。そのため今でも、坊っちゃんは松山市をイメージさせるキャラクターとして多用されている。

ちょうどこの明治二十八（一八九五）年という時期に文豪が松山にいたのは、フィクションとはいえ、当時の鉄道の有様を書き残す上で誠に幸運と言うべきだった。東海道本線こそ明治二十二（一八八九）年七月一日に新橋〜神戸間が全通していたものの、この年、これと接続する山陽鉄道（現在の山陽本線）の建設は、まだ広島に到達したところ。現在の東北本線の前身となる日本鉄道も、明治二十四（一八九一）年に青森まで全通したばかりだった。つまり、日本の鉄道の骨格は、まだまだ形成期だった。

これら幹線鉄道に対して、蒸気船は先に発達した。特に瀬戸内海は古くからの伝統もあり、航路が充実していた。漱石も汽船で松山の外港だった三津浜《みつはま》へ上陸している。ただ、港に着いてから町までの間の、今で言う二次交通が極めて貧弱だった。三津浜と松山の間も未整備の街道をたどるしかなく、大阪〜三津浜間より三津浜〜松山間の方が貨物の輸送費が高くついたと言われる。

これを打開しようと決意したのが、地元の実業家の小林信近《のぶちか》だ。ヨーロッパの簡易軌道を参考に鉄道を整備すべく奔走した。明治二十（一八八七）年には伊予鉄道（初代。現在の伊予鉄道は二代目）を設立。軌間（レールの間隔）を国有鉄道より狭い七六二ミリとした〝軽便鉄道〟を三津〜松山（現在の松山市）間に建設し、明治二十一（一八八八）年十月二十八日に開業させた。現在の伊予鉄道高浜線の一部だ。これは同年十一月十一日に最初の区間（兵庫〜明石間）が開業した山陽鉄道、翌年十二月十一日に九州初の鉄道として開業した九州鉄道より早く、日本初の軽便鉄道になるとともに、神

漱石が軽便鉄道に乗り込んだ三津駅の現駅舎（2009年改築完成）。三津は松山の外港で、漱石は汽船で到着した。

戸以西では初めての鉄道にもなった。漱石は『坊っちゃん』の中で、松山を田舎田舎とさげすむような描写をしたが、実は文明開化の成果をいち早く採り入れた、先進的な町だったのだ。

　夏目漱石も三津から伊予鉄道に乗って松山市内へ向かった。その時の様子を書いたのが有名な冒頭の引用部分だが、かなりの脚色が入っている。伊予鉄道の開業当初、実際には三津から松山まで六・四キロの所要時間は二十八分、運賃は三銭五厘だった。また、港から赴任先の中学校まで二里との記述も作中にある。下車駅から中学校までは車を雇ったが、鉄道の区間が半分の一里四キロとしても五分で走るには、時速五〇キロ近い平均速度が必要だから、「ごろごろ」どころではない。このあたり虚構と現実が入り交じっている。

　ただ、実際の伊予鉄道も、小型の蒸気機関車がマッチ箱のような客車を引っ張っていた列車には違いなかった。今も実物の機関車（甲1形1号）が梅津寺《ばいしんじ》公園で静態保存され、鉄道記念物に指定されている。連結されている客車はレプリカだが、本物の客車も松山市内の子規堂に置かれており見学が可能だ。〝マッチ箱〟と表現されたのもうなずける小ささが体感できる。

§ マドンナとの出会いは道後鉄道

伊予鉄道の経営は順調で、当時としては異例にも、開業直後には一時間間隔で旅客列車が頻繁に運転されるようになったほど賑わった。これを受けてさらなる事業拡大に乗り出したが、触発されて同種の軽便鉄道を松山近郊に建設しようとの計画も次々に生まれた。

その中の一つに道後鉄道があった。社名の通り松山と道後温泉を結ぶ計画で、伊予鉄道と接続する古町《こまち》から道後までと、中心部に近い一番町《いちばんちょう》から道後までの路線を、明治二十八（一八九五）年八月二十二日に開業させた。まさに夏目漱石が松山に住んでいた年だ。

やがて、ピューと汽笛が鳴って、車がつく。待ち合せた連中はぞろぞろ吾れ勝《がち》に乗り込む。赤シャツ

『坊っちゃん』で描かれた伊予鉄道の機関車。

はいの一号に上等へ飛び込んだ。上等へ乗ったって威張れるどころではない、住田《すみだ》まで上等が五銭で下等が三銭だから、わずか二銭違いで上下の区別がつく。こういうおれでさえ上等を奮発して白切符を握ってるんでもわかる。もっとも田舎者はけちだから、たった二銭の出入でもすこぶる苦になると見えて、大抵は下等へ乗る。赤シャツのあとからマドンナとマドンナのお袋が上等へはいり込んだ。うらなり君は活版で押したように下等ばかりへ乗る男だ。先生、下等の車室の入口へ立って、何だか躊躇の体《てい》であったが、おれの顔を見るや否や思いきって、飛び込んでしまった。おれはこの時何となく気の毒でたまらなかったから、うらなり君のあとから、すぐ同じ車室へ乗り込んだ。上等の切符で下等へ乗るに不都合はなかろう。

（『坊っちゃん』）

作中では道後温泉は〝住田の温泉〟と呼ばれているが、そこへ通うために乗るとなると、道後鉄道以外にはない。新しい軽便鉄道の開業を、漱石は興味深く見ていたのかもしれない。マドンナとの出会いの場所を、一番町らしき駅に設定している。なお、道後鉄道は現在の松山市内線の一部の原形ではあるが、途中のルートが大きく変更されており、開業時の面影はない。一番町駅は現在の大街道電停付近にあり、いよてつ会館が立っている場所と推定されている。

道後鉄道の他にも、伊予鉄道は横河原《よこがわら》方面への延伸に着手しており、明治二十六（一八九三）年には一部が開業済み。現在は横河原線となっている。郡中《ぐんちゅう》方面への軽便鉄道建設も計画が進捗しており、漱石が熊本へ去った直後の明治二十九（一八九六）年夏に南予鉄道として開業した。つまり、夏目漱石が松山で暮らしていた時期には町は鉄道建設に沸いており、三社が乱立して、会社の乗っ取りといった、きな臭い噂すら流れていた。松山ほど鉄道に恵まれていた町は当時、日本のどこにもなかったのだ。漱石も実は、そのモダンぶりには目を見張ったか。それゆえ、『坊っちゃん』では必要以上に松山を田舎として描いたのかもしれない。

なお、国有鉄道の讃予線（現在のJR予讃線）が延伸され、松山に到達したのは昭和二（一九二七）年だから、伊予鉄道などから見れば子供のようなものだった。ただ、さすがに政府の事業で、伊予鉄道に圧力をかけて松山駅を松山市駅に改称させて、松山の駅名を奪っている。

§　東京は馬車鉄道時代だったが……

坊っちゃんは結局、中学校を叩き辞め東京へと戻る。物語の結末に近いこの描写が、漱石が松山を去った明治二十九（一八九六）年の出来事だとすると、後の東京都電となる路面電車（東京電車鉄道）が明治三十六（一九〇三）年八月二十二日に開業した事実と矛盾する。松山が軽便鉄道王国となりつつあった時代には、東京はまだ馬車鉄道が市内交通の主力だった。

その後ある人の周旋《しゅうせん》で街鉄《がいてつ》の技手になった。月給は二十五円で、家賃は六円だ。

（『坊っちゃん』）

街鉄とは、東京電車鉄道に続いて、同年九月十五日に開業した東京市街鉄道の略称だ。東京都電

漱石の頃の軽便鉄道を再現した、伊予鉄道が松山市内線で運行する観光列車「坊っちゃん列車」。

の前身の一つで、明治三十九（一九〇六）年に『坊っちゃん』が『ホトトギス』に掲載された頃には市民に馴染みの路面電車の会社名になっていた。漱石は英語教師だったが、坊っちゃんの方は物理学校を卒業している。電気技術がわかれば、電気鉄道の伸張期においては貴重な人材だ。明治の末ごろになっても、一円は今の一万円以上の価値があったようだから、二十五円は悪くない給料のはずだが、松山の中学校の月給は四十円と作中にはある。東京がいいか松山がいいのか、少々悩ましい。

〝国電〟黎明期、甲武鉄道の電車の構造が生んだ作品
田山花袋『少女病』

ピイと発車の笛が鳴って、車台が一、二間ほど出て、急にまたその速力が早められた時、どうした機会《はずみ》か少なくとも横にいた乗客の二、三が中心を失って倒れかかってきたためでもあろうが、令嬢の美にうっとりとしていたかれの手が真鍮の棒から離れたと同時に、その大きな体はみごとにとんぼがえりを打って、なんのことはない大きな毬のように、ころころと線路の上に転がり落ちた。

(『少女病』)

§ 代々木駅近くに住んでいた花袋

自然主義の作家を代表する田山花袋は、明治三十九(一九〇六)年十二月に代々幡《よよはた》村大字《おおあざ》代々木(旧代々木村)、現在の渋谷区代々木三丁目へ引っ越し、昭和五(一九三〇)年に亡くなるまで住んだ。昭和二(一九二七)年に小田急電鉄が開業すると山谷《さんや》駅が近くにできたが、それまで最寄り駅は代

甲武線（中央本線）の停車駅として開業した代々木駅の現在の姿。

々木だった。歩いて十分ほどの距離だ。代々木駅は明治三十九（一九〇六）年九月二十三日の開業。牛《うし》込北山伏町《ごめきたやまぶしちょう》（現在の牛込神楽坂駅近く）に住んでいた花袋は、それを見越して新居の地を定めたかとも思われる。現在はビルや住宅の密集地となっているが、当時はまだ田園風景も残っていた。

『少女病』は、代々幡村への転居直後の明治四十（一九〇七）年の発表だ。主人公の杉田古城は、花袋本人がモデル。三十七、八歳の、その頃としてはれっきとした中年男だ。そして、妻子持ちながらも、電車で出会う若い女性たちに身の程もわきまえずのぼせた。それも一人や二人ではない。あこがれの目つきで少女たちを眺めていたおかげで、彼の運命は大きく変わる。

山手線の朝の七時二十分の上り汽車が、代々木の電車停留場の崖下を地響きさせて通るころ、千駄谷の田畝《たんぼ》をてくてくと歩いていく男がある。

（『少女病』）

杉田は朝、自宅から代々木駅まで歩いて向かい、まず御茶ノ水まで電車に乗った。この時にはまだ山手線の駅は未開業で、代々木駅があったのは甲武線の方にだけ。今の中央線で、明治三十九（一九〇六）年十月一日に私鉄の甲武鉄道が政府に買収されて、そのまま甲武線と称された。作中でもそう呼ばれている。同年十一月一日には、現在の山手線を保有、運行していた日本鉄道も買収されている。花袋は両鉄道が国有となった直後に、代々幡村へ来たのだった。

山手線に代々木駅が設けられたのは、『少女病』発表後の明治四十二（一九〇九）年十二月十六日だ。両線の代々木駅の開業時期に差があるのは、電車が大いに関わっている。

今でも新宿駅と代々木駅の間は七〇〇メートルしか離れていない。電笛ことタイフォンが聞こえる距離なのは、作中の描写からもうかがえる。蒸気機関車が牽引する列車の性能では、この駅間だと極めてのろのろと走らざるを得ず、そもそもこの距離なら十分に歩ける。しかし、旧代々木村にとっては新宿駅よりもっと近くに駅があった方がいい。

ここまで来ると、もう代々木の停留場の高い線路が見えて、新宿あたりで、ポーと電笛の鳴る音でも耳に入ると、男はその大きな体を先へのめらせて、見栄も何もかまわずに、一散に走るのが例だ。

（『少女病』）

甲武鉄道は飯田町（現在の飯田橋駅近く）～八王子間の鉄道を経営していたが、利用客が大幅に増えた飯田町～中野間において、最新技術の電気鉄道の導入を一九〇〇年代に入って計画。市内電車

代々木における当時の山手線（地上）と中央線（高架）の交差地点。電化されて駅があった甲武線に対し、非電化の山手線にはまだ駅がなかった時代を『少女病』は描いている。写真の山手貨物線には現在、代々木駅のホームはない。

（路面電車）とは異なり二両以上の電車を連結して運転できる、いわゆる郊外電車を走らせたのだった。

電車が走り始めたのは、明治三十七（一九〇四）年八月二十一日。甲武鉄道はそのまま国有となったので、この電車が後の国電につながる元祖とされる。同年十二月三十一日には御茶ノ水～飯田町間も延伸開業した。この時点では、山手線はまだ非電化。蒸気機関車が牽引していた列車だったがゆえに、花袋は〝汽車〟と当たり前に表現している。山手線の電車運転が始まったのが明治四十二（一九〇九）年で、この時、代々木にもホームが設けられて停車するようになったのだ。

なお、山手線を崖下と表現しているのは、当時の甲武線の線路が現在の中央・総武緩行線のルートを通っていたのに対し、複々線化されるまでの山手線のルートは、現在の埼京線や湘南新宿ラインが走る山手貨物線に相当し、代々木駅の南側で甲武線の下をくぐっていたからだ。甲武線の乗り場は、今と同じ築堤の上にあった高い線路だった。一方の山手線のホームも当初は、甲武線の東側の地平に設けられていた。

§ 線路が発見されて話題となった外濠線

花袋は、博文館から明治三十九（一九〇六）年に雑誌『文章世界』が創刊されると編集主任となった。杉田古城の勤務先は青年社となっているが、モデルは博文館だろう。ただ所在地は、実際の日本橋本町《ほんちょう》ではなく、作中では神田錦町《にしきちょう》に変えられている。

杉田は御茶ノ水で甲武線の電車を降りると、市内電車の外濠《そとぼり》線に乗り換えて錦町三丁目へと通った。その往復でも、美しい少女の姿を追い求めていた。

外濠の電車が来たのでかれは乗った。敏捷な眼はすぐ美しい着物の色を求めたが、あいにくそれにはかれの願いを満足させるようなものは乗っておらなかった。けれど電車に乗ったということだけで心が落ちついて、これからが——家に帰るまでが、自分の極楽境のように、気がゆったりとなる。

（『少女病』）

当時の甲武線御茶ノ水駅は、お茶の水橋の西側にホームと駅舎があった。駅舎跡には交番が立っており、やはり公有地だ。令和二（二〇二〇）年、そのお茶の水橋の路盤強化工事にあたってアス

奥にニコライ堂が見え、お茶の水橋を外濠線の電車が走る当時の御茶ノ水駅。

ファルトがはがされると、その下から都電のレールが現れ、話題となった。これこそが、杉田が毎日乗っていた外濠線の痕跡だ。御茶ノ水～錦町河《が》岸《し》間は太平洋戦争中の昭和十九（一九四四）年に利用客が少ないとして休止。戦後の昭和二十四（一九四九）年に正式に廃止されている。

東京の市内電車は、明治三十九（一九〇六）年はじめの段階では三社が経営していた。そのうちの一つが東京電気鉄道で、江戸城の外堀に沿った一周ルート（御茶ノ水～呉服橋～土橋～赤坂見附～飯田橋～御茶ノ水）を走っていたため、外濠線と通称されていた。

東京電気鉄道は東京電車鉄道、東京市街鉄道と明治三十九（一九〇六）年九月十一日に合併。東京鉄道となり、明治四十四（一九一一）年に東京市がこれを買収して市電、後の都電となる。杉田が乗っていたのは東京鉄道時代になる。

東京鉄道に統合された後、旧外濠線の電車は8

21以降の番号が与えられ、引き続き使われた。車軸が二本だけの二軸車で乗降用の扉はなく、運転士や車掌の脇をすり抜けるようにして乗客は客室へ出入りしていた。大正時代に入ると旧三社の電車は小型で輸送力に劣るため、比較的早くに整理の対象となり、函館や横浜、京城《けいじょう》（ソウル）の市内電車などに譲渡された。土屋文明が短歌に詠んだ、城東電気軌道へ移った車両もある。東京電気鉄道にルーツを持つものはもう残っていないが、函館へ移った電車のうち旧三社時代の二両が、除雪用のササラ電車に改造されて、奇跡的に現存する。

§　黎明期の国電の構造

一方の、甲武鉄道が電化にあたって導入した電車はどんなものだったか。

お茶の水から甲武線に乗り換えると、おりからの博覧会で電車はほとんど満員、それを無理に車掌のいる所に割り込んで、とにかく右の扉の外に立って、しっかりと真鍮の丸棒を攫《つか》んだ。ふと車中を見たかれははッとして驚いた。そのガラス窓を隔ててすぐそこに、信濃町で同乗した、今一度ぜひ逢いたい、見たいと願っていた美しい令嬢が、中折れ帽や角帽やインバネスにほとんど圧《お》しつけられるようになって、ちょうど烏の群れに取り巻かれた鳩といったようなふうになって乗っている。

（『少女病』）

全長は一〇メートルあまり。八メートル弱の市内電車より、やや大きい。

ただ、構造自体は市内電車と大差なかった。客室内は窓を背に向かい合わせに座る、今で言うロングシート。運転台は前面にこそガラスがはめられていたが、それ以外は吹きさらしだった。運転台と客室の間には仕切りがあり、中へ入らなくてもガラス窓越しに車内の様子をうかがえたようだが、やはり乗降用の扉はなかった。『少女病』の記述にある通り、混雑すると客室の外側になる出入口のところへ立つしかなかった。

そして甲武鉄道の電車は、二本しかない車軸の間隔が狭く、車両の前後がよく揺れたと言われる。それゆえ後年に、この間隔を広げる改造を施したほどだ。

こうした事情が重なって、かつて信濃町から同乗した美しい令嬢と再会し、見とれていた杉田は、つかんでいた手すりを放してしまい、線路上に転がり落ちて上り電車に轢かれる。

危ないと車掌が絶叫したのも遅し早し、上りの電車が運悪く地を撼《うご》かしてやってきたので、たちまちその黒い大きい一塊物は、あなやという間に、三、四間ずるずると引き摺られて、紅い血が一線《ひとすじ》長くレールを染めた。

（『少女病』）

当時の代表的な形式は国有化後、デ963形と呼称されたタイプだ。やはり利用客の増加により、東京で使用された期間は短く、大正の初めにはより大型の、こちらは実際に大正二（一九一三）年に志賀直哉を轢き殺しかけたタイプの電車に置き換えられ、モーターなどを外して、客車として地方の私鉄へ譲渡されている。

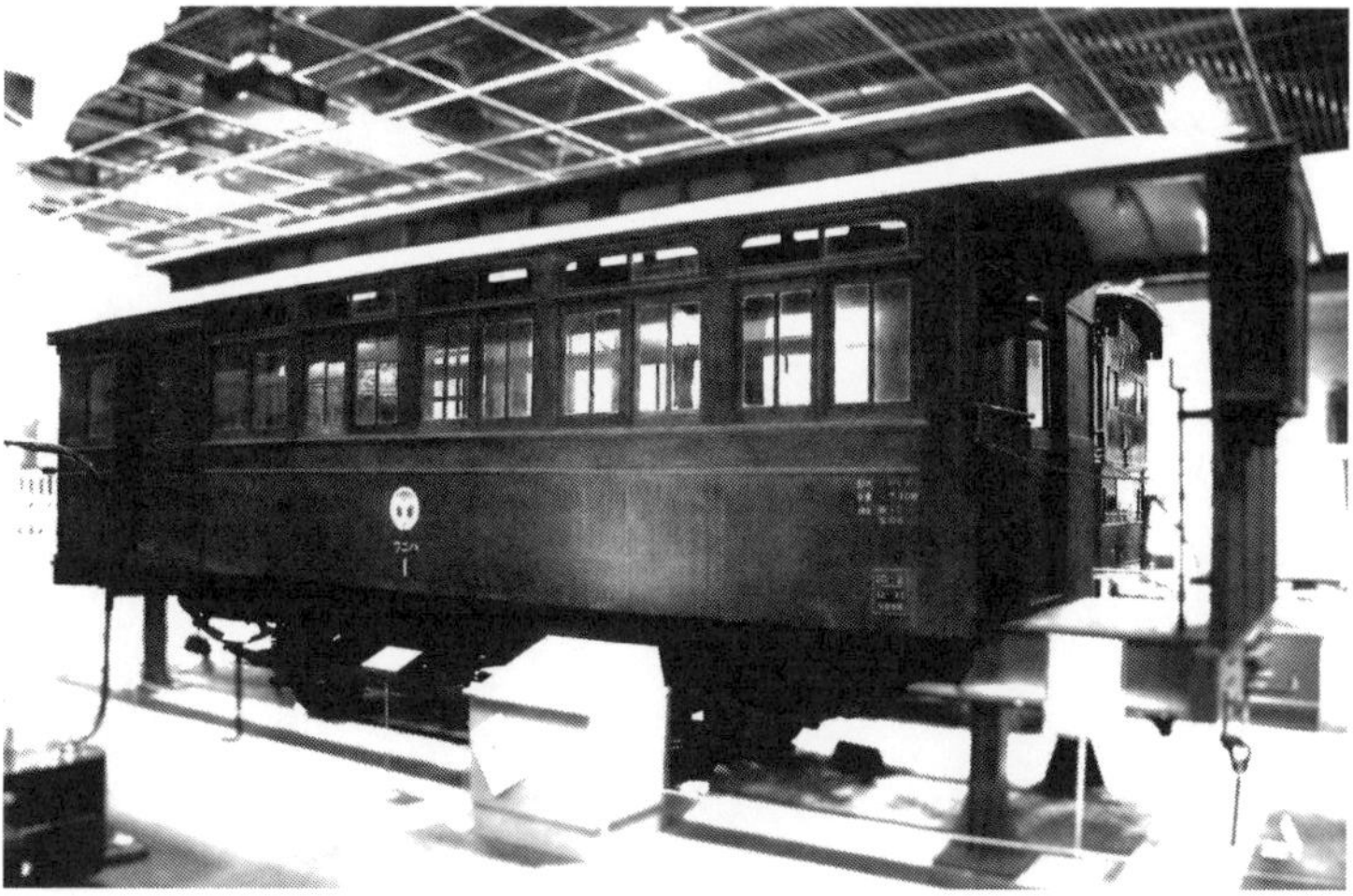

扉がない乗降口の構造をもつ元甲武鉄道の電車〈ハニフ1〉。鉄道博物館で保存されている。

そのうちデ968は信濃鉄道（現在のJR大糸線）へ移ってハ6からロハフ1に改番されたが、さらに大正十四（一九二五）年にはアルピコ交通上高地線の前身に当たる筑摩鉄道へ再譲渡。荷物室を設けてハニフ1に改造されて、昭和三十（一九五五）年まで在籍した。

除籍後、ハニフ1は〝国電の元祖〟としての価値が認められ、アルピコ交通の車庫に大切に保存されていたが、平成十九（二〇〇七）年の鉄道博物館開館にあたって寄贈された。原形への復元も検討されたが、改造の規模が大きく困難が予想されたため、ハニフ1の状態のまま展示されている。

啄木の故郷の駅は渋民ではない

石川啄木『一握の砂』

霧ふかき好摩《こうま》の原の
停車場の
朝の虫こそすずろなりけれ

（『一握の砂』）

§ 東北へと急がれた鉄道建設

江戸時代の東北は度重なる冷害と飢饉に見舞われ、さらに諸藩による重税がのしかかり、農民に多くの餓死者を出した。それゆえ明治維新後、物資輸送の大改革となる鉄道の建設が切望された。だが、西郷隆盛らが引き起こした士族の反乱である西南戦争の出費によ

好摩駅待合室の歌碑

り、当時の政府は極度の財政難に陥っており、大規模な事業を興《おこ》せる状態にはなかった。そこで民間の出資による民営鉄道（私鉄）の敷設を認める方針に転じた。その第一号が日本鉄道だった。

この会社は現在の高崎線、東北本線などを建設した。政府が建設資材の融通にかなりの便宜を図るなど、実態は半官半民会社だったとされるが、何はともあれ東北へ鉄道が通じ、庶民は「これで東北が飢えることはなくなった」と大いに喜んだ。

日本鉄道はまず明治十六（一八八三）年に上野〜熊谷間を開業させたのに続き、同年中には分岐駅として大宮駅を設け、東北方面への建設が始まっている。工事は順調に進み、明治十八（一八八五）年には宇都宮まで開通した。翌年の二月二十日。岩手県日戸《ひのと》村の僧侶に長男が誕生。一《はじめ》と名付けられた。後の石川啄木だ。

日本鉄道はさらに明治二十（一八八七）年には仙台を経て塩竈、明治二十三（一八九〇）年には盛岡まで達した。盛岡〜青森が完成し、全通したのは明治二十四（一八九一）年九月一日。この日、渋民《しぶたみ》村の隣りの玉山《たまやま》村内に好摩駅も開業した。一歳の時に渋民村へ移っていた啄木は同年、学齢より一年早く、五歳で村の尋常小学校に入っている。

この時点では、盛岡と好摩の間の渋民村内に駅はまだない。

§　啄木が詠んだ故郷の駅

石川啄木と渋民村の縁は切っても切れない関係だ。故郷を詠んだ絶唱は、この大歌人の作品の中でも、特にせつない。

元の東北本線、現在のＩＧＲいわて銀河鉄道には渋民を名乗る駅がある。石川啄木記念館まで歩いて三十分ほどで、最寄り駅として案内されている。平成三十一（二〇一九）年には〝啄木のふるさと〟と副駅名が付けられた。駅舎や跨線橋《こせんきょう》には啄木の短歌がたくさん掲げられている。

石川啄木は明治四十五（一九一二）年に二十六歳の若さで亡くなるまで、北海道や東京へとたびたび転居した。そして渋民駅は、啄木が汽車に乗る時は、まるでここを使っていたかのような顔をしている。しかしながら、駅として営業を始めたのは昭和二十五（一九五〇）年十二月一日なのだ。苦笑せざるを得ない。僭越ではあるまいか。

啄木が故郷の駅と呼び、停車場と詠み込んだのは、あくまでも好摩駅だ。

渋民村から好摩駅までは約四キロ。昔の人の足なら一時間とかからなかっただろう。啄木が最後にここから汽車に乗り込んだのは函館へ向かった明治四十（一九〇七）年五月で、これを最後に二度と渋民には帰らなかった。渋民駅はまだ影も形もない。

平成二十三（二〇一一）年に完成した新しい好摩の駅舎には、啄木の筆跡から文字を選び、〝こうま〟と駅名が掲げられた。

ふるさとの停車場路の
川ばたの
胡桃《くるみ》の下に小石拾へり
（『一握の砂』）

駅舎の字は啄木の筆跡を集めたもの。

第三セクター鉄道のIGRいわて銀河鉄道が管理する現在の好摩駅。

冒頭の短歌が刻まれた木製の歌碑はかつて駅のホームにあり、今は待合室に移されている。駅前にも別の歌碑があり、そこに刻まれているのがこちらの歌だ。停車場路とは、すなわち渋民村から好摩駅への道。

明治二十八（一八九五）年に尋常小学校を卒業した啄木は、盛岡高等小学校へ進学する。この時は盛岡市内の親戚宅に寄宿しており、汽車通学ではなかったが、渋民村との行き来において鉄道との縁ができたと思われる。

啄木最初の上京は、岩手県立盛岡中学校を中退した直後、明治三十五（一九〇二）年十月三十日だ。もちろん好摩駅から汽車に乗り込んだ。

§ 小樽から釧路へ

明治三十八（一九〇五）年に結婚した啄木ではあったが、生活力があったとは言い難く、この頃から経済的に窮するようになる。そしてしばしば、姉の夫の山本千三郎を頼った。この人物は鉄道員で、明治三十九

子を負ひて
雪の吹き入る停車場に
われ見送りし妻の眉かな
啄木
石川啄木歌碑
小樽に妻子を残して釧路へ向かう時の情景を詠んだ歌碑。

（一九〇六）年に啄木が訪問した時には函館駅長を務めていた。

明治の頃の駅長は町を代表する名士で、社会的な地位も非常に高かった。現在の函館本線の函館〜小樽間は、やはり私鉄の北海道鉄道が建設した路線で、明治三十八（一九〇五）年に全線開通していた。官営の青函連絡船の開業は明治四十一（一九〇八）年だが、すでに津軽海峡を渡る民間航路は開かれており、函館は北海道の玄関口かつ、本州方面とを結ぶ重要な拠点となっていた。そういう駅の責任者を務めていたのだから、ひとかどの人物だったと思われる。

啄木は明治四十（一九〇七）年五月、とうとう函館への移住を決意する。同年九月には小樽日報の記者の仕事を得て、さらに小樽へ移る。奇遇だが、この時の同僚に詩人の野口雨情がいた。しかし、この仕事も人間関係のもつれからうまくいかず、さらに釧路へと移る。中央小樽駅（現在の小樽駅）を出発したのが、明治四十一（一九〇八）年一月十九日。出発の場面を思い返して詠まれた一連の短歌のうち、この歌が碑に刻まれ、今も小樽駅前に立っている。

子を負ひて
雪の吹き入る停車場に
われ見送りし妻の眉かな

（『一握の砂』）

職を転々とし、今で言う単身赴任で釧路へ向かう夫を、まだ一歳を迎えたばかりの長女の京子を背負いつつ、妻の節子はどのような心持ちで見送ったのか。眉は雪で白くなっていただろうが、吊り上がっていたのか、心細さから下がっていたのか。

明治三十六（一九〇三）年六月二十八日、現在の小樽駅が開業した時点では、先に官営幌内《ほろない》鉄道が手宮《てみや》～札幌間と初代小樽駅（現在の南小樽）を開業させており、これとの区別のため、北海道鉄道の駅は小樽中央と称した。ただ、わずか三日後の七月一日には、なぜか稲穂駅と改称されている。さらに翌年にはまた高島駅へ改称と、啄木の生活並みの落ち着かなさだった。

そして、官営幌内鉄道から事業が譲渡された北海道炭礦《たんこう》鉄道と北海道鉄道の接続のため、高島～小樽間に新線が建設され、明治三十八（一九〇五）年八月一日に開業した。この間の線路が、今も急なS字を描いているのは、二本の鉄道をいささか無理につなげた名残でもある。同年十二月十五日には高島駅の中央小樽駅への三回目の改称を経て、明治三十九（一九〇六）年と翌明治四十（一九〇七）年に、北海道炭礦鉄道と北海道鉄道が、相次いで国に買収された。国営となるにあたって、中央小樽駅の駅長に抜擢されたのが山本千三郎だった。啄木も出発前には、山本に挨拶ぐらいはしただろう。人望が厚い義兄がいるばかりに、弟のだらしなさが余計に際立ってしまう。

§　上野駅の歌碑と電車の短歌

ふるさとの訛なつかし
停車場の人ごみの中に
そを聴きにゆく

（『一握の砂』）

JR上野駅に歌碑があり刻まれているこの短歌が、鉄道に関する石川啄木の歌としては最も有名だろう。『一握の砂』は、北海道での生活が一年ほどで終わってしまい、上京してきた後、明治四十一（一九〇八）年夏から、刊行された明治四十三（一九一〇）年十二月までの短歌五百五十一首を収めている。故郷の渋民村や北海道を題材にした歌も多いのだが、いずれも東京で過去を振り返りつつ詠んでいる点には注目したい。特に明治四十三（一九一〇）年作の歌が大半を占め、上野駅の碑の歌も、東京で故郷を思って詠んだ一つと言えよう。

『一握の砂』刊行時点では、まだ北陸本線は全通しておらず、上野に発着していたのは、東北方面からの列車が多かった。下車してくる客、これから東北へ帰る客。今とは違って、旅にいささか興奮気味の声でかまびすしかった駅の様子がうかがえる。上野駅舎はまだ開業当時の初代。大正十二（一九二三）年の関東大震災で焼失し、建て替えられたのが、現在の二代目駅舎になる。ちなみに今の小樽駅舎も上野駅に似た設計だが、こちらは昭和九（一九三四）年の改築で、いずれも啄木は見ていない。

こみ合へる電車の隅に
ちぢこまる
ゆふべゆふべの我のいとしさ

（『一握の砂』）

啄木には電車を詠んだ歌がいくつかある。『一握の砂』が刊行された明治四十三（一九一〇）年と言えば、現在の中央線や山手線の電車がすでに走り始めており、その五月に上京してきた室生犀星が感嘆した市内電車も、東京市民の足として定着していた。歌に詠まれた電車がどちらかはわからないが、東京での啄木の生活の場は今の文京区（当時の本郷区、小石川区）にあり、勤め先の朝日新聞などに通う時なら市内電車か。もしくは浅草へ夜な夜な遊びにゆく時だったのかもしれない。電車の座席の片隅に、まるで膝を抱えるかのように縮こまって乗っている啄木の姿は、渋民村を思って叫ぶように歌う時の姿とは、また違って見える。

錦糸町駅前で牧畜を営んだ歌人

伊藤左千夫『左千夫歌集』

物忘れしたる思ひに心づきぬ汽車工場は今日休みなり　（『左千夫歌集』）

§　ＪＲ成東駅の歌碑

久々に家帰り見て故さとの今見る目には岡も河もよし　（『左千夫歌集』）

明治三十九（一九〇六）年、歌人で、同年に『野菊の墓』を発表して小説家としても評判を得た伊藤左千夫は、歌会に出席するため、生地の成東《なるとう》（現在の山武《さんむ》市）に帰った。明治三十（一八九七）年には総武鉄道（現在の総武本線）佐倉～成東間が開業しており、もちろん利用しただろう。丘陵地を縫って走る総武鉄道は、故郷を結ぶ道だった。

引用は、その帰省に際して詠まれた短歌の一つ。この歌は、JR成東駅前に立てられた碑に刻まれている。かつてはホームにあったが、駅の改良工事に伴い駅前広場へ移され、今は改札口を入らなくても見ることができるようになっている。

千葉県は最高峰が四〇〇メートル少々の土地柄。ある日、私は、列車を乗り換えようと成東駅を歩いていて、この歌碑に出会った。そして思わず立ち止まり、大げさではなく目を見張った。千葉だから山ではなく〝岡〟なのかと。

関西生まれの私が若い頃、初めて千葉を訪れた時。やはり総武本線に乗った。列車の両側にまったく山がなく、田畑の間に浮島のように丘が点在する、見慣れない風景に驚いたものだった。それを思い出し、文学と鉄道の縁に思いを馳せるきっかけの一つとなったのが、この短歌だ。

§　本所駅前の牧場

伊藤左千夫は明治十八（一八八五）年に実業家を志して上京し、佐柄木町《さえきちょう》（現在の東京メトロ淡路町駅付近）にあった牧場に勤めた。そして明治二十二（一八八九）年に独立。居を構えたのが、今はJR錦糸町駅南口の駅前広場となっている場所だ。まったく想像もできないが、百年を経てバスターミナルとなっているあたりで乳牛を飼い、牧畜業を始めたのだ。

その地には歌碑も立てられている。最初は本所駅と言った錦糸町駅の開業は明治二十七（一八九四）年。つまり、左千夫が牧場を開いた頃にはまだ、鉄道はなかった。

よき日には庭にゆさぶり雨の日は家とよもして
児等が遊ぶも

（『左千夫歌集』）

錦糸町駅前の歌碑に刻まれているのはこれだ。「とよもす（どよもす）」とは声や音を鳴り響かせるの意味。鉄道との関わりと言うか、左千夫の住まいの有様をよく表している歌としては、こういうものもある。

汽車のくる重き力の地響きに家《や》鳴りとよもす
秋のひるすぎ

（『左千夫歌集』）

碑の歌と同じ明治四十一（一九〇八）年に詠まれた歌で、いかに左千夫の家が鉄道と近接していたかがわかる。東京の住まいと故郷を結ぶ路であるとともに、いささか五月蠅《うるさ》い存在でもあったのかもしれない。総武鉄道は明治三十七（一九〇四）年四月五日に両国橋（現在の両国）まで延伸され、同年同日に開業した東武鉄道亀戸線を経由して、東武の列車も両国橋まで乗り入れを始めていた。明治四十（一九〇七）年には両国橋〜亀戸間が複線化。あっという間に、左千夫の牧場の側をごうごうと走り抜ける汽車の本数が大きく増えたのだった。

一方、明治の初期には鉄道の効用がよく理解されておらず、建設反対運動がしばしば起こったと

ＪＲ錦糸町駅南口駅前広場の歌碑。

される。いわゆる鉄道忌避伝説だが、その後の研究により、根拠となる文献がほぼ存在しないため都市伝説と見なされるようになった。反対理由の一つに「汽車が通ると、牛がびっくりして乳を出さなくなる」といったものがあったそうだ。しかし、左千夫は大正元（一九一二）年に南葛飾郡大《おお》島町《じままち》（現在の江東区大島）へ移るまで、約二十三年間、特に鉄道に困らされた様子もなく、線路脇で乳牛を育てている。

§　大洪水に見舞われた左千夫の鉄道への恨み節

伊藤左千夫が正岡子規と出会って傾倒し、短歌を盛んに作るようになったのは、明治三十三（一九〇〇）年からだ。この間、左千夫は牛の世話をしつつ、家の側で始まった総武鉄道建設の様子を日々眺め、汽車が走り始めたのももちろん知っている。明治二十七（一八九〇）年の開業直後に、後の師となる子規が今で言う乗車ルポ、先述の『総武鉄道』を執筆したのも、何かの縁だろう。なお、総武鉄道の敷設に尽力した安井理民《はるたみ》も成東の出身で、左千夫の五歳年上。安井家は地元の名家だったから、面識はあったかもしれない。成東駅前には安井の功績を称える石碑も立てられている。

ただ左千夫の入門からわずか二年あまりの、明治三十五（一九〇二）年に子規は死去。以後は左千夫が遺志を継ぐ形で、短歌雑誌『馬酔木《あしび》』『アララギ』の編集、短歌の革新運動に携わった。左千夫の弟子には斎藤茂吉や土屋文明がおり、この二人が後に『左千夫歌集』を編むわけだが、当人は短歌に打ち込みつつも、牧畜業は続けた。

牛飼が歌よむ時に世のなかの新しき歌
大いにおこる
（『左千夫歌集』）

伊藤左千夫の代表作とも言われるこの歌を地で行く生活だったのだが、明治四十三（一九一〇）年八月、四十七歳の時、大水害に襲われる。後の国の治水政策を根本から見直させた大洪水で、左千夫の牧場を含む本所区一帯にも甚大な被害が出た。東京だけでも被災者は約百五十万人にも及んだ。

左千夫はその時の様子を体験談として『水害雑録』に記した。この水害では、高架の線路が避難の助けになったようだ。水が押し寄せた牧場から、なんとか牛は助け出し、両国の回向院まで、高架線を避難させようとした際、左千夫は鉄道員の冷たい態度に遭い、憤慨する。

用意はできた。この上は鉄道員の許諾を得、少しの間線路を通行させて貰わねばならぬ。自分は駅員の集合してる所に到って、かねて避難している乳牛を引上げるについてここより本所停車場までの線路の通行を許してくれと乞うた。駅員らは何か話合うていたらしく、自分の切願に一顧をくれるものも無く、挨拶もせぬ。

明治43年の本所大水害で水没した総武鉄道の高架線。奥が本所駅と思われ、築堤上まで冠水した様子が分かる。

いかがでしょうか、物の十分間もかかるまいと思いますから、是非お許しを願いたいですが、それにこのすぐ下は水が深くてとうてい牛を牽く事ができませんから、と自分は詞《ことば》を尽して哀願した。

そんな事は出来ない。いったいあんな所へ牛を置いちゃいかんじゃないか。

それですからこれから牽くのですが。

それですからって、あんな所へ牛を置いて届けても来ないのは不都合じゃないか。

無情冷酷……しかも横柄な駅員の態度である。精神興奮してる自分は、癪に障って堪らなくなった。

（『水害雑録』）

さまざまに押し寄せる非常事態に、鉄道員もどう対処していいのかわからなかったのかもしれない。総武鉄道は明治四十（一九〇七）年に国有化されていたが、この期に及んで、明治時代の役人根性そのままの、頭《ず》が高い態度が現れてしまったようだ。

§ 錦糸町にあった〝汽車会社〟

駅前と言ってよい土地で生活していると、どうしても鉄道との関わりが深くなる。伊藤左千夫が牧場を開いてから七年、本所駅が開業してから二年。また新しい鉄道関連施設が誕生した。冒頭に引用した短歌に詠まれた〝汽車工場〟だ。

明治初期の鉄道車両は、蒸気機関車を代表として、そのほとんどが先進国からの輸入で賄われていた。例えば総武鉄道は開業にあたって、イギリスのナスミス・ウィルソン社から蒸気機関車を購入している。

しかし、それでは富国強兵、殖産興業の国是には合わず、鉄道の全国的な建設にも対応できないとして、鉄道車両の国産化が進められた。もちろん初めは蒸気機関車の製造はできず、鉄道会社の工場における客貨車の製造から始まっている。

そして、さらなる国産化を進めるため、民間で鉄道車両製造を請け負う専門の会社を設立すべきと考えたのが、鉄道局新橋工場の技師だった平岡凞《ひろし》で、明治二十三（一八九〇）年に平岡工場を設立。これが明治二十九（一八九六）年に本所駅の近くに新工場を建設して、移転してきたのだった。伊藤左千夫の牧場のすぐ隣りで、現在の錦糸町ＰＡＲＣＯがあるところだ。

なお、平岡はアメリカ留学時代に親しんだ野球を日本に紹介し、明治十一（一八七八）年、日本初の本格的野球チーム、新橋アスレチック倶楽部を設立したとの側面も持つ人物だ。正岡子規も平岡に〝ベースボール〟を習ったとされる。

さて、平岡工場は個人経営の会社だが、明治三十四（一九〇一）年に汽車製造合資会社（通称・汽車会社）に合併された。この会社は社名のとおり、鉄道車両の製造を目的としたもので、鉄道の父と呼ばれる井上勝が、渋沢栄一や岩崎久弥、安田善次郎らの出資をあおいで設立した。井上は平岡の元上司でもあったため、技術と実績を持つ平岡工場に合併を求めたのだ。

このあたりの流れは伊藤左千夫の与《あずか》り知らぬところだが、車両製造工場の騒音は毎日、響いていただろう。何を作っている工場かは、当然、知っていた。ただ、あまりに日常的すぎたために、正

現在の錦糸町駅前にあった「汽車製造合資会社東京支店」。伊藤左千夫の牧場とは道一筋を挟んだだけの隣りにあった。

月になって何かを忘れたような気分になり、「ああ、工場も正月休みなのだ」とふと気がついて一首、冒頭の歌を詠んだのだった。

　この平岡工場改め、汽車製造東京製作所は昭和六（一九三一）年に錦糸町から南砂町《みなみすなまち》へ移転した。現在は江東区南砂団地となっている場所だ。製造された車両は小名木川《おなぎがわ》の貨物駅から越中島貨物線を通って、納品先へ運ばれた。移転直後、その付近を訪れ、一連の短歌『城東区』を詠んだのが、伊藤左千夫の弟子の土屋文明だった。

東京の郊外へ〝押し寄せてきた〟京王電車
徳冨蘆花『みゝずのたはこと』

京王電鉄調布上高井戸間の線路工事がはじまって、土方人夫が大勢入り込み、鏡花君の風流線にある様な騒ぎが起ったのは、夏もまだ浅い程の事だった。

（『みゝずのたはこと』）

§　隠棲を乱した京王の建設

欧米人の感覚からすると、歴史上の偉人や芸術家の名を施設などに付けて顕彰するのは当然で、交通関係では客船の「クイーン・エリザベス二世」とか「ジョン・F・ケネディ国際空港」などがすぐ思い浮かぶ。鉄道でもそういう例は枚挙にいとまがなく、列車の愛称においても〈レンブラント〉や〈ベートーベン〉、〈アルフレッド・ノーベル〉など無数にあった。

ところが日本人の感性とはどうも合わないようで、現在、人名にちなんだ列車の愛称はJR九州の〈かいおう〉しかない。大相撲の元大関魁皇の出身地、直方《のおがた》と博多を結ぶ特急だが、例外中の例外と言っていい。伊豆急下田行きの〈踊り子〉は走っていても、決して〈川端康成〉とはならないのが日本流なのだ。

日本では数少ない「人名駅」の一つ、芦花公園駅。

そのため、駅名も人名から採られたところは稀で、戦前開業の駅では地名がなかった埋め立て地に作られたJR鶴見線の安善《あんぜん》（実業家の安田善治郎が由来）や、その隣の浅野（同じく浅野総一郎）、あるいは、地元の要望で漢学者の山田方谷《ほうこく》から採られたJR伯備《はくび》線の方谷駅などが目立つ程度だ。

その中で京王電鉄京王線の芦花《ろか》公園駅は異彩を放つ。駅名の由来は、明治の末から大正にかけての人気作家、徳冨蘆花。昭和二（一九二七）年に亡くなるまで暮らした旧居跡が現在の都立公園、蘆花恒春園《こうしゅんえん》で、京王の駅名はこの公園から採られた。蘆花の没後、夫人によって土地、建物が寄贈され、公園として整備されたところで、最寄り駅の上高井戸も昭和十二（一九三七）年九月一日に改称。間接的に蘆花の名前を冠しつつ、今日に至っている。

この駅名、蘆花本人が知ったら、苦笑せざるを得ないところだろう。

明治四十（一九〇七）年、青山から東京府北多摩郡千歳《ちとせ》村《むら》大字《おおあざ》粕谷《かすや》（現在の東京都世田谷区粕谷）に移り住み、文壇とは距離を置いた蘆花の半農生活は、まさに京王の建設によって大いにかき乱されたからだ。大正二（一九一三）年に出版され、自ら「田園生活のスケッチ」と述べる短文集『みゝずのたはこと』に、その模様がさまざまに描かれている。

§ 電気鉄道ブームにも乗り京王が誕生

冒頭の引用中「鏡花君の風流線」とは、実兄の徳冨蘇峰が創刊した『国民新聞』で明治三十六（一九〇三）年に連載が始まった泉鏡花の長編小説『風流線』だ。明治二十八～三十一（一八九五～九八）年に福井～金沢間の工事が行われた北陸本線の建設の喧噪の中で物語が展開される。蘆花は、五歳年下のこの後輩の作品を読んで、強い印象を持っていたのだろう。京王の建設工事を、この小説が描いた情景になぞらえている。都会との交わりを絶った蘆花にとって京王は、静謐を破る迷惑な存在だった。

京王電鉄のルーツは京王電気軌道だ。幹線鉄道として東中野から立川まで武蔵野の原野に一直線に敷設された中央本線に対し、鉄道に恵まれなかった調布や府中を通り、社名の通り東京と八王子を結ぼうとした。敷設が政府へ出願されたのは明治三十八（一九〇五）年。この年の四月十二日、関西では日本で初めての都市間高速電気鉄道として阪神電気鉄道が開業し、当時の最新技術、電車を採り入れた鉄道が、一種のブームとなっていた。阪急や京阪など、今の大手私鉄の路線の多くが、明治四十年代から次々に開業している。京王も、この流れに乗った計画の一つだ。

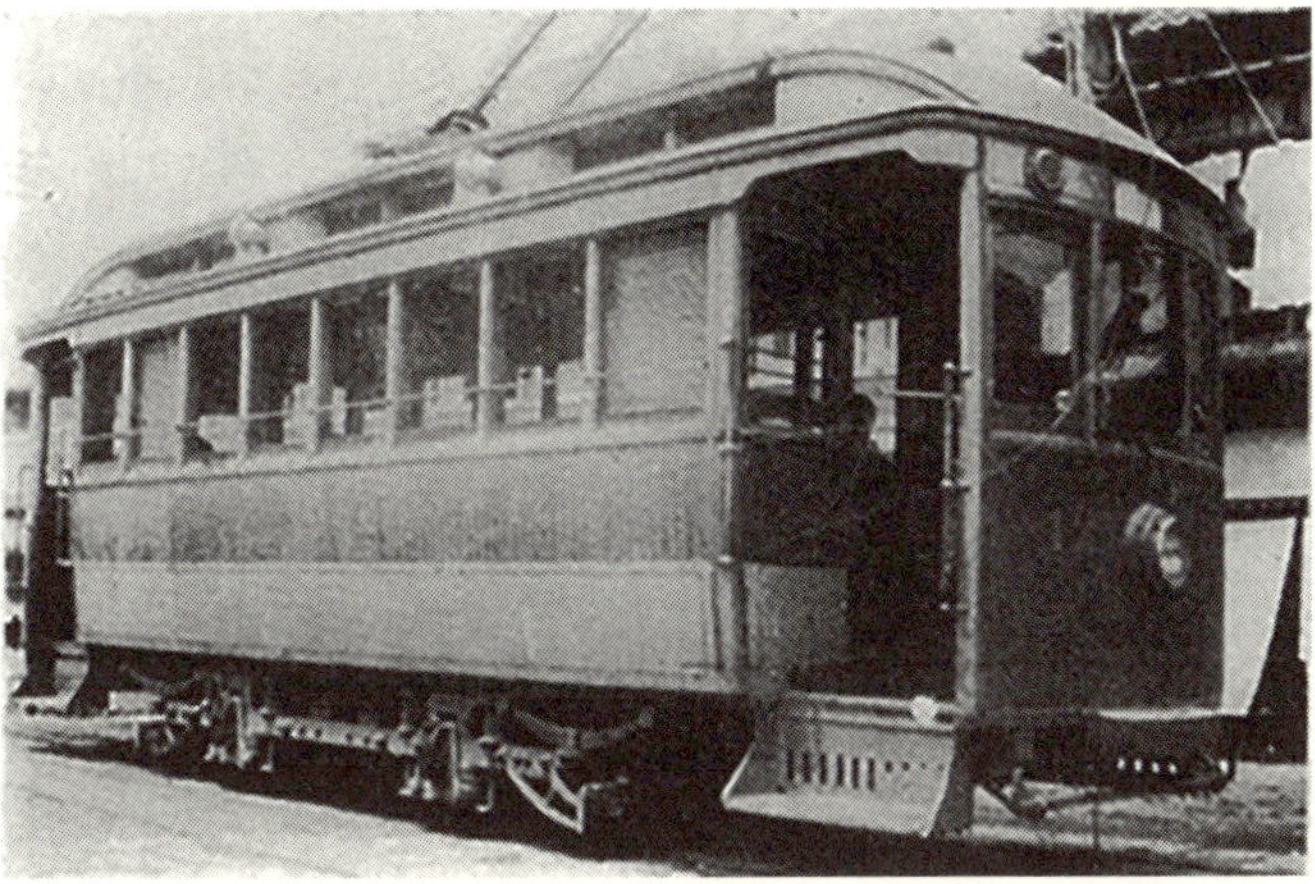

開業当時の京王電気軌道の電車（高松吉太郎『写真でつづる日本路面電車変遷史』）。最初期は路面電車と変わらぬスタイルだった。

こうした電気鉄道の特徴は、全国の主要都市の連絡を主眼とした幹線鉄道に対し、途中、無視された中小都市の利用客を丹念に拾いつつ大阪や東京と周辺都市を結んだところにある。そのため、古くからある集落の近くで大規模な工事が行われた。

徳冨蘆花はトルストイの影響もあって、東京の中心部の喧噪を避け、郊外の千歳村へと転居した。しかし蘆花は知らなかったのか、同時期に京王の計画は進んでおり、時代が明治から大正へと移り変わる頃、まず笹塚〜調布間の電気鉄道建設が始まったのだ。同区間の開業は大正二（一九一三）年四月十五日。近接する上高井戸にも駅が作られた。今、芦花公園駅から蘆花恒春園までは歩いて十五分。まだ江戸時代の感覚も残る当時としては、目と鼻の先と言っていい。いずれ、田園生活は時代の先端を行く電車に乱される運命にあった。

京王は、大正四（一九一五）年には現在の新宿三丁目交差点付近にあった新宿追分駅までの延伸を完成させ、大正九（一九二〇）年には上高井戸を含む区間の複線化も着々と進行。子会社により、大正十四（一九二五）年には東八王子（現在の京王八王子）までの路線も完成し、当初は府中乗り換えだったものの、都市間鉄道としての機能を発揮し始めた。いずれも『みゝずのたはこと』に書き留められた、千歳村で日々を過ごしていた頃だ。

新宿〜八王子間の軌間が統一され、直通運転が始まったのは昭和三（一九二八）年五月二十二日。この時から、京王は次第に本格的な高速電気鉄道へと変貌した。蘆花は、その前年の九月十八日に没している。

§「東京が大分攻め寄せて来た。」

後に内田百閒が「鹿児島阿房《あほう》列車」で記した逸話に、笹塚を訪れた時、京王の笹塚駅で待っていた教え子の存在を忘れ、うっかり取り残して帰ってしまったというのがある。律儀に待っていた教え子に対して、近くの住民が「ここは狐や狸が出て化かすから、今日は家に泊まりなさい」と助け船を出したほど、電車の開通後も武蔵野の田園風景はまだ沿線に広がっていた。それゆえ、やはり蘆花にとって京王の出現は、驚天動地の出来事だった。

東京が大分攻め寄せて来た。東京を西に距《さ》る唯三里、東京に依って生活する村だ。二百万の人の海にさす潮《しお》ひく汐《しお》の余波が村に響いて来るのは自然である。

（『みゝずのたはこと』）

これは千歳村へ移り住んで六年、すなわち京王が開業する直前の大正元（一九一二）年に書き綴った言葉で、「攻め寄せて来た」とは、まさに実感だろう。『みゝずのたはこと』では、十二ヵ所にわたって京王への言及がある。蘆花の生活の中に、まさに京王が入り込んできていた。中でも鉄道会社の実利主義に対しては、さまざまに思うところがあったようだ。

余の書窓から西に眺むる甲斐の山脈を破《は》して緑色《みどりいろ》濃き近村の松の梢に、何時の程からか紅白染分《そめわけ》の旗が翻った。機動演習の目標かと思うたら、其れは京王電鉄が沿線繁栄策の一として、ゆくゆく東京市の寺院墓地を移す為めに買収しはじめた敷地二十万坪を劃《しき》る目標の一つであった。

（『みゝずのたはこと』）

鉄道会社が沿線にて今で言う関連事業を行い、利益を上げる一方で鉄道の利用者を増やす助けとする経営手法は、阪急電鉄の前身、箕面有馬《みのおありま》電気軌道の経営にあたった小林一三《いちぞう》のアイデアとされる。後に続く鉄道もこの手法にならい、鉄道以外にもさまざまな事業を展開、私鉄コンツェルンと呼ばれる企業グループにまで発展させた。これは日本独特の鉄道経営で、西武や東急のように、沿線を離れて全国、海外にまで進出している例も珍しくはない。

その原形とも言うべき京王の墓地開発の模様が、『みゝずのたはこと』でも詳細に描かれた。

京王電鉄も金が無い。東京の寺や墓地でも引張って来て少しは電鉄沿線の景気をつけると共に、買った敷地を売りつけて一儲けする、此《これ》は京王の考《かんがえ》としてさもありそうな話である。

（『みゝずのたはこと』）

露骨に書かれているが、沿線の都市化がまったく進んでいなかったことが災いし、初期の京王電気軌道は相当な経営難に陥っていた。その打開策の一つが墓地計画だったと思われる。京王沿線の墓地といえば多磨霊園が思い浮かぶが、その計画が出来たのは大正八（一九一九）年で、しかも所在地は当時の多磨村。蘆花が住んでいた千歳村ではない。二十万坪は約六十六万平方メートルで、東京ドーム約十四個分にもあたる広大な土地だ。

蘆花は土地買収と札束に惑わされる村人たちの狂奔も描きつつ、都会と田舎は不可分な存在と説き、大正元（一九一二）年十一月八日の項を、こう締めくくっている。あきらめの反面、都会と田舎とのつなぎ役も、京王に期待していたのだった。

彼旗《かの》を撤し、此望台《このぼうだい》〔京王が建設した。墓地予定地の展望台〕を毀《こぼ》ち、今自然も愁うる秋暮の物悲しきが上に憂愁不安の気雲の如く覆うて居る斯《この》千歳村に、雲霽《は》れてうらうらと日の光射す復活の春を齎《もた》らすを得ば、其《その》時こそ京王の電鉄も都《みやこ》と田舎を繋ぐ愛の連鎖、温かい血の通う脈管《みゃくかん》となるを得《う》るであろう。

（『みゝずのたはこと』）

現在、世田谷区に二十万坪もあるような大きな霊園は存在しない。芦花公園駅周辺は閑静な住宅街に変貌を遂げ、蘆花の頃の農村の面影ももうない。

連続立体交差事業として高架化工事が進む現在の芦花公園駅近く。

故郷を通るはずだった蔵王電気鉄道

斎藤茂吉『赤光』

吾妻やまに雪かがやけばみちのくの我が母の国に汽車入りにけり

（『赤光』）

§ 死を迎える母に会いたいと急ぐ

大正二（一九一三）年、斎藤茂吉は処女歌集『赤光《しやっこう》』を上梓し、歌壇、文壇の大きな反響を呼んだ。中でも著名な連作「死にたまふ母」は、この歌集に収められている。引用した短歌も、そのうちの一つ。同年五月に詠まれた。現在の山形県上山《かみのやま》市出身で、同地の守谷《もりや》家から東京の斎藤家へ養子に入っていた茂吉は、明治十五（一八八二）年の生まれで、この時三十二歳。東京帝国大学医科大学の助手を務めていたが、実母いく危篤の報を受け取り、急ぎ上野から汽車に飛び乗った。

復刻された大正元（一九一二）年九月の『汽車汽船旅行案内』をひもとくと、上野二十一時発の奥羽《おうう》本線経由青森行き七〇一列車がある。おそらくこれを利用したに違いあるまい。福島発は早朝

春の板谷峠を走る山形新幹線〈つばさ〉〔撮影：衣斐隆〕。
茂吉の時代よりはるかに快適な旅となったが難路越えの苦労は不変。

四時四十分。奥羽本線に入って板谷峠《いたや》の急勾配を上りはじめたあたりで夜明けを迎え、朝の光を浴びた山々が車窓に広がったのだろう。まだ雪を抱いていた吾妻連峰《あづま》を見て歌を詠んだ。母の国とは、すなわち生まれ故郷でもある。この時刻表には登山案内の付録があり、吾妻山も福島の次に停車する庭坂《にわさか》が玄関口として紹介されている。

板谷峠は四〇キロほどの道のりだが、山形新幹線が通る現在に至るまで日本で一二を争う険路だ。今の新幹線〈つばさ〉なら福島～米沢間は三十分少々だが、当時の非力な蒸気機関車では、這うように進んで二時間半近くをかけ、七時四分にたどり着くのがやっとだった。茂吉の焦燥が伝わってくる。

みちのくの母のいのちを一目見ん一目見んとぞ
ただにいそげる
（『赤光』）

そして故郷の上ノ山には、ようやく八時三分に着いた。

上の山の停車場に下り若くしていまは鰥夫《やもお》の

おとうとを見たり　（『赤光』）

上ノ山駅（現在のかみのやま温泉駅）で出迎えたのは、実弟の高橋四郎兵衛（旧名・守谷直吉）だった。山形新幹線開業時に改称された駅名のとおり、ここは古くからの温泉地。四郎兵衛は、惜しくも平成二十二（二〇一〇）年に閉館してしまった老舗旅館、山城屋へ守谷家から養子に入った人物だ。早々に妻を亡くしたため、鰥夫（寡夫）と詠まれた。

茂吉に実兄は二人いたが、弟は直吉だけで、『赤光』などにおいて弟と呼んでいるのは彼。兄弟関係は良好で、歌人の兄を尊敬し、歌碑を立てるなどの活動もしている。茂吉の次男、北杜夫にとっては叔父に当たる。直吉は『楡家の人びと』にも三瓶城吉として登場する。

§ 茂吉の名前を冠した駅

板谷峠を越える鉄道を敷設するのは非常な難事業で、福島〜米沢間の開業は明治三十二（一八九九）年五月十五日。上ノ山まで、当時の奥羽南線が通じたのは明治三十四（一九〇一）年二月十五日になった。この日、上ノ山駅も開業している。上ノ山から一里と少し離れた金瓶《かなかめ》村に生まれた茂吉の最初の上京は明治二十九（一八九六）年、十五歳の時だ。同郷の医師、斎藤紀一に養子候補と見込まれ、言わば面談を受けに行ったのだ。この時は仙台まで徒歩で行き、日本鉄道（現在の東北本線）に乗って東京へ向かった。幸いお眼鏡にかない、東京暮らしが始まる。その後、明治三十（一八九七）年、翌年と帰省しているが、いずれも仙台から金瓶村まで八〇キロあまりの道のりを歩き抜いている。その頃の人なら当たり前の距離だっただろうが、健脚に驚かされる。

明治三十二（一八九九）年七月の帰省ではようやく米沢まで汽車に乗り、そこから歩いて実家に向かえるようになった。その後も何度も帰省しているが、いずれも上ノ山まで汽車を使っている。奥羽本線は明治三十四（一九〇一）年のうちには山形まで通じ、明治三十八（一九〇五）年に福島〜山形〜秋田〜青森間が全通した。

米沢から上ノ山へは下り勾配になっており、列車が平野に向けて次第に加速してゆく音が聞こえてきたらしい。

みちのくに来りてをれば夜くだち平野へ出ずる汽車のおときこゆ　（『小園』）

これは昭和十八（一九四三）年、六十二歳の時に上ノ山温泉の山城屋で詠んだ歌だ。そして昭和二十（一九四五）年に空襲を避けて金瓶、後に同じ山形県の大石田に疎開する。東京へ戻ったのは昭和二十二（一九四七）年十一月。これが最後の帰省となり、昭和二十八（一九五三）年二月二十五日に東京で没する。

その約一年前、奥羽本線に北上ノ山駅が開業した。上ノ山駅の北隣で、ここからだと、茂吉の生家まで歩いて二十分ほど。仙台まで山越えをしていた頃を思うと夢のような改善だったが、もちろんここを利用しての帰省は行われなかった。北上ノ山駅から、わずか三分ほどのところに斎藤茂吉記念館が開館したのは昭和四十三（一九六八）年だ。そして平成四（一九九二）年七月一日。山形新

茂吉記念館前（旧北上ノ山）駅［提供：旅好き（photo library）］。

幹線の開業と同時に北上ノ山は、茂吉記念館前と改称されている。とうとう、駅名の方が斎藤茂吉に合わせる時代となった。

§ 金瓶を通るはずだった鉄道

北上ノ山駅ができただけではない。金瓶村の生家のすぐ近くに駅ができる計画すら持ち上がった。

戦後の混乱が次第に落ち着いてくると、平和の到来で急増した旅客輸送量に対応する、新しい鉄道の計画が雨後の竹の子のように、あちこちに湧き上がった。蔵王《ざおう》高速電鉄もその一つだ。この聞き慣れない鉄道は現存しない。それどころか開業できなかった。山形県でいちばん交通量が多かった山形と上ノ山の間を電車を用いた電気鉄道で結び、蒸気機関車牽引の国鉄から利用客を奪おうとの目論見だった。県内の交通事業者や資産家が出資する計画で、昭和二十二（一九四七）年二月に免許が申請された。茂吉がまだ山形県に疎開していた頃で、新聞などでこの

蔵王高速電鉄を走るはずだった電車。

鉄道計画を知ってもおかしくない。弟の四郎兵衛の方は、地元の話だ。関心を持たざるを得なかっただろう。

この鉄道は奥羽本線と並行しているが、経由地は少し違っていた。金瓶を通り、駅も設置される計画となっていたのだ。

蔵王高速電鉄は昭和二十四（一九四九）年に着工した。しかし、翌年に勃発した朝鮮戦争に振り回される。諸物価は高騰。特に建設資材の値上がりは致命的で、資金はたちまち枯渇し、築堤などが一部完成したものの、工事中止へと追い込まれる。

また、使用する電車五両も、すでに日立製作所へ発注済みだったとされる。うち三両は、工事中止の時点で完成していた。もちろん代金は支払えず、いわゆる〝注文流れ〟となってしまう。このままでは日立製作所は大損なので、引き取り先を探した。そこに現れたのが岡山県の備南電気鉄道だ。昭和二十八（一九五三）年に開業する際、必要となる電車をこれでまかなうようにし、若干の手直しの上でモハ１００形１０１〜１

03として購入したのだった。

　備南電気鉄道も経営は厳しかったため、同県玉野市が経営を引き受けて玉野市営電気鉄道となったが、昭和三十九（一九六四）年には合理化によって電化を廃止。使い道を失ったモハ101〜103は翌年、瀬戸内海を渡って高松琴平電気鉄道へ譲渡され、750、760、770に改番されている。この三両は平成十八（二〇〇六）年までに廃車となったが、そのうち760が玉野市へ里帰りを果たし、同市内の総合保健福祉センター（すこやかセンター）の敷地内で静態保存されている。まるで小説のような数奇な運命をたどった電車だ。

　斎藤茂吉がこの電車に乗ることはなかった。だが、もし蔵王高速電鉄が完成し、もう少し長命して金瓶駅で乗り降りできていたら、どんな歌を詠んだだろうか。そう考えると楽しい。

志賀をはねた山手線の電車は今も残る

志賀直哉『城の崎にて』

山の手線の電車に跳ね飛ばされて怪我をした、其後養生に、一人で但馬《たじま》の城崎《きのさき》温泉へ出掛けた。背中の傷が脊椎カリエスになれば致命傷になりかねないが、そんな事はあるまいと医者に言われた。二三年で出なければ後は心配はいらない、兎に角要心は肝心だからといわれて、それで来た。三週間以上――我慢出来たら五週間位居たいものだと考えて来た。

（『城の崎にて』）

§　夕涼み帰りに奇禍に遭う

気象に関する論文を斜め読みしていると、大正二（一九一三）年の夏はどちらかと言えば冷夏だったらしい。けれど、残暑が厳しかったのかもしれない。志賀直哉は八月十五日、小説『出来事』を書き上げた解放感からか、芝浦の海岸へ夕涼みに行き、素人相撲を見た帰り、山手線の電車には

現在の田町駅の三田側出口。大正の初めはまだ海岸沿いの駅だった。

ねられてしまう。

当時の風情はまったく失われてしまったが、芝浦自体が、江戸前の魚で知られた海岸へ隅田川から浚渫《しゅんせつ》された土砂が運び込まれた埋立地で、陸地が現れはじめたのが明治四十五（一九一二）年だ。最寄り駅は田町で、ここも明治四十二（一九〇九）年に山手線の烏森《からすもり》（現在の新橋）〜品川間の開通とともに開業したばかりだった。まだ芝浦側に改札口はなく、海岸へ行くには三田側から回らねばならなかった。後に工業地帯となり、横須賀線のトンネルや東京モノレールが通ったが、その頃の芝浦は荒涼とした空き地が広がっていたのだろう。興業にはふさわしかったが、およそ八十年の後、バブル崩壊の徒花《あだばな》、ジュリアナ東京が生まれる場所だとは、一片の想像もできまい。

『清兵衛と瓢簞』を発表し文壇で名が知られるようになっていた志賀は、この大正二（一九一三）年の四月、半年ほど滞在していた尾道から東京へ戻ってきていた。当時三十歳。自分の葬儀で弔辞を読み上げることになる、腐れ縁とも言える五歳下の友人、里見弴《とん》と、この時も一緒にぶらぶら出かけた。

志賀は頭と背中に大きな怪我を負った。電車に後ろからぶつかられ、二間半（約四・五メートル）ほど跳ね飛ばされて頭を打ったと回想している。頭の傷は頭蓋骨が見えるほど大きなもので、おそらく流血がひどかった。里見は大いにうろたえたに違いない。しかし志賀の意識はあり、冷静に自ら病院を指定して里見に運び込んでもらった。

退院後、医師から温泉での養生を勧められ訪れたのが城崎温泉。そこで生と死の意味を考え、書いたのが、無類の名文と評される短編小説『城の崎にて』だ。

電車にはねられてしまえば即死もあり得る。下手をすると床下の台車に巻き込まれて、ばらばらに……

志賀自身、こうも記している。これでもまだ少し楽観的かもしれない。

　自分はよく怪我の事を考えた。一つ間違えば、今頃は青山の土の下に仰向けになって寝ている所だったなど思う。青い冷たい堅い顔をして、顔の傷も背中の傷も其儘《そのまま》で。祖父や母の死骸が傍にある。それももうお互いに何の交渉もなく、——こんな事が想い浮ぶ。

（『城の崎にて』）

志賀がこのとき死んでしまっていたら『和解』も『暗夜行路』もこの世には存在せず、阿川弘之など、志賀が影響を与えた後に続く大勢の小説家も、もしかしたら世に出なかったかもしれない。日本文学と国有鉄道にとって、志賀が命拾いしたのは幸いだった。

原宿駅近く、大正９年の創建直後の明治神宮前の神宮橋下を走る山手線。柵もない。

§ 山手線の電車

明治の末から昭和の始めにかけては電車が大いに発展した。大手私鉄の大半は、この時期に開業している。官営鉄道でも、明治三十七（一九〇四）年に飯田町（現在の飯田橋付近）～中野間に電車を導入した〝国電の始祖〟甲武鉄道の買収を皮切りとして、積極的に電車運転に取り組んでいた。

大正二（一九一三）年には、まだ山手線は環状運転を始めていなかった。明治四十二（一九〇九）年十二月十六日に上野～池袋～新宿～品川～烏森間と池袋～赤羽間の電化が完成し、電車が走り始めたものの、東京駅はまだ建設中。ぐるりと東京を一周する運転系統となったのは大正十四（一九二五）年だ。烏森と上野の間は江戸時代からの住宅密集地で、鉄道の建設が困難だったからにほかならない。

志賀直哉がはねられた場所は詳しくはわからない。線路の脇を歩いていて、後ろからぶつけられたのだから、今日の田町〜高輪ゲートウェイ間だろうか。烏森発上野行き（現在の外回り）だったのかもしれないと、なんとなく想像してみる。

〝線路の脇〟がくせ者。志賀自身の述懐では脇を歩いていて事故に遭ったと述べられている。今のように柵が張り巡らされている時代ではないので、線路には自由に立ち入れたし、実際、道路代わりに使われたり、踏切でもないところで横断されていたりした。庶民にとってそれは日常だったし、割に最近までそうした習慣は残っていた。

ただ、線路の脇を歩いているだけでは電車と接触しない。実際には線路の中を歩いていたのだけれども、照れ隠しで脇と書いたのかもしれない。もしかすると芝浦から線路を横切って、改札口がある田町側へ出ようとしていたのか。いずれにしろ危険で、違法行為でもある。

令和の今日、山手線は一両が全長二〇メートル級の十一両編成で運転されている。最高速度は時速九〇キロ。はねられたら、ひとたまりもない。最短二分間隔で走ってくるからふつうの心情では線路に立ち入ろうとは思わないだろう。

これに対し、志賀の事故の頃に山手線で使われていた電車は一六メートル級の小型木造車だ。市内電車（路面電車）とは異なり、二両以上連結しての運転も技術的には可能となっていたが、一両での運転も珍しくはなかったようだ。鋼鉄製の電車が現れるのは昭和の初めで、大正期の鉄道車両はまだ、蒸気機関車を除いて木造車体が当たり前だった。

東京駅の開業後になるが、大正十四（一九二五）年の復刻版時刻表を見ると、山手線は深夜まで十二分間隔で運転されている。それなりに頻繁に走っていたのだが、志賀と里見は酔ってたのか、

鉄道博物館のナデ6141。ナデ6110形は志賀直哉が奇禍に遭った年に誕生した当時の新型電車で、鉄道博物館に1両が保存されている。

高をくくってしまったのか。それともすぐに停まってくれる市内電車と同じと考えていたのか。一般的な鉄道で使われる電車は、当時から市内電車よりも大きくすぐには停まれないのだが。

§　同型車がはねた?

その時代の最新鋭電車は現存する。さいたま市にある鉄道博物館へ行けば、重要文化財に指定されたナデ6141が保存されており、実際に姿を見て、触れることができる。この電車は新製時、ナデ6110形と称しており、ナデ6133〜6144の十二両が鉄道院新橋工場で誕生した。

このナデ6110形。ちょうど志賀が東京へ戻った大正二（一九一三）年四月から、翌年にかけて順次、完成している。投入された路線は中央線と、山手線だ。

ナデ6110形のうち、大正二（一九一三）年のうちに完成したのはナデ6133〜6138の六両だ。そのため、志賀が事故に遭った八月にはナデ６１４１は未完成。大正三（一九一四）年三月三十一日竣工だから、重要文化財に志賀の血の臭いが染みついているわけではない。

しかし、同型車が文豪をはねてしまった可能性は大いにある。他の形式も使われていたからナデ６１１０形ではなかったとしても、事故の頃の山手線電車がどのようなものだったかは、ナデ６１４１を見ればよくわかる。

ナデ６１４１はデハ６２９３に改称された後、大正十四（一九二五）年に除籍されて東急電鉄のルーツの一つ、目黒蒲田電鉄へ払い下げられた。昭和五（一九三〇）年には芝浦製作所に売却されて（芝浦への縁もある）、一時期、製造した車両を移動させる、工場内での入換に使われた後、すぐ鶴見臨港鉄道へ再度、売却されている。土屋文明が短歌に詠んだ会社だ。この会社は昭和十八（一九四三）年に国に買収されたため国有鉄道へ出戻りとなったが、老朽化した木造車では使い道にも困り、戦災で車両不足に陥っていた地方民鉄救済のため供出される。六社目の在籍先は茨城県の日立電鉄。昭和二十五（一九五〇）年に譲渡された。

日立電鉄では貨物用にも改造されて長く使われたが、志賀が亡くなった翌年の昭和四十七（一九七二）年、日本の鉄道百周年を記念し、貴重な黎明期の電車の生き残りとして国鉄への返却が決定した。そして製造時に近い姿に復元され、鉄道記念物に指定された。平成十九（二〇〇七）年の鉄道博物館開館と同時に、展示車両の一つとして同館入りしている。

志賀直哉は〝引っ越し魔〟とあだ名されるほど転居を繰り返した人物で、その回数は二十三回にも及ぶ。ナデ６１４１も各地を転々とした電車。妙なつながりを感じる。

屋根に雪を載せた列車が初めて上野駅に来た時

室生犀星「上野ステエション」

トツプトツプと汽車は出てゆく
汽車はつくつく
あかり点くころ
北国の雪をつもらせ
つかれて熱い息をつく汽車である
みやこやちまたに
遠い雪国の心をうつす
私はふみきりの橋のうへから
ゆきの匂ひをかいでゐる
浅草のあかりもみえる橋の上

(『抒情小曲集』)

§ 故郷の金沢への屈折した思い

室生犀星は明治二十二（一八八九）年に金沢で生まれた。ちなみに、内田百閒と同い年だ。私生児で、赤ん坊のうちに養子に出されたため実の両親の顔を知らない。養家でも良い暮らしをしていたとは言えず、高等小学校も中退させられて、十三歳になる年に金沢地方裁判所へ給仕として就職した。こうした生い立ちが故郷への屈折した思いを生み、犀星の文学に影響を与えたと言われる。ただ、裁判所の上司に俳人がおり、文学に親しむようになったのは、犀星本人にとっても、日本の文学にとっても幸いだった。

明治三十九（一九〇六）年三月には、田山花袋が編集主任を務めて創刊された雑誌『文章世界』に、初めて室生残花の名で文章が掲載された。八月一日生まれだから、まだ十六歳の少年だった。この年から、金沢市内を流れる犀川の西で生まれ育ったことに寄せて、犀星との号を使い始めている。そして終生、この川と上流の山々の風情を愛した。

ふるさとは遠きにありて思ふもの
そして悲しくうたふもの
よしや
うらぶれて異土《いど》の乞食《かたい》となるとても
帰るところにあるまじや
ひとり都のゆふぐれに

ふるさとおもひ涙ぐむ
そのこころもて
遠きみやこにかへらばや
遠きみやこにかへらばや
（『抒情小曲集』）

一般に犀星は望郷の詩人と理解されているが、実際はそう単純ではない。人口に膾炙したこの詩も、東京ではなく金沢で詠まれている。冒頭の部分があまりにも有名なので、故郷を愛して詠んだと勘違いされがちなのだが、続きを読めば、そうではないことが一目瞭然だ。たとえ異土（よその土地）で乞食になったとしても、帰るところではないと言う。故郷を思って涙ぐむことはあっても、自ら進んで遠い都へ帰りたいものだと言っている。

犀星は明治四十三（一九一〇）年に初めて上京した。最初の詩集『愛の詩集』と第二詩集『抒情小曲集』は大正七（一九一八）年に自費出版された。収められた詩は明治四十三～大正三（一九一〇～一四）年頃に詠んだ、二十代前半の多感な時期の作品だ。後者の中の「小景異情その二」と題した章に「ふるさとは～」の詩もある。

この間、犀星は東京と金沢を何度も往復している。もちろん、鉄道を使ってだ。ただこの間に、東京と金沢を結ぶ鉄道には大きな変化があった。

大正二（一九一三）年四月一日の、北陸本線米原～直江津間の全通だ。

§ 最初は米原回りだった上京と帰郷

北陸本線は最初、大陸方面への玄関口として重要な港湾の敦賀と、東海道本線の駅の長浜との間を結ぶ鉄道として建設された。泉鏡花が『高野聖』で描いたのは、まだ敦賀までしか鉄道が完成していない時代だ。

その後、福井方面へ鉄道が延び金沢に達したのは、犀星が幼少だった明治三十一（一八九八）年と比較的早かった。しかし、有数の難所とされる親不知《おやしらず》に阻まれて、富山と直江津の間の建設、および信越本線との接続、直江津や長野を経由した東京方面への直通ルートの形成は難航した。

つまり、犀星の上京、帰郷も最初の頃は東海道本線米原回りだったはずだ。そして、東京に到着した時に降り立った駅は、上野には大正二（一九一三）年三月三十一日まで金沢からの列車が到着しなかった以上、新橋でなければならない。

初めて上京した当日の模様は、随筆『洋灯《らんぷ》はく

高崎線を走る雪にまみれて新潟方面から上京した貨物列車〔提供：ヒロ（photo library）〕。

らいか明るいか』に克明に記されている。

新橋駅に降りた私はちいさな風呂敷包と、一本のさくらの洋杖《ステツキ》を持ったきりであった。風呂敷包のなかには書きためた詩と、あたらしい原稿紙の幾帖かがあるきり、外に荷物なぞはなく、ぶらりと歩廊《プラットフォーム》に出たときに眼にはいったものは、煤《すす》と埃《ほこり》でよごれた煉瓦の色だった。そのため構内はうすぐらく、東京に着いた明るい感じなぞはしなかった。そのころ東海道は新橋が行きとまりになり、新橋が東京の大玄関だった。

（『洋灯はくらいか明るいか』）

時が過ぎ、大正二（一九一三）年の犀星は、まず二月に金沢から東京に戻っている。北陸本線全通前の段階だから、間違いなく米原回りだ。続いて夏に金沢へ帰省している。その際には北陸本線は全通していたから、初めて上野から北陸方面行きに乗ったかもしれない。なお、この間に萩原朔太郎と知り合い、終生、親交を持った。

二月の帰京の際には、泊《とまり》発で東海道本線米原経由の急行新橋行き538列車を利用しただろう。復刻されている『汽車汽船旅行案内』大正元（一九一二）年九月号によると、金沢二十一時十三分発、新橋が翌日十六時四十五分着で所要時間は十九時間三十二分。この列車と対を成す、新橋を十二時二十五分に出る、急行537列車泊行きもあり、金沢到着は翌朝八時四分。所要時間は十九時間三十九分だ。上京当初、犀星はこれらの列車を使って、金沢と行き来したと想像できる。とても裕福とは言えない生活だったので、三等車の片隅に座り、揺られていたことだろう。

犀星や啄木が親しんだ大正期の木造の上野駅舎。

一方、大正四（一九一五）年三月の『公認汽車汽船旅行案内』によると、上野発の北陸方面行き列車として、夕方十六時に出る福井行き551列車が設定されている。各駅に停車する普通列車だが、これだと金沢九時ちょうど着で、十七時間で着く。つまり、東海道本線回りの急行より直江津回りの普通の方が速かったのだ。しかも、東京での用事を済ませてからでも汽車に乗ることができ、一日の活動を始めるにはちょうどよい時刻に金沢駅に降り立てる。北陸本線完成のありがたみを感じたかもしれない。

そして詠まれた詩こそ冒頭に引用した「上野ステエション」だ。冬、故郷の雪にまみれて列車が到着する場面は、北陸本線全通によって初めて現れた。寒冷な信州、北関東を通ってくるからこそで、北陸新幹線の開業まで上野と北陸を直通する列車で時に見られた。温暖な東海道本線を経由する列車では、列車に積もった雪も途中で融けてしまい、東京には雪まみれでは現れない。

この詩は、上野駅の北側にある両大師橋で見た風景が元になっている。北陸の雪をそのまま運んできた列車を見たその時は、詩人が強烈に故郷を意識した瞬間でもあっただろう。憎くも懐かしくもある故郷と、自分が今、住んでいる東京が、鉄道によって深くつながったのだとの感慨が、心を動かしたに違いない。

§「五銭」だった市内電車の運賃

私は電車と電車とがすれちがう時、眼をつぶった。そして電車というものがその時代の文明をいかによく代表的にあらわしていたかに、私は驚いた。舶来的な、ひとりで走るような車体はどれもあたらしく、自動車がすくなかったから大抵の人は電車に乗り、車内はいまの映画館の座席のように美しい人が乗り合い、そういう客間のお茶の会のような光景が、そのまま街のなかを走って行った。往復五銭であった。私はできるだけこれから電車に乗ってやろう、そういうふうに私は東京についた第一日の印象に、電車というものを好いた。

(『洋灯はくらいか明るいか』)

犀星は新橋に着いた後、友人とともに市内電車に乗り、銀座、須田町、上野と東京の町を見て回った。最新技術の電車には、大いに興味をひかれた様子が、『洋灯はくらいか明るいか』にも記されている。

犀星が雪まみれの列車を眺めた、上野駅のすぐ北側に架かる両大師橋。

犀星の上京は明治四十三（一九一〇）年なので、市内電車を走らせていた三社が明治三十九（一九〇六）年に合併して東京鉄道になった後のことで、また明治四十四（一九一一）年に東京市に買収される前のことだった。

意識していたのかどうかはわからず、さらっと書かれているが、「五銭」との市内電車の運賃は意味深だ。明治三十九（一九〇六）年、市内電車三社の運賃は三銭均一から五銭均一に値上げされそうになった。明治三十八（一九〇五）年頃、銀座の木村屋総本店のあんパンは一個一銭だったそうだ。カレーライスが五～七銭ぐらいなので、一銭は今の約百五十～二百円ぐらいの感覚か。五銭だと現在の七百～千円ぐらいの価値になり、確かに庶民には相当高く感じる。そこで発生したのが、激しい値上げ反対運動。日比谷公園で行われた集会の参加者が暴動を起こし、デモや電車の焼き討ちに発展して、軍まで出動する騒ぎになった。そこで五銭への値上げを断念し、東京鉄道発足とともに四銭均一として政府へ申請。これは実現した。

しかし、明治四十一(一九〇八)年には、合併した東京鉄道が再び五銭への値上げを目論む。すると、前回にも増して激しい反対運動が起き、東京市による市内電車買収へと進んだのだ。

犀星は往復と書いているが、乗車したルートはわからない。しかし、この時点で市内電車の運賃は五銭均一のはずで、どこかでの乗り換えを往復と書いたのかもしれない。市内電車を乗り換えても五銭払えば車掌が乗換切符を切り、次の電車にもその切符で乗車できた。犀星は五銭を高いと思ったのかどうか。その感想は、書いておいてほしかった。

「軽便」と呼ばれていた鉄道

井上靖『しろばんば』

やがて馬車は終点の大仁《おおひと》駅前で停まった。ここから軽便鉄道が、伊豆半島の基部にある三島町へと走っていた。四人の乗客は馬車から降りると、駅の小さい待合室へはいって、それぞれほっとしたようにベンチへ腰を降し、長いこと口をきこうともしなかった。四時間というもの馬車に揺られ続けて来たので、すっかり疲れ果てて、誰も口をきく元気はなくなっていた。

（『しろばんば』）

§　温泉地へ向かう文人墨客が乗った

伊豆の湯ヶ島は江戸時代には金の産出でも賑わうなど、古くから知られた温泉地だ。明治になって東海道本線が開業すると、東京から多くの文人墨客が訪れるようになる。川端康成が『伊豆の踊子』を執筆した旅館が今も残り、梶井基次郎もこの地に長く滞在、多くの体験を小説にした。周囲

明治期と思われる大仁駅。

にも温泉は多く、特に修善寺温泉は平安時代に弘法大師が開いたとの伝説が残る。そちらでも尾崎紅葉が『金色夜叉』を執筆したり、泉鏡花、夏目漱石、島崎藤村、芥川龍之介ら、そうそうたる顔ぶれが湯治に訪れ、作品を残した。

ただ、井上靖にとってこの地方は、彼らとは大きく違う意味を持っていた。両親の出身地であり、自らも生後まもなくの明治四十一（一九〇八）年から大正九（一九二〇）年に浜松へ移り住むまで、多感な少年時代を過ごした〝故郷〟だったのだ。大正四（一九一五）年、湯ヶ島尋常小学校二年生から、浜松へ旅立つ六年生の二月までの自らの体験を、自伝的小説として書き上げたのが『しろばんば』。前編が小学二年から三年、後編が五年から六年の時の物語となっている。主人公の洪作はもちろん井上靖本人。登場人物も周囲の人々がモデルになっている。当然ながら、作中の伊豆もそこで暮らす人々の目線で描かれており、よそ者の文人たちとは大きく違う。

小説には湯ヶ島と、洪作にとっては遠い世界を結ぶ存在として馬車と軽便鉄道、後編ではバスもしばしば出てくる。

この地方の鉄道は、温泉地としての高い人気を反映して比較的早くに敷設された。現在の伊豆箱根鉄道駿豆《すんず》線が最初で、豆相《ずそう》鉄道の手によって明治三十一（一八九八）年五月二十日に三島町（現在の三島田町）〜南條（現在の伊豆長岡）間が開業。同年六月十五日には東海道本線の三島駅まで延伸されて接続を果たし、さらに翌明治三十二（一八九九）年には南條〜大仁間が開業して全通した。『しろばんば』で馬車やバスと鉄道との接続駅として登場する大仁が、当時の終着駅だった。作中では〝軽便〟と呼ばれているが、軌間（レールの間隔）は東海道本線と同じ一〇六七ミリを最初から採用しており、七六二ミリなど、それ以下の軌間で敷設された本来の軽便鉄道とは異なっていた。東京方面からの直通列車や貨車の乗り入れを考慮していたのだ。ただ、蒸気機関車や客車は国有鉄道が走らせていたものとは違い、小さな軽便鉄道サイズだったことが、尾崎紅葉の紀行文『修善寺行』にも表れている。明治三十四（一九〇一）年五月に修善寺へ湯治に訪れた際の記述だ。

汽車を見るに軽微にして粗鹵《そろ》（粗末で役に立たない様）、其来《そのきた》るや狸の化けたる者の如く、煙突の小なるむしろ噴飯すべし。車六輛を列ねて軒輊《けんち》（上がり下がりする。バウンドするように揺れている様子か）し去る。

（『修善寺行』）

ひどい言われようだが、それが電化されるまでの豆相鉄道の実態だった。軌間以外は、その頃はどこにでもあった軽便鉄道と大差なく、東京出身の紅葉の目には、いかにも田舎くさい列車としか映らなかったようだ。

洪作は少しも疲れていなかった。空腹を感じないのは疲労のためではなく、大仁という軽便鉄道の発着する部落へ来たための昂奮からであった。

〔中略〕

いよいよ軽便が動きだした時、旅情とでもいった気持が洪作の胸に忍び込んで来た。汽笛の音にも、駅のホームにも、駅員にも、木柵にも、木柵の間から顔を覗かせている大仁の子供たちにも、それからまた同じ軽便に乗り合わせている客たちにも、洪作は妙に物哀しいものを感じた。

（『しろばんば』）

一方の井上靖はこうだ。軽便鉄道は遠い世界への第一歩で、あこがれの存在だったことがうかがえる。

§ 今の三島ではなかった三島駅

豆相鉄道は明治四十（一九〇七）年に伊豆鉄道へ事業を譲渡。さらに、明治四十五（一九一二）年には駿豆電気鉄道、大正六（一九一七）年には駿豆鉄道と経営者がしばしば変わった。駿豆鉄道が、現在の伊豆箱根鉄道の直接の前身にあたる。『しろばんば』が描いた時期には、この軽便鉄道は駿

丹那トンネル開通とともに現在地に移転した当初の三島駅。
修善寺への乗り換え駅もここに移った。

豆電気鉄道から駿豆鉄道へ路線が譲渡されていたが、具体的な会社名は出てこない。なお、駿豆電気鉄道は明治三十九（一九〇八）年に三島と沼津を結ぶ路面電車を開通させた会社で、これが伊豆鉄道を買収した。旧豆相鉄道線が電化されたのは大正八（一九一九）年で、それまではずっと蒸気機関車が牽引する列車が走っていた。

いずれにせよ、東海道本線の三島駅と大仁を結ぶ鉄道だったことに変わりはない。大仁～修善寺間が延伸開業し、現在の姿になったのは大正十三（一九二四）年で、井上靖はすでに沼津中学校の生徒になっており、伊豆を離れていた。

さて、その三島駅だが、明治二十二（一八八九）年に東海道本線の国府津～静岡間が開業した時点ではまだ存在しなかった。開業は明治三十一（一八九八）年六月十五日で、まさに豆相鉄道三島～三島町間の開業と同日。つまり、接続駅として設けられたのだった。

東海道本線の建設時、東海道の宿場町や三嶋大社の門前町として栄えた三島は、地形上の問題により経路から外された。すでに鉄道の経済的な効用は広く知られるようになっており、そのため、駅がないと町の存亡にかかわるとの危機感は、三島の有力者の間の共通認識になっていた。そこで豆相鉄道を設立して町と東海道本線を結び、さらに温泉客を修善寺、湯ヶ島方面へ誘致する計画が立てられた。豆相鉄道の起点は沼津駅の予定だったが、より三島に近いところに駅を設置するよう政府に働きかけ、敷地を提供するなどして接続駅を作る計画に変更。これが実ったのだ。

ただ、昭和九（一九三四）年十二月一日に丹那《たんな》トンネルが開通し、国府津～沼津間が熱海経由に変更されるまでは、今の御殿場線が東海道本線だった。現在の三島駅は二代目で、東海道本線のルート変更と同時に開業した。旧豆相鉄道も線路を切り換え、急カーブで新駅に乗り入れる形になっている。初代三島駅に乗り入れるルートは廃止された。

そして、初代三島駅は御殿場線の駅として残され、下土狩《しもとがり》に改称されている。今はローカル駅にすぎないが、ワンマン運転列車には似つかわしくない広く長いホームが、かつては主要駅だった面影を残している。

終点の大仁に着くと、そこから軽便鉄道に乗った。洪作は久しぶりに乗る玩具のような汽車が楽しかった。汽車に乗ってから、おぬい婆さんは気持が悪くなり、二人分の座席を一人で占領して横になり、汽車が停車場に停る度に、「三島じゃろが、まだ三島じゃないのかい」と、蒼い顔を上げて言った。

三島へ着くと、そこで東海道線に乗り替えた。三島駅の次が沼津駅だったので僅かひと駅の区間であったが、おぬい婆さんは乗客に頼んで荷物を棚に載せて貰い、すぐまたそれを降して貰った。

（『しろばんば』）

『しろばんば』には、洪作とおぬい婆さん（洪作の事実上の養母）が三島で東海道本線に乗り換え、沼津や両親が住む豊橋へ出かける場面が何度か出てくる。この場合の三島はもちろん、現在の下土狩だ。

三島での乗り換えの様子は、芥川龍之介が妻の文《あや》に宛てた書簡に詳しく書かれており、興味深い。『しろばんば』の時代より少し後だが、丹那トンネルの開通前。手書きのイラストまで添えられており、東海道本線の下り列車の対面に修善寺行きが停車している様子が説明されている。旧豆相鉄道の電化後だから修善寺行きは電車。芥川はご丁寧に、架線とパンタグラフまで描いている。

汽車は十二時キッチリの明石行にのると四時三十九分に三島へつく。三島へついたらプラッ

開業当時は「三島」だった御殿場線の下土狩駅。
広い構内がその名残で、伊豆方面への接続駅でもあった。

トフォームの向う側に修善寺行の軽鉄がついている故、それへ乗れば六時には修善寺へつく。修善寺駅から新井までは乗合自働車、人力車何でもある。時間がわかれば僕が迎いに出る。切符は東京駅より修善寺迄買った方がよし（三島迄買うと又買わねばならぬから面倒臭い。東京駅で修善寺までのを売っている）。

（大正十四［一九二五］年四月二十九日、芥川文宛『芥川竜之介書簡集』）

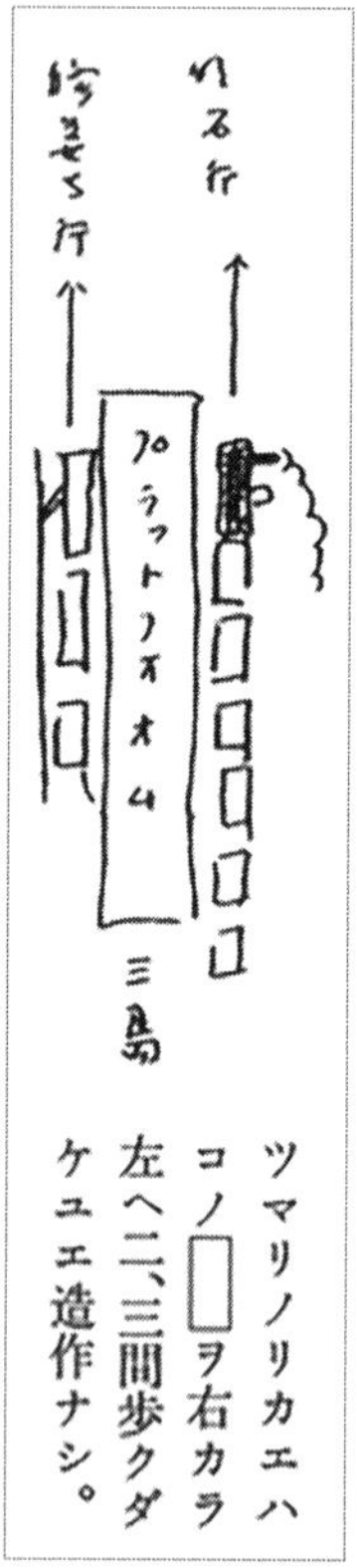

芥川龍之介が描いた三島駅乗り換えの図

現在もJRの特急〈踊り子〉が東京から修善寺まで直通しているため、東京駅で修善寺までの乗車券が買える。別の鉄道会社まで通しできっぷが買える取り扱いを連絡運輸と言うが、それを芥川は把握していた。なお、大正十四（一九二五）年四月は、現在のJTB時刻表の直接のルーツになる『鐵道省運輸局編纂汽車時間表』がまさに創刊された時でもあり、復刻版が刊行されているため、芥川の記述が正確とわかる。明石行きの三島発車時刻は午後四時四十分と記されており、一分停車だったようだ。

面白いのは、都会的な電車が走っているにもかかわらず、芥川も〝軽鉄〟と呼んでいる点。地元での呼び方にならったものと見える。

『しろばんば』でも「軽便鉄道」で通しているが、一ヵ所だけ〝電車〟と呼ばれている。後編、つまりは大正八～九（一九一九～二〇）年。洪作の実母の七重が湯ヶ島に帰ってきた時だ。電車が走り始めた直後になる。


「遅くなっちゃって！　大仁で二時間も待たされましたの。バスも馬車も、どっちも電車との連絡が悪いんですのね。あれ、どうかしないといけないわ」

（『しろばんば』）


子供から次第に大人へと成長してゆく洪作だけでなく、彼の故郷もまた、この時代に大きく変化していったのだった。

横須賀線の二等車内

芥川龍之介『蜜柑』

が、やがて発車の笛が鳴った。私はかすかな心の寛《くつろ》ぎを感じながら、後の窓枠へ頭をもたせて、眼の前の停車場がずるずると後ずさりを始めるのを待つともなく待ちかまえていた。所がそれよりも先にけたたましい日和《ひより》下駄の音が、改札口の方から聞え出したと思うと、間もなく車掌の何か云い罵る声と共に、私の乗っている二等室の戸ががらりと開いて、十三四の小娘が一人、慌しく中へはいって来た、と同時に一つずしりと揺れて、徐《おもむろ》に汽車は動き出した。〔中略〕

私は漸《ようや》くほっとした心もちになって、巻煙草に火をつけながら、始めて懶《ものう》い睚《まなじり》をあげて、前の席に腰を下していた小娘の顔を一瞥した。〔中略〕

私はこの小娘の下品な顔だちを好まなかった。それから彼女の服装が不潔なのもやはり不快だった。最後にその二等と三等との区別さえも弁《わきま》えない愚鈍な心が腹立たしかった。

（『蜜柑』）

§　横須賀線通勤

芥川龍之介は大正五（一九一六）年に東京帝国大学を卒業し、横須賀にあった海軍機関学校で英語を教える嘱託教官となり、同年十二月から勤めはじめた。夏目漱石の推薦もあったと言われる。下宿先は鎌倉を選び、講義がある日は横須賀線で通った。この鉄道が電化されたのは大正十四（一九二五）年だから、まだ蒸気機関車の時代だ。大正七（一九一八）年には、芥川の推薦で親交があった汽車好きの内田百閒が同校のドイツ語教師となったが、芥川自身は鉄道そのものに興味はなさそうだ。

横須賀は軍港で海軍関係の施設が集まっていた。横須賀線は軍用鉄道として建設が急がれ、途中、鎌倉、逗子を経由するルートで、明治二十二（一八八九）年六月十六日に大船〜横須賀間が開業している。東海道本線の新橋〜神戸間の全通が同じ年の七月一日だったから、それに半月だけ先んじた。国家にとっては最重要路線の一つだ。

横須賀の駅は今も昔も変わらず同じ場所で、町の中心部からは遠かった。軍用鉄道としての機能が最優先されたためで、駅から港は、停泊している護衛艦などの姿がはっきり見えるほど近い。改札口は大船へ向かっていちばん後ろ寄りに一ヵ所だけ。現在のように久里浜まで線路が延びたのは太平洋戦争中の昭和十九（一九四四）年で、それまでは純然たる終着駅だった。

ある冬の夕暮れ、仕事を終えた芥川は横須賀線で下宿に戻ろうとしていた。明治二十五（一八九二）年生まれだから、この時まだ二十代前半だが、二等車に席を得て発車を待った。当時の国有鉄道は一、二、三等の三等級制で、三等が現在の普通車にあたるから二等車はグリーン車だ。嘱託教官とはいえ戦前の官吏は相当に優遇されていた。当然、乗車証が支給されていたのだろう。

と、そこへ、発車間際の二等車の車内に駆け込んできたのが〝十三四の小娘〟だった。身なりはみすぼらしく貧しい田舎娘としか目に映らなかった芥川は、この闖入者《ちんにゅう》に対し、差別意識から露骨に不快感を表した。なお、芥川龍之介の実父は、伊藤左千夫と同業の牛乳製造販売業者だが、養子先の芥川家は士族だった。

この時の列車内の娘の振るまいと自分の心の動きを描写したのが、大正八（一九一九）年五月に発表された短編小説『蜜柑』だ。ちなみに同年三月限りで海軍機関学校の教師は辞職している。

この娘の手には〝赤切符〟が握られていた。三等級制時代の乗車券は客車の側面に巻かれた帯の色に合わせて、切符の地の色が一等車が白、二等車が青、三等車が赤となっていた。つまり、二等車に乗れるはずもない客だった。身分の違い、貧富の差が現代において想像するよりはるかに大きく、強く意識されていた時代だけに、車掌に見つかれば即座につまみ出されたはずだ。娘は駅に駆け込み、何等車でも構わずに飛び乗ってきたのか。もしくは汽車に乗る機会などほとんどなく等級の違いなぞ知らなかったのか。とにかく目の前の客車に乗ったようだ。つまり、改札口から近いところに二等車が連結されていたと想像できる。閑散路線では一等車が省略される列車もあったが、戦前の二等車は今とは違って、普通列車しか走らないようなローカル線でも連結されるのがふつうだった。

横須賀線は軍事上の重要路線だから、司令長官クラスの海軍将官、海軍省幹部などの乗車も日常

鉄道院基本形客車の一つ、ホロフ5630形と思われる、ロングシートや下降式の窓が特徴の当時の木造の二等車（鉄道省『日本鉄道史』）。

的にあり、一等車は当然のようにつながれている。慌ててはいたものの、横須賀の住民らしく少女はおっかない軍人が乗っている車両は本能的に避け、芥川だけが乗っていた隣の車両を選んだのかもしれない。

§ 当時の二等車とは

『蜜柑』は短い作品ではあるが、横須賀駅や横須賀線の二等車の車内がかなり詳しく描写されている。JRのグリーン車は二人掛けのリクライニングシートが基本だが、少女は芥川の向かいに座っている。そして発車後、作者の隣へと席を移してきて一所懸命、窓を開けようとする。向かい合わせの四人掛けボックスシートとしても、百年以上を経た今では違和感が残る描写だが、当時の二等車は今日の通勤型電車と同じく、壁に沿って長い椅子が取り付けられていた。まだ木造車の時代。車体の幅も狭かった。そのため進行方向に対して直角に座るより、ロングシートとした方が足を伸ばせるスペースが広くとれたため、このような構造が一等車や二等車ではよく用いられていた。少女は、景色を眺める子供のように椅子の上に膝をついて登ったのか。

重要路線だから、横須賀線を走っていた客車も当時の最新型だったと思われる。明治四十三（一九一〇）年から大正六（一九一七）年にかけて量産された、鉄道院基本形客車が該当する。

明治の末、後の山陽本線や東北本線にあたる大規模な私鉄のほとんどが国に買収されて、国有鉄道の路線となった後、各社が製造した雑多なタイプの客車を淘汰するため、標準仕様を決めた客車を設計、製造した。それが鉄道院基本形で、一等車、二等車はもちろん、同じ設計方針に基づいた寝台車や食堂車も含まれていた。そしてそのグループの二等車はロングシートになっていた。

するとまもなく凄じい音をはためかせて、汽車が隧道《トンネル》へなだれこむと同時に、小娘の開けようとした硝子《ガラス》戸は、とうとうばたりと下へ落ちた。そうしてその四角な穴の中から、煤を溶したようなどす黒い空気が、俄《にわか》に息苦しい煙になって、濛々《もうもう》と車内へ漲《みなぎ》り出した。

（『蜜柑』）

少女が開けようとしていた窓は下へ降ろして開ける方式とも描かれている。昭和の初期から製造された鋼鉄製の客車では窓は上げて開ける方式が基本だ。それは現在もＪＲ東日本や大井川鐵道で、ＳＬ列車用として残っている。けれども大正時代の木造客車は、芥川が見たように、もっぱら下へ開けるようになっていた。小説の発表当時はそれが当たり前だった。

　何時《いつ》の間にか例の小娘が、向う側から席を私の隣へ移して、頻《しきり》に窓を開けようとしている。が、重い硝子戸は中々思うようにあがらないらしい。（『蜜柑』）

　さらっとした描写だが、この少女は窓を上げようとしていた。開け方がわかっていない、つまりは汽車に乗り慣れていない人だとわかる。

　もちろん蒸気機関車は煙を吐き出して牽引する列車だ。横須賀線に多いトンネルの中で開けてしまえば、煤煙が飛び込んできて車内がどうなるか。それは常識だった。芥川も少女の非常識な行動には立腹した。

　ただそれは、幼い弟たちに蜜柑を、列車の中から投げて渡すためだったのだ。果物類は貴重品。どこ

長浦トンネルを東京方面へ抜ける横須賀線。右に見える広場が吉倉公園。

そばを横須賀線が走る吉倉公園の碑。物語の舞台として立てられた。

で手に入れたのか。奉公に出るため遠くへ行ってしまう姉からのせめてもの贈り物で、芥川も蜜柑のあざやかな色にハッと心を打たれた。

令和の時代の上りの横須賀線も、横須賀を発車すると立て続けにトンネルをくぐる。最初のトンネルが長浦トンネルで、出発してすぐに入る。芥川が夕刊を眺めている時に、列車が入ったところだ。そこを抜けてすぐ左手にあるのが吉倉《よしくら》公園。そこには『蜜柑』の一節が刻まれた芥川龍之介の文学碑がある。蜜柑を投げれば届きそうな線路際だ。ただし、小説の描写からすると、投げられたのはそこではなく、もう少し先。田浦駅はもうあったから、その手前のように思われる。

時刻表に導かれ自由に旅をした文人が乗った草津軽便鉄道

若山牧水『みなかみ紀行』

朝飯の膳に持ち出された酒もかなり永く続いていつか昼近くなってしまった。その酒の間に私はいつか今度の旅行計画を心のうちですっかり変更してしまっていた。初め岩村田《いわむらだ》の歌会に出て直ぐ汽車で高崎まで引返し、其処《そこ》で東京から一緒に来た両人に別れて私だけ沼田の方へ入り込む。それから片品川《かたしながわ》に沿うて下野《しもつけ》の方へ越えて行く、とそういうのであったが、斯《こ》うして久しぶりの友だちと逢って一緒にのんびりした気持に浸っていて見ると、なんだかそれだけでは済まされなくなって来た。もう少しゆっくりと其処等の山や谷間を歩き廻りたくなった。其処で早速頭の中に地図をひろげて、それからそれへと條《すじ》をつけて行くうちに、いつか明瞭に順序がたって来た。「よし……」と思わず口に出して、私は新計画を皆の前に打ちあけた。

「いいなア！」

と皆が言った。

「それがいいでしょう、どうせあなただってもう昔の様にポイポイ出歩く訳には行くまいから。」
とS—が勿体ぶって附け加えた。
（『みなかみ紀行』）

§ 時刻表愛読者だった牧水

時刻表を愛読し、頭の中に汽車を走らせ、さらには実際に鉄道に乗る旅に出かけて楽しんでいた文人と言えば、明治二十二（一八八九）年生まれの内田百閒がまず思い浮かぶところだが、明治十八（一八八五）年生まれで、百閒より四歳年長の若山牧水もまた相当な〝マニア〟だった。愛読書は地図と『汽車汽船旅行案内』、つまりは現代で言う時刻表。順番から言えば元祖はこちらだ。

牧水の生涯は日本の鉄道の伸張期にほぼ合致しており、毎月のように開業する新規路線に目を輝かせていたことだろう。

故郷に近い富高《とみたか》（現在の日向市駅《ひゅうがし》）に鉄道が通じたのは、大正十（一九二一）年十月十一日だ。日向の山奥（現在の宮崎県日向市東郷町）を出身地とする牧水は、ひたすら遠い外の世界に憧れており、旅を愛し、日本中をめぐっては歌を詠み、酒を飲んだ。文人の中でも名うての酒豪で、一日一升は軽かったと言う。長男には旅人と命名もしている。

牧水は若くして文才を認められ、明治三十七（一九〇四）年には早稲田大学へ入学。北原白秋や土岐善麿《ときぜんまろ》らと親交を深めた。石川啄木の最期を看取ったのも牧水だ。

牧水の旅は徒歩旅行のイメージが強い。

幾山河越えさり行かば寂しさの終《は》てなむ国ぞ今日も旅ゆく

（『歌の声』）

四十三年の短い生涯のうちに約九千首の歌を詠み、歌碑だけで三百基あまりあると言われる牧水の代表歌と言えば、まずこれが思い浮かぶ。明治四十（一九〇七）年、二十二歳の時に、備中《びっちゅう》と備後《びんご》の国境にある二本松峠で詠まれた短歌だ。芸備《げいび》線で言えば野馳《のち》と東城《とうじょう》の間の岡山、広島の県境だが、まだ鉄道は開通しておらず、徒歩で峠道を越えていた。

そうした歩く旅もいい。汽車もいい、小春日和のぬくぬく射した窓際に凭《もた》り掛ってうとうとと物を思うもいいし、煙草を吸うもいい。腰が痛くなったら鉄道案内を取り出して恰好な途中下車駅を探し出す。

（『旅とふる郷』）

そして、時刻表を読み解くこと掌《たなごころ》を指すがごとく。列車に乗れば気の向くままに途中下車をし、足の赴くままに歩く。いざとなれば、歩けばいいとの江戸時代のような考えもあっただろうが、交通不便な当時にして、このような〝気まぐれ〟をやってのけたのは、牧水しかいなかったかもしれない。

牧水が乗ってからほどなく電化された草軽電気鉄道で廃止まで使われた機関車。
軽井沢駅前で保存されている。

§ 気まぐれで乗った草津軽便鉄道

大正十一（一九二二）年十月十五日に、現在の佐久市岩村田で開かれた歌会に招かれた時。往路は信越本線の御代田《みよた》駅から、主催者の新聞社の自動車で岩村田へ向かったが、その帰路はすでに開業していた佐久鉄道（現在のJR小海線）に乗り、小諸駅近くの懐古園《かいこえん》へ寄っている。牧水より年長（明治五年＝一八七二年生まれ）なので「島崎さん」と作中で呼んでいる、島崎藤村ゆかりの庭園だ。夕方の信越本線の汽車で沓掛《くつかけ》（現在の中軽井沢）まで行き、星野温泉で友人たちと一泊。

そして翌日。朝っぱらから一献傾けているうちに、牧水はこのまま予定どおり帰るのが嫌になったのだろう。頭の中で地図と、おそらく時刻表も広げて、酔った勢いで寄り道を敢行した。軽井沢の蕎麦屋でさらに杯を交わし、夕方の〝草津鉄道〟に乗ったのだ。

草津鉄道とは、この時、軽井沢～嬬恋間《つまごい》を開通させていた草津軽便鉄道だ。後に電化されて草津電気鉄道、さらに草軽《くさかる》電気鉄道と改称。草津温泉まで延伸され、小型電気機関車が客車や貨車を牽引して高原地帯をのろのろと走り、親しまれた軽便鉄道だ。昭和二十六（一九五一）年公開の、国産初の総天然色映画『カルメン故郷に帰る』に頻繁に登場して、広く知られるようになった。

ただし、電化は牧水が乗った翌々年の大正十三（一九二四）年完成だから、この頃はまだ蒸気機関車が牽引していた。非電化時代の貴重な記述によると、軽井沢を出たのは午後六時。終点の嬬恋には午後九時に着いた。三六キロあまりに三時間かかっているから、自転車並みの鈍足ぶりがわかる。電化後は二時間三十分強に縮まったが、それでも大したことはない。

我等の小さな汽車、唯《た》だ二つの車室しか持たぬ小さな汽車はそれからごっとんごっとんと登りにかかった。曲りくねって登って行く。車の両側はすべて枯れほうけた芒《すすき》ばかりだ。そして近所は却《かえ》ってうす暗く、遠くの麓の方に夕方の微光が眺められた。

疲れと寒さが闇と一緒に深くなった。登り登って漸く六里が原の高原にかかったと思われる頃には全く黒白《あやめ》もわからぬ闇となったのだが、車室には灯を入れぬ、イヤ、一度小さな洋燈《ランプ》を点したには点したが、すぐ風で消えたのだった。一二度停車して普通の駅で呼ぶ様に駅の名を車掌が呼んで通りはしたが、其処には停車場らしい建物も灯影も見えなかった。漸く一つ、やや明るい所に来て停った。「二度上《にどあげ》」という駅名が見え、海抜三八〇九呎《フィート》〔一一六一メートル〕と書いた棒がその側に立てられてあった。見ると汽車の窓のツイ側には屋台店を設け洋燈を点し、四十近い女が子を負って何か売っていた。高い台の上に二つほど並べた箱にはキャラメルが入れてあった。（『みなかみ紀行』）

もともと山深いところにあり周囲に民家も少なかった二度上駅は、昭和三十七（一九六二）年の全線廃止後は放置され、跡地は自然に還りつつあるという。そんなところでも、数えるほどの列車の客を相手にした売店があったのだ。そういった様子も牧水の描写からわかる。スイッチバック駅だったはずだが、それについては述べられていない。

§ 短命だった電気鉄道の貴重な乗車記録

嬬恋駅は、現在のＪＲ吾妻《あがつま》線袋倉《ふくろぐら》～万座・鹿沢口《かざわぐち》間の線路沿いに近い場所だったが、ここに国鉄線が通ったのは昭和四十六（一九七一）年で、牧水が一夜を過ごした時には軽便鉄道の終着駅があるだけだった。翌朝、ぼんやりと軽井沢行きの列車を見送ると、バスで草津温泉へ向かい、さらに徒歩で上州の奥地へと踏み分けていった。

草津軽便鉄道に乗った四日後（十月二十一日）。『みなかみ紀行』に再び鉄道の香りがしてくる。四《し》万《ま》温泉から中之条へ出た牧水は、中之条～渋川～沼田と〝電車〟に乗るのだ。

中之条～渋川間は吾妻軌道。大正九（一九二〇）年に電化されたばかりの最新式の鉄道だ。もともとは馬車鉄道で、温泉客の増加により輸送力増強が図られたのだ。しかし、乗合バスとの競争に負け、昭和八（一九三三）年に運転休止。そのまま翌年に廃止されてしまった。

渋川から沼田まで、不思議な形をした電車が利根川に沿うて走るのである。その電車が二度ほども長い停電をしたりして、沼田町に着いたのは七時半であった。指さきなど、痛むまでに寒かった。
（『みなかみ紀行』）

渋川～沼田間は元の利根軌道。牧水が乗った時は東京電灯前橋支社となっていた路線だ。すでに国有鉄道の上越線は工事が進んでおり、大正十（一九二一）年には渋川まで通じていた。さらに大正十三（一九二四）年三月三十一日には渋川～沼田間も開業。これにより完全に並行していた旧利根軌道線は、さっさと補償金をもらって、四月一日付で廃止された。実にきわどいタイミングで描写が残ったのだ。

今となっては利根軌道の資料は乏しい。わずかに残った写真によると、この路線は一般的な電車ではなく、電気機関車が客車を牽引するスタイルの列車だった。しかも、大きな集電器を載せたL

渋川駅から徒歩5分ほどの渋川新町にある馬車鉄道と路面電車の記念碑。渋川新町が各方面へ伸びる軌道や路面電車のターミナルだった。

字形の小型機関車で、確かにかなりユニークなスタイルをしている。旅慣れた牧水も、ひと言書き残しておかずにはおれなかったのだろう。

営業期間が短かった利根軌道の写真は少ない。

岩手軽便鉄道の旧経路を表す信号機
宮沢賢治『シグナルとシグナレス』

軽便鉄道の東からの一番列車が少しあわてたように、こう歌いながらやって来てとまりました。機関車の下からは、力のない湯げが逃げ出して行き、ほそ長いおかしな形の煙突からは青いけむりが、ほんの少うし立ちました。

そこで軽便鉄道づきの電信柱どもは、やっと安心したように、ぶんぶんとうなり、シグナルの柱はかたんと白い腕木《うでぎ》を上げました。このまっすぐなシグナルの柱は、シグナレスでした。

シグナレスはほっと小さなため息をついて空を見上げました。空にはうすい雲が縞になっていっぱいに充ち、それはつめたい白光《しろびかり》を凍った地面に降らせながら、しずかに東に流れていたのです。

シグナレスはじっとその雲の行《ゆ》く方《え》をながめました。それからやさしい腕木を思い切りそっちの方へ延ばしながら、ほんのかすかに、ひとりごとを言いました。

「今朝は伯母さんたちもきっとこっちの方を見ていらっしゃるわ」

シグナレスはいつまでもいつまでも、そっちに気をとられておりました。

「カタン」

うしろの方のしずかな空で、いきなり音がしましたのでシグナレスは急いでそっちをふり向きました。ずうっと積まれた黒い枕木の向こうに、あの立派な本線のシグナル柱が、今はるかの南から、かがやく白けむりをあげてやって来る列車を迎えるために、その上の硬い腕を下げたところでした。

（『シグナルとシグナレス』）

§ 想像力が生んだ〝擬人化〟

『シグナルとシグナレス』は、宮沢賢治の生前の発表となる数少ない童話の一つで、大正十二（一九二三）年五月十一〜二十三日に『岩手毎日新聞』に連載された。賢治は明治二十九（一八九六）年八月二十七日生まれだから、二十六歳の時の作品だ。

シグナル（Signal）とは、もちろん各種の信号機の意味で、辞書にも記載がある。しかし、シグナレス（Signaless ?-）とは、Signal に女性形の接尾語の ess をつけたものか、辞書に記載はない、賢治の造語だ。シグナルは男性で、東北本線の立派な信号機を、シグナレスは女性で、花巻で分岐していた岩手軽便鉄道の信号機を、それぞれ人に見立てている。

今でこそ〝擬人化〟は花盛りで、鉄道の世界でも列車や路線が、さまざまな作品で擬人化され、キャラクターとして世に出回っている。しかし百年の昔。鉄道の信号機を見て若い男女の姿を想像し、恋物語を展開させようとは、さすが賢治と言うべきか。彼にかかると、あらゆるものに命が吹き込まれ、活き活きと動き、語り出す。

ただ、実家は花巻で栄えた商家だったものの、生前の賢治はほとんど無名だったから、新聞の読者には「宮沢さんのところの坊っちゃんが、妙なものを書き始めた」とでも思われたかもしれない。ちなみに、溺愛していた妹のトシが、この作品が書かれた前年、大正十一（一九二二）年の十一月に二十四歳の若さで亡くなっている。結ばれるはずのない恋を描くには、よいタイミングだったのだろうか。

§ 賢治の時代の花巻の鉄道事情

現在の東北本線は日本初の私鉄、日本鉄道が建設した路線だ。花巻に鉄道が到達したのは明治二十三（一八九〇）年十一月一日。一ノ関〜盛岡間の開業と同時に花巻駅が開業している。賢治は物心ついた時から鉄道を見ていることになる。父政次郎《まさじろう》は、鉄道で日本全国を巡って商売を行い、大きな財を成した人物だった。岩手の言葉で「えなさん」（良家の跡取り息子の意）と呼ばれていた賢治も母に連れられて、花巻駅まで見送り、出迎えに行ったことだろう。その母、イチの実家も宮沢姓で、母方の祖父善治《よしはる》もまた大成功を収めた実業家だった。

宮沢善治も、岩手軽便鉄道の建設にあたって出資した。この軽便鉄道は、交通の便に恵まれず、津波の襲来のたびに陸の孤島と化していた三陸地方と、明治三十九（一九〇六）年に国有化されて

賢治の時代の岩手軽便鉄道の客車(『目でみる懐かしの停車場』国書刊行会)。

東北本線となった鉄道を結ぶものとして計画された。終着駅は製鉄所のある釜石が選ばれている。ただ、途中の仙人峠の険路にはばまれ、かつ陸中大橋までは釜石鉱山鉄道が通じていたから、花巻〜遠野〜仙人峠間を建設区間、仙人峠〜陸中大橋間を徒歩連絡として計画が始まった。最初に花巻〜土沢《つちざわ》間が開通したのが、大正二(一九一三)年十月二十五日。賢治十七歳の時だ。十代の多感な時期に、祖父も関わった鉄道の建設が始まったのだった。全区間開業したのは大正四(一九一五)年。昭和十一(一九三六)年には国に買収され、戦後、仙人峠の区間も鉄道でつなげられて花巻〜釜石間が全通している。これが現在のJR釜石線だ。

釜石線の列車は今、花巻駅へ北側から入る形で到着する。盛岡まで直通する快速などは、花巻で進行方向を変えて折り返し運転される。

ただ、引用部分から、賢治が実際に花巻駅で見たシグナルとシグナレスの位置関係は、こう読み取れる。

まずシグナルは、南からやってくる列車を迎える。専門的に言えば、下り列車に対して駅への進入を許可する場内信号機がシグナルだ。つまり、花巻駅の南側に立っている。それに対しシグナレスも、花巻駅に到着する軽便鉄道の列車に対する場内信号機だろう。そして、東の空に気を取られていると、背後でシグナルが腕を下げる音が聞こえた。やはり花巻駅の南側に立って、遠野方面からやってくる列車を迎えている。これはどういうことなのか。

§ 移設された軽便鉄道

JR花巻駅の駅舎は、町の中心部がある東側に向かって位置している。駅前広場に出ると右手、つまり南側に、ホテルグランシェール花巻がある。ここが岩手軽便鉄道花巻駅の跡だ。ホテルの前には、駅跡を示す石碑も立つ。

旧岩手軽便鉄道は国有化された後、昭和十八（一九四三）年に花巻と隣の似内《にたない》駅との間で、線路の付け替えが行われ、花巻駅へは北側から入るようになったのと同時に、東北本線の駅へ統合されたのだった。賢治は十年も前の昭和八（一九三三）年に三十七歳で没しているから、彼のあずかり知らぬところで、『シグナルとシグナレス』の舞台は改変が加えられたのだった。同じ花巻駅の南側で恋物語を展開していた二人は、ここで引き裂かれた。

岩手軽便鉄道の列車は、花巻を南へ向けて発車すると大きく東へカーブして、次の鳥谷ヶ崎《とやがさき》駅に停まった。現在の花巻市役所や総合花巻病院のあたりで、ここにも駅跡の石碑が立てられている。

そして、この総合花巻病院の場所にかつてあったのが、賢治が大正十（一九二一）年から教師として勤めた稗貫《ひえぬき》郡立稗貫農学校だ。軽便鉄道は校舎のすぐ脇を通っていた。この学校は大正十二（一九二三）年に移転、改称して岩手県立花巻農学校となる。勤務先名としてはこちらの方が著名だ。賢治は大正十五（一九二六）年まで、この学校で教えている。

賢治にしてみれば、学校のそばを通る軽便鉄道の印象は強かっただろう。代表作『銀河鉄道の夜』のモデルとも言われるが、『シグナルとシグナレス』でも鉄道を題材にするきっかけになったかもしれない。

§ 当時の信号機を活写

「でもあなたは金でできてるでしょう。新式でしょう。赤青眼鏡を二組みも持っていらっしゃるわ、夜も電燈《でんとう》でしょう。あたしは夜だってランプですわ、眼鏡もただ一つきり、それに木ですわ」

（『シグナルとシグナレス』）

『シグナルとシグナレス』の頃の鉄道の信号機は腕木式といい、平成に入る頃までは、わずかながらローカル線に残っていた。描写された通り、長い腕木の先に青と赤の二種類のガラス、賢治が言う〝赤青眼鏡〟がついている。列車が進行できる青信号の時は腕木が下がって、青いガラスが灯火の前にかざされ、青の信号を機関士に示していたのだ。赤信号の時は、錘《おもり》の作用で腕木が上がる。

どうやら東北本線用のシグナルは支柱が鋼管製で、電球式だったようだ。眼鏡が二組あったのは、二本ある花巻駅構内の下り線のうち、どちらへの進入を許可するかを示すため。岩手軽便鉄道のシグナレスは支柱が木製。石油ランプが光源だった。

（上）JR釜石線花巻駅ホームにある腕木式信号機のモニュメント。鉄道を素材にした賢治の作品に因む。
（左）福島臨海鉄道が保存する腕木式信号機の実物。現在の自動信号機が普及するまで広く使われた。

現在の東北本線花巻駅の信号機。

鉄の柱と比べると、賢治の目には華奢に見えた。つまりは女性に見立てたくなったのだ。幹線と支線の関係は、主従のような関係にあった昔の男女の立場にも似ている。賢治の観察眼は確かで、実際の信号機がどのようなものかを、創作の中でもしっかり描写している。

なお、東北新幹線と釜石線の接続駅の新花巻駅に近い花巻市博物館には、昭和初期の花巻駅の模型が常設展示されている。岩手軽便鉄道の国有化、線路移設前の様子を表しており、同駅と国鉄駅の位置関係がよくわかる。電信柱や倉庫など登場人物もそろっている。ただ、写真を見る限り腕木式信号機は立てられておらず、少々惜しい。

何もなく暑かった開業直後の駅

萩原朔太郎「新前橋駅」

野に新しき停車場は建てられたり
便所の扉風にふかれ
ペンキの匂ひ草いきれの中に強しや。
烈烈たる日かな
われこの停車場に来りて口の渇きにたへず
いづこに氷を喰《は》まむとして売る店を見ず
ばうばうたる麦の遠きに連なりながれたり。
いかなればわれの望めるものはあらざるか
憂愁の暦は酢え
心はげしき苦痛にたへずして旅に出でんとす。
ああこの古びたる鞄をさげてよろめけども

われは瘠犬《やせいぬ》のごとくして憫《あは》れむ人もあらじや。
いま日は構外の野景に高く
農夫らの鋤に蒲公英《たんぽぽ》の茎は刈られ倒されたり。
われひとり寂しき歩廊《ほうむ》の上に立てば
ああはるかなる所よりして
かの海のごとく轟ろき　感情の軋《きし》りつつ来るを知れり。

（『純情小曲集』）

§ 明治政府の最重要路線

上州こと現在の群馬県は古来、東西南北を結ぶ街道が交差する国で、交通の要衝として物産、交易で栄えた。現在も高崎駅で上越新幹線と北陸新幹線が分岐している。

江戸の末から明治にかけての当地の主要産業は養蚕。絹は明治維新期の日本にとっては貴重な輸出品で、外貨獲得のための最重要品目とされていた。そのため、群馬と積み出し港の横浜との間の輸送が課題となる。ただ、明治政府は相次ぐ内乱による戦費支出が重なり、財政は逼迫。鉄道の建設もままならない状態だった。上野から高崎までの鉄道も政府が測量を開始したものの、途中で止まってしまう。そこで日本で初めての民営鉄道、日本鉄道に任せる方針となり、その最初の建設区間が上野～高崎間だった。現在の高崎線なのだが、この鉄道の当時の重要性がよくわかる。まず明治十六（一八八三）年には上野～熊谷間が開業。翌明治十七（一八八四）年五月一日に高崎へ到達した。

前橋は高崎と並ぶ江戸時代の城下町で、明治維新直後、群馬県庁の設置を競い合った仲だ。現在に至るまで両市の対抗意識は強く、鉄道の建設においても当然のように前橋への延伸が求められ、明治十七（一八八四）年八月二十日には、内藤分《ないとうぶん》仮駅とも呼ばれた利根川右岸の仮駅ながらも、前橋までの延伸が完成した。ちなみに、途中の大宮で分岐する東北方面への路線（現在の東北本線）は、前橋までの鉄道が完成してから建設に着手されている。現在の利根川左岸の前橋市街地にある前橋駅は、明治二十二（一八八九）年十一月二十日に小山《おやま》から延びてきた両毛《りょうもう》鉄道の駅として開業。同年十二月二十六日には難題の利根川への架橋も完成し、日本鉄道も仮駅から本設の前橋駅への乗り入れがかなった。

日本鉄道が利根川への架橋に苦心していた頃にあたる、明治十九（一八八六）年。前橋の開業医、萩原密蔵《みつぞう》の長男として十一月一日に誕生した男児があった。一日、つまり朔日《さくじつ》生まれゆえ、朔太郎と名付けられる。後の詩人、萩原朔太郎だ。物心ついた頃には、前橋駅へ汽車が乗り入れていた。町にとっては一大事で、父や母に連れられて見物に行ったかもしれない。

出身地は現在の前橋市千代田町《ちよだまち》で、上毛《じょうもう》電気鉄道中央前橋駅の西側になり、萩原朔太郎記念前橋文学館が立つ。文学館のそばには、朔太郎の生家の書斎、離れ座敷、土蔵が移築されているが、実際の生地はもう少し群馬県庁に近い位置で、石碑があり、前の通りが朔太郎通りと名付けられている。詩人として世に出たのは、大正二（一九一三）年に北原白秋の雑誌に詩を発表してからだ。翌年にはいったん東京から前橋に戻り、大正十四（一九二五）年二月、三十九歳の時に妻子を伴って上京するまで、前橋で活動を続けた。

§　新前橋駅は政治的駆け引きの産物

「新前橋駅」は、雑誌『日本詩人』大正十四（一九二五）年六月号で発表され、八月に刊行された詩集『純情小曲集』に収録された。この詩集は、最初の詩集『月に吠える』以前の詩作「愛憐詩篇」と、直前に詠まれた「郷土望景詩」をまとめたもの。「新前橋駅」は後者の中の一編だ。

新前橋は、もちろん前橋とは別の駅だ。大正十（一九二一）年七月一日、上越南線の新前橋〜渋川間と同時に開業している。場所は利根川の右岸。前橋の市街地から見れば対岸になる。線路自体は明治十七（一八八四）年に完成していたが、その途中に、分岐駅として新たに新前橋駅が設けられたのだった。東京方面からまっすぐ北上し、三国《みくに》山脈に長大トンネル（現在の清水トンネル）を掘り抜き、長岡、新潟方面とを直結しようとする、上越線計画の一環としてだ。

この鉄道は、碓氷峠を経て長野を大回りしなければ到達できなかった日本海側の要港、新潟への短絡線として大正の半ばに構想された。三国山脈は谷川岳を主峰とする日本屈指の険しい山脈だが、トンネル掘削技術の進歩により、最短ルートとして計画が具体化した。

この新しい鉄道、上野から高崎までは高崎線経由としても、では実際にどこを建設起点とするかが問題となった。勾配を緩くし、トンネルの掘削距離を最短とするには、渋川、沼田、水上経由は決まりとして、高崎〜渋川間をどう敷設するか。ここで高崎と前橋の綱引きが始まった。全通後の列車は上野から新潟まで直通するから、途中駅への恩恵は少ないものの、国の重要幹線の起点となれば車両基地などが設けられ、鉄道の拠点として栄える。誘致合戦は、あらゆる人脈をたどって熾烈を極めた。

高崎側は高崎駅からまっすぐ北へ、明治四十四（一九一一）年にはすでに、高崎〜渋川〜伊香保間の電車による直通運転を行っていた高崎水力電気（後の東武高崎線、昭和二十八年＝一九五三年廃止）に沿ったルートを主張した。それが最短距離なのは自明だったし、古くからの交通路でもあった。前橋に繁栄を奪われてなるものかとの意図もあっただろう。ただ、高崎市の有力者が出資、経営しており、電力事業と電車事業を併営していた電車会社にとっては、並行する国有鉄道の開業は死活問題になりかねないと予想される。そこに、高崎側の隙があったのではあるまいか。

前橋側は、前橋駅での分岐こそ利根川を二回渡るルートになるため、早々に断念したが、市街地の対岸の群馬郡東《あずま》村に新駅を設け、そこで上越線を分岐させるルートを推進。とうとうこれを実現させた。その新駅こそが新前橋だ。こうした経緯により、上越線は高崎〜渋川間で大きく東に寄った線形になった。

分岐駅を示す新前橋の駅名標。上越線が分岐する起点として設けられ、車両基地も併設された。開業後は幹線の主要駅として発展した。

余談だが、萩原朔太郎の四年後、明治二十三（一八九〇）年に生まれた歌人の土屋文明の生地は、高崎側が主張したルートのすぐ近く。新前橋駅が開業した大正十（一九二一）年にはすでに故郷を離れ、『アララギ』の選者として活躍していた。この争いを、どう見ていたのだろう。

§ 酷暑と草いきれにまみれた駅

昨年〔大正十三（一九二四）年〕の春、この詩集の稿をまとめてから、まる一年たった今日、漸《ようや》く出版する運びになった。この一年の間に、私は住み慣れた郷土を去って、東京に移ってきたのである。そこで偶然にもこの詩集が、私の出郷の記念として、意味深く出版されることになった。（『純情小曲集』）

『日本詩人』の発刊時期、そして詩集出版について、

計画時に前橋と高崎が争った経緯により、今でも上越線は新前橋駅の北側で急カーブを描く。

朔太郎は詩集の冒頭にこう記しているから、猛暑の新前橋駅駅頭に立ったのは、大正十二（一九二三）年より以前と推測される。まさに開業直後だ。ただ鉄道の分岐のためだけに設けられた駅のこと。立派な駅舎が立てられたが周辺に町はなく、それどころか一面の田畑だった。暑さに耐えかねたようで氷屋を探したが、商店などあるはずもない。

彼の住まいの近くには、とっくの昔に前橋駅が存在している。東京方面へ出かけるなら前橋からの直通列車もあったので、それに乗ればよく、酷暑の中、新前橋で列車を待つ理由はない。略年表を見ると、大正十二（一九二三）年八月、妹らとともに伊香保に滞在中の谷崎潤一郎を訪問している。あるいはその時のことなら、新前橋駅での乗り換えで、下り方面の汽車を利用する機会があっただろう。ただ「われひとり寂しき」とある。これは詩人の空想だったか。

詩集の末尾。後書きのように「郷土望景詩の後に」と題した一文で、各詩について書いている。「新前橋駅」についてはこう記す。

朝、東京を出でて渋川に行く人は、昼の十二時頃、新前橋の駅を過ぐべし。畠の中に建ちて、そのシグナルも風に吹かれ、荒寥たる田舎の小駅なり。

（『純情小曲集』）

復刻されている大正十四（一九二五）年四月の時刻表では、大正十三（一九二四）年七月三十一日改正ダイヤにおいて、上野を朝七時四十分に出た沼田行き１４３列車は、十一時三十四分に新前橋を発車する。これを利用したと萩原朔太郎は示唆している。さらに、前橋を十一時二分に出る高崎

新前橋駅の詩碑。

行きに乗れば六分ほどで新前橋着。これから乗り換えようとしたのか。三十分弱の待ち合わせ時間すら耐えきれない暑さだったのかもしれない。

昭和五十八（一九八三）年、新前橋駅は橋上駅舎化され、開業以来の木造駅舎は姿を消した。新駅舎は、旧駅舎の面影を残したデザインになった。駅前広場には「新前橋駅」の詩碑が立てられ、萩原朔太郎が訪れた開業当初の駅の姿がイラストで添えられている。

親不知子不知を走る北陸本線車中の奇譚

江戸川乱歩『押絵と旅する男』

魚津の駅から上野への汽車に乗ったのは、夕方の六時頃であった。不思議な偶然であろうか、あの辺の汽車はいつでもそうなのか、私の乗った二等車は、教会堂の様にガランとしていて、私の外にたった一人の先客が、向うの隅のクッションに蹲《うずくま》っているばかりであった。汽車は淋しい海岸の、けわしい崕《がけ》や砂浜の上を、単調な機械の音を響かせて、際《はて》しもなく走っている。沼の様な海上の、靄《もや》の奥深く、黒血《くろち》の色の夕焼が、ボンヤリと感じられた。異様に大きく見える白帆が、その中を、夢の様に滑っていた。少しも風のない、むしむしする日であったから、所々開かれた汽車の窓から、進行につれて忍び込むそよ風も、幽霊の様に尻切れとんぼであった。沢山の短いトンネルと雪除けの柱の列が、広漠たる灰色の空と海とを、縞目に区切って通り過ぎた。

（『押絵と旅する男』）

夕暮れの魚津駅。『押絵と旅する男』はこのような時間帯に上野駅へ向かう場面から始まる。

§ 北陸本線の建設を阻んだ難所

北陸から東京方面への短絡ルートで、北前船の再来とも言える大阪～青森間の日本海縦貫線の一部ともなる北陸本線富山～直江津間の工事は急がれたが、途中の親不知子不知の突破は非常に難航した。飛騨山脈の北端が、高さ三〇〇～四〇〇メートルほどの断崖で急激に日本海へと落ち込んでおり、通り抜けるには、古くは極端に狭い海岸沿いを歩くしかなかったところだ。そのため、荒波にさらわれて命を落とす者も数知れず。親は子を、子は親を顧みる余裕がなかったところから、親不知子不知といつしか呼ばれるようになった。

鉄道の工事に向けて測量が始まったのは明治三十九（一九〇六）年。当時の技術では、やはり海岸沿いに線路を敷くしかなく、その結果がたくさんの短いトンネルと雪崩除けの柱の列となった。線路は富山と直江津の両方から敷かれ始め、親不知を通る区間が完成して泊《とまり》～青海《おうみ》間と親不知駅が開業したのが、大正元（一九一二）年十月十五日。翌大正二（一九一三）年四月一日には全通し、室生犀星が感

大正期と思われる親不知駅。急峻な断崖が続き線路は波打ち際を通っていたが、現在はトンネルで抜けている。

嘆したように、北陸から直江津回りで東京への鉄路がつながった。ただ開通したとはいえ、やはり親不知付近は鉄道にとっても難所には違いなく、たびたび高波や雪崩の被害を受けた。大正十一（一九二二）年には列車が大雪崩に巻き込まれ、犠牲者が九十人にも及んだ大事故が起きている。当時の日本では最大の、世界的にも二番目に多くの死者を出した惨事だった。

『押絵と旅する男』の作者、江戸川乱歩は、明智小五郎もので知られる探偵小説家、怪奇小説家。デビューは大正十二（一九二三）年だ。自分の作品に厳しい性格がしばしば災いし、昭和二（一九二七）年二月まで朝日新聞で連載した『一寸法師』は高い評価を得たものの、作者本人は納得しておらず、自己嫌悪から休筆宣言をし、放浪の旅に出てしまった。

その旅の途上で、富山湾の蜃気楼を見ようと魚津に立ち寄る。しかし、ふつうは春先に出る自然現象で、乱歩が訪れた時は季節外れで見られなかった。がっかりして、北陸本線直江津回りで帰路に就いた様子が想像できる。
だが、その時の経験から『押絵と旅する男』が生まれた。導入部分で、蜃気楼への言及がある。やっと創作意欲を取り戻し、『新青年』にこの作品が掲載されたのは、昭和四（一九二九）年六月号だった。

§　昭和最初期の二等車

押絵の中の女性に恋い焦がれたあまり、自分も押絵の中に入ってしまった兄。その押絵を抱えて旅をする弟。この不可思議で幻惑的なストーリーが展開されるのが、夜更けの北陸本線親不知付近を走る列車の二等車だ。

親不知の断崖を通過する頃、車内の電燈と空の明るさとが同じに感じられた程、夕闇が迫って来た。丁度その時分向うの隅のたった一人の同乗者が、突然立上って、クッションの上に大きな黒繻子《じゆす》の風呂敷を広げ、窓に立てかけてあった、二尺に三尺程〔縦約六〇センチ×横約九〇センチ〕の、扁平な荷物を、その中へ包み始めた。それが私に何とやら奇妙な感じを与えたのである。

（『押絵と旅する男』）

魚津へ蜃気楼を見に行った帰り道。〃私〃は、どこまでが夢で、どこまでがうつつかもわからない世界へと引き込まれてゆく。『押絵と旅する男』は、古来、多くの生死を分けた道筋で、初老の弟の口から訥々《とつとつ》と語られる。それは甘美で純粋。誰しもが怖れながらも、思わず深みへと進んでしまう出来事だった。

北陸本線は親不知の海岸線を丁寧にたどって走った。どこまでも広がる日本海はその日、さざなみ一つ立っていなかった。蒸気機関車が奏でる、単調な機械音だけが響いてきていた。客車の中には、押絵を持つ男と〝私〟の二人だけ。

私は彼と向き合ったクッションへ、そっと腰をおろし、近寄れば一層異様に見える彼の皺だらけの白い顔を、私自身が妖怪ででもある様な、一種不可思議な、顚倒《てんとう》した気持で、目を細く息を殺してじっと覗き込んだものである。

（『押絵と旅する男』）

昭和二（一九二七）年頃は、客車の構造が木造車から鋼製車へと大きく転換された過渡期にあたる。ただ、車内設備についてはすぐには変わらなかった。その頃の二等車には四人掛けのボックスシートの車両と、二人掛けの座席が並ぶ転換式クロスシートの車両があった。「教会堂の様にガランとしていて」との記述から、全員が同じ向きを向いて座る転換式クロスシートのようにも思えるが、「彼と向き合ったクッションへ」との記述から、乱歩がイメージしたのはボックスシートだったかもしれない。もっとも、車内がガラガラだったならば、転換式クロスシートでも向かい合わせにはできる。

§ 馬車鉄道で浅草へ通った〝兄〟

男の兄は、馬車鉄道に乗って凌雲閣（浅草十二階）へ通い詰め、遠眼鏡《とおめがね》を過《よぎ》った、若く艶《なま》めかしい女を狂おしくも探し求め、ついに見つけた押絵へと吸い込まれる。幸せとは何なのか？　天上世界の展望台から、この世のものとは思えない夜景を、ギシギシと車体をきしませながら走り抜ける昭和の初めの夜汽車へ。舞台は移ろいつつ、乱歩の筆は、深い想いを読む者にもたらす。

「それはもう、一生涯の大事件ですから、よく記憶して居りますが、明治二十八年の四月の、兄があんなに（と云って彼は押絵の老人を指さした）なりましたのが、二十七日の夕方のことでございました。当時、私も兄も、まだ部屋住みで、住居は日本橋通三丁目でして、親爺が呉服商を営んで居りましたがね。何でも浅草の十二階が出来て、間もなくのことでございましたよ。」

（『押絵と旅する男』）

凌雲閣は明治二十三（一八九〇）年完成だから間もなくではなく、五年ほどが経過している。日清戦争の講和条約となった下関条約が十日前に結ばれているが、明治二十八（一八九五）年四月二十七日には特別な意味はなさそう。

「ヒョロヒョロと、日本橋通りの、馬車鉄道の方へ歩いて行くのです。私は兄に気どられぬ様に、ついて行った訳ですよ。よござんすか。しますとね、兄は上野行きの馬車鉄道を待ち合わせて、ひょいとそれに乗り込んでしまったのです。当今の電車と違って、次の車に乗ってあとをつけるという訳には行きません。何しろ車台が少のござんすからね。私は仕方がないので母親に貰ったお小遣いをふんぱつして、人力車に乗りました。人力車だって、少し威勢のいい挽子《ひきこ》なれば馬車鉄道を見失わない様に、あとをつけるなんぞ、訳なかったものでございますよ。

兄が馬車鉄道を降りると、私も人力車を降りて、又テクテクと跡をつける。そうして、行きついた所が、なんと浅草の観音様じゃございませんか。兄は仲店から、お堂の前を素通りして、お堂裏の見世物小屋の間を、人波をかき分ける様にしてさっき申上げた十二階の前まで来ますと、石の門を這入って、お金を払って「凌雲閣」という額の上った入口から、塔の中へ姿を消したじゃあございませんか。」

（『押絵と旅する男』）

後の都電に先駆けて、東京の主要道路上を走る馬車鉄道が開業したのは明治十五（一八八二）年だ。こちらが日本初の私鉄だとも言われる東京馬車鉄道の手により、六月二十五日に新橋〜日本橋間がまず開業し、以後、万世橋、上野、雷門と、現在の東京メトロ銀座線にほぼ沿うルートと、雷門〜浅草橋〜人形町を経由して先のルートに接続するルートが建設された。

乱歩の筆によると、兄は上野行きに乗ったとあるが、浅草まではすでに明治十五（一八八二）年十月一日までに開業していたから、少々辻褄が合わない。東京馬車鉄道は、明治三十（一八九七）年に合羽橋《かっぱばし》経由の上野〜雷門間を完成させ、従来の菊屋橋経由のルートと合わせて複線化している。

合羽橋経由を浅草行き、菊屋橋経由を上野方面行きの一方通行にした。

凌雲閣へは浅草六区で降りればすぐで、わざわざ雷門まで行き、仲店（仲見世）からお堂の前を素通りする必要はない。その点は、菊屋橋経由しかなかった明治二十八（一八九五）年の東京馬車鉄道の状況を表している。なお、統計によると、明治二十八（一八九五）年当時の同社の車両数は百余りで、電化され電車が走り始める前には三百ほどに増えていたと思うと、確かに当時の車両は少なかった。ちなみに乱歩は明治二十七（一八九四）年に現在の三重県名張市で生まれているから、翌年の東京の状況を直接、見聞きし覚えて書いたわけではない。

北陸本線親不知の難所は、昭和四十～四十一（一九六五～六六）年に複線化を行った際、山側に長大トンネルを掘り抜いて移設された。乱歩が見た海辺の風景は、今日では車窓から失われている。

列車が到着する現在の魚津駅。親不知を含む区間は第三セクター鉄道となった。

車体に書かれていた謎の数字はスハフ32形のもの?
太宰治『列車』

一九二五年に梅鉢《うめばち》工場という所でこしらえられたC五一型のその機関車は、同じ工場で同じころ製作された三等客車三輛と、食堂車、二等客車、二等寝台車、各々一輛ずつと、ほかに郵便やら荷物やらの貨車三輛と、都合九つの箱に、ざっと二百名からの旅客と十万を越える通信とそれにまつわる幾多の胸痛む物語とを載せ、雨の日も風の日も午後の二時半になれば、ピストンをはためかせて上野から青森へ向けて走った。時に依って万歳の叫喚で送られたり、手巾《ハンカチ》で名残を惜まれたり、または嗚咽でもって不吉な餞《はなむけ》を受けるのである。列車番号は一〇三。

(『列車』)

§ "太宰治" の筆名が初登場

太宰治こと津島修治は明治四十二(一九〇九)年に、金木《かなぎ》の殿様とまで呼ばれた青森県北津軽郡金木村の素封家、津島家の六男として生まれた。金木第一尋常小学校では、生家への忖度《そんたく》なしで、開校以来の秀才とも呼ばれたほど、学業優秀な子供だったという。県立青森中学校時代に文学に傾倒し、特に井伏鱒二を愛読。小説家を志すようになる。

しかしまだ、当時で言うところの文士の地位は低く、名家の御曹司が小説家になるなど、もってのほかとの風潮もあった。そこで最初は辻島衆二とのペンネームを使い、小説を発表したが、たちまち津島家の知るところとなり猛反対を受けたとされる。

昭和五（一九三〇）年には東京帝国大学文学部仏文学科に入学、上京する。この時から、故郷と東京を結ぶ存在として、上野〜青森間の急行列車と縁ができた。ちなみに、東大の入学試験の時、試験官を務めていたのがフランス文学者の辰野隆《ゆたか》。東京駅丸の内駅舎を設計した建築家の辰野金吾の息子だ。

東大在籍中の昭和八（一九三三）年二月十九日、東奥《とうおう》日報の今で言う日曜特別版『サンデー東奥』に短編小説『列車』が掲載された。懸賞小説の入選作品としてだ。この時、初めて〝太宰治〟のペンネームが使われた。舞台に選ばれたのが青森行き急行１０３列車の、上野駅発車間際。この列車は昭和五（一九三〇）年のダイヤ改正以降、太宰が記した通り上野十四時三十分発、青森翌朝六時二十分着で運転されていた急行で、所要時間は十六時間を切っており、当時の東北本線で最も速い列車だった。

編成は太宰が記したとおりで、C51形蒸気機関車が牽引。すぐ後ろに三等車が三両連なり、食堂車、二等座席車、二等寝台車と続き、郵便車、荷物車なども三両連結されていた。食堂車は、当時の日本人の嗜好に合わせて登場し、主流となっていた和食堂車。洋食が口に合わなかった人が多かった時代だ。

ただ、現在の新幹線はもちろん、十数両も客車を連ねていた戦後の高度経済成長期の急行列車と比べると短い。お客が乗れる客車は五両だけで、定員はざっと計算して三百五十人ほど。乗っていたのは約二百人と書かれ、要するに昭和初期の東北方面の旅客流動はその程度だったとわかる。むしろ〝十万を越える通信〟と記されているように、列車の主な使命は郵便輸送の方だった。航空機輸送が発達するまで、急行列車は最速の交通機関だった。

昭和五（一九三〇）年に登場した三等寝台車も、この列車には連結されていない。急行自体も東北本線経由、常磐線経由各一往復ずつしかなかった。急行には急行料金が別途必要だったため、一般庶民は普通列車で旅をするのが当たり前と考えていた。もっとも、津島家の格式から、下々の者とは席を同じにしたくないと無意識に思い、急行を常用していたとしてもおかしくはない。

§　細かいようで正確ではない描写

太宰治は、細かく列車の描写をしている。だがあくまでも小説の背景として。後世、三鷹の自宅近くの中央本線の跨線橋を好んだが、鉄道そのものに対して深い興味があったとも思えない。金木に初めて汽車（津軽鉄道）が通ったのが昭和五（一九三〇）年。日向の山間部出身の若山牧水のような例外もいるが、幼い頃に鉄道に親しんだ経験がないと、なかなか鉄道好きにはならないものだ。『人間失格』では、こう語られている。

自分は東北の田舎に生れましたので、汽車をはじめて見たのは、よほど大きくなってからでした。自分は停車場のブリッジを、上って、降りて、そうしてそれが線路をまたぎ越えるために造られたものだという事には全然気づかず、ただそれは停車場の構内を外国の遊戯場みたいに、複雑に楽しく、ハイカラにするためにのみ、設備せられてあるものだとばかり思っていました。〔中略〕のちにそれはただ旅客が線路をまたぎ越えるための頗《すこぶ》る実利的な階段に過ぎないのを発見して、にわかに興が覚めました。（『人間失格』）

細かいところをチェックするようだが、『列車』で、まず違和感があるのがC51。梅鉢工場で造られたかのように書かれている。車両メーカーとしては、正確には梅鉢鐵工所と言い、大阪に本社と工場があ

幹線の急行、特急の牽引に広く用いられた、鉄道博物館で保存されているC 51形蒸気機関車（5号機）。

った会社だ。後に帝國車輛工業と改称し、戦後、東急車輛製造と合併。現在の総合車両製作所へとつながっている。ただ、この会社が得意とした製品は電車や客車、気動車で、蒸気機関車はほとんど製造していない。C51は大正八（一九一九）年に登場し、昭和三（一九二八）年までに二百八十九両が製造された。東海道本線で超特急〈燕〉の牽引にあたった他、東北本線をはじめ、全国の幹線で主力機関車として活躍している。しかし、製造した車両メーカーに梅鉢鐵工所は入っていない。

〝一九二五年製造〟が正当とすると、C51は176～185の十両が該当するが、これらはすべて蒸気機関車製造の大手メーカーだった汽車製造で造られている。

私は、まのわるい思いがして、なんの符号であろうか客車の横腹へしろいペンキで小さく書かれてあるスハフ134273という文字のあたりをこつこつと洋傘の柄でたたいたものだ。

（『列車』）

鉄道に興味があるなら、スハフ134273が客車の車両番号で、車体に記されていると理解できる。けれども昭和八（一九三三）年当時、そのような番号の客車は存在しない。ただ、主要幹線の最速の急行列車だけに、最新型客車が使われていたことは違いない。

そこで調べてみると、頭の「1」がないだけのスハフ34273が実在する。これがまさに梅鉢鐵工所で製造された車両なのだ。昭和五（一九三〇）年製で〝一九二五年〟は合致しないが、蒸気機関車の製造所や製造年が刻まれている銘板と、客車の銘板を混同したのではないかとも考えられる。謎のナンバー〝１３４２７３〟も太宰の記憶違いか、あるいは意識的に実在しないものに変えたのか。

なお、スハフ３４２７３は新製直後、仙台鉄道局に配置されているから、東北本線の急行に使われた可能性は高い。その後、昭和十六（一九四一）年に実施された客車の車両番号の全面改訂に伴って、スハフ32 ７２に改番。昭和四十二（一九六七）年に廃車された。

三等車の設備を今に伝えるスハフ32形の座席と窓。
窓の幅は狭く鋼製車ゆえ持ち上げる仕組み。

§『列車』に登場したスハフ32形は現存

スハフ32は九十年以上も昔に設計、製造された客車ではあるが、奇跡的に今も現役車がある。もちろん定期列車用ではなく、群馬県の高崎地区で運転されているＳＬ列車など、イベント用だ。車両番号はスハフ32 ２３５７。最初はスハフ３４６５８として、やはり梅鉢鐵工所で昭和十三（一九三八）年に製造されている。

スハフ３４２７３は、木造客車のスタイルを受け継いで屋根が二段になっていた。スハフ３４６５８は後期の改良型で、屋根は一段。俗に丸屋根と呼ばれるスタイルだ。しかし、それ以外は『列車』発表の頃の急行列車の面影をよく伝える。客室内は四人掛けのボックスシートだが、窓が後世の客車のように各ボックスに一つの大型ではなく、座席一列に一つずつ、幅が六〇〇ミリしかない小型になっている。
その頃のガラスは非常に高価で、かつ大型のものは製造が難しかったために採用された構造だ。眺めがいい大型窓は一等車などハイクラスな車両にしか取り付けられておらず、三等車ではこのような形になっていた。日よけもカーテンではなく、鎧戸《よろいど》だった。

テツさんも私の顔を忘れずにいて呉れて、私が声をかけたら、すぐ列車の窓から半身乗り出して嬉しそうに挨拶をかえしたのである。（『列車』）

「テツさん」は女性で、おそらく小柄ゆえ、三等車の狭い窓からでも楽に半身を乗り出せたのだろう。そんな『列車』に描かれた情景も、現在のスハフ32 2357を見ると思い返せる。

会津若松で撮影した現役のスハフ 32 2357。『列車』に登場したスハフ 32 形と屋根の構造以外は同じ。

清水トンネルを抜ける列車は電気機関車が牽引

川端康成『雪国』

国境の長いトンネルを抜けると雪国であった。夜の底が白くなった。信号所に汽車が止まった。

向こう側の座席から娘が立って来て、島村の前のガラス窓を落とした。雪の冷気が流れ込んだ。娘は窓いっぱいに乗り出して、遠くへ叫ぶように、

「駅長さあん、駅長さあん。」

明りをさげてゆっくり雪を踏んで来た男は、襟巻で鼻の上まで包み、耳に帽子の毛皮を垂れていた。


（『雪国』）

§ 清水トンネルの完成で開けた道

川端康成は昭和九（一九三四）年に初めて湯沢の温泉を訪れた。六月のことで、かの有名な冒頭

時になる。

の引用のような季節ではなかった。初めて列車の中から越後の豪雪を見たのは、十二月に再訪した時になる。

『雪国』は昭和十（一九三五）年から断続的に書き綴られ、各誌に発表した短編をまとめた作品だ。まずは『文藝春秋』の同年一月号に『夕景色の鏡』と題した作品を発表。この中に冒頭部分が含まれており、昭和十二（一九三七）年六月に単行本が刊行された際、手が加えられて、誰もが知るこの鉄道の描写が生まれた。

川端がしばしば湯沢を訪れられるようになったのも、昭和六（一九三一）年九月一日に水上〜越後湯沢間が開業し、上越線が全通したがゆえだ。東京と日本海側の貿易港の新潟との間は、まず高崎線〜信越本線と、東北本線〜磐越西線《ばんえつさいせん》で結ばれたが、最短距離で両地を結ぶルートは群馬県と新潟県の境を分かつ三国山脈の清水峠越え。だが最高地点の標高は一四〇〇メートル以上あり、明治・大正の技術ではここへの鉄道敷設は困難と見られていた。

しかし、大陸への輸送ルート確保も国家としての至上命題で、政府はここに清水トンネルの掘削を決定。大正八（一九一九）年から測量を開始し、大正十一（一九二二）年には着工。約九年の歳月を費やし、昭和六（一九三一）年三月十四日に工事を完了した。全長は九七〇二メートルあり、当時の世界のトンネルの長さランキングでは第九位。まさに〝国境の長いトンネル〟だった。このルートが開かれて、鉄道による東京〜新潟間の距離は約一〇〇キロ短縮され、信越本線の難所、碓氷峠を経由しなくてもよくなったため、急行列車は上野〜新潟間で約四時間もの時間短縮を果たした。

湯沢にとっても、それまでは町の裏側と見ていた山々から、いきなり近代的な、かつ東京と直結する輸送路が出現したのだから、まさに天地がひっくり返るような出来事だったに違いない。近隣の農民が湯治に訪れる程度の鄙びた温泉だったのが、上越線の開通で芸者も多く集まる歓楽街へと一気に変貌したのだ。昭和五十七（一九八二）年に上越新幹線が開業し、追ってバブル景気が到来したため、越後湯沢にはリゾートマンションが林立したが、同じようなことが、その五十年前にも生じていたのだ。

§ 登場する機関車は現存

清水トンネルほどの長さになると、煤煙を出して走る蒸気機関車で通り抜けるのは不可能だ。煙に巻かれて機関士、機関助士が窒息するのは目に見えている。すでに明治三十六（一九〇三）年に開通していた、全長四六五六メートルの中央本線の笹子トンネルでもこの点に悩まされており、昭和四（一九二九）年には電化工事に着手されていた。堀辰雄が『風立ちぬ』で描いたように、この電化は昭和六（一九三一）年に完成し、電気機関車による運転となっている。

昭和初期は、大正期に多くが欧米から輸入された電気機関車を手本とし、その国産化が軌道に乗った時期に当たる。最初の国産電気機関車は大正八（一九一九）年製造の碓氷峠用ＥＤ40形。大正十五（一九二六）年には日立製作所が幹線用のＥＤ15形を完成させており、昭和三（一九二八）年には、初の国産大型電気機関車ＥＦ52形も登場するなど、長大トンネル区間に電気機関車を投入する機運は整っていた。

「駅長さん、弟をよく見てやって、お願いです。」

悲しいほど美しい声であった。高い響きのまま夜の雪から木魂《こだま》して来そうだった。

汽車が動き出しても、彼女は窓から胸を入れなかった。そうして線路の下を歩いている駅長に追いつくと、

「駅長さあん、今度の休みの日に家にお帰りって、弟に言ってやって下さあい。」

「はあい。」と、駅長が声を張りあげた。


（『雪国』）


川端が『雪国』で美しく描写し、〝汽車〟と呼んだ鉄道風景から、島村や、弟の上司となる駅長に声をかけた葉子が乗っていた列車は、蒸気機関車が牽引していたと思われがちだ。しかし清水トンネルを挟む区間は開業当初から電化済み。冒頭に出てくる列車も上野から水上までは蒸気機関車が牽引してやってきたが、水上で電気機関車に交換されていた。それゆえ葉子も客車の窓を開け、たとえ列車が出発していても躊躇なく開け放したままにできたのだろう。蒸気機関車ならば走り出せば煤煙が室内に流れ込むため、閉め切っておくもの。ましてや厳冬期ならなおさらだ。

その頃、清水トンネルで使われていた電気機関車は、昭和六（一九三一）年から製造されたＥＤ16形、または昭和九（一九三四）年から投入されたＥＦ10形だ。ＥＦ11形も昭和十（一九三五）年の登場なので、川端が乗った列車を牽引した可能性がある。いずれも前後にデッキがついた、今日見ればクラシカルなスタイルの機関車だ。

国産初期の貴重な産業遺産なので、ＥＤ16形とＥＦ10形には静態保存車がある。ＥＤ16形は1号

清水トンネルを挟む区間で使われたED16形電気機関車〔撮影：Saigen Jiro〕。

機が青梅鉄道公園（二〇二五年度末まで休園）に残る。ＥＦ10形は35号機が北九州市の九州鉄道記念館で展示されている。

〝ガラス窓を落とした〟、つまり上から下へ開けたとの記述から、客車は大正時代の標準的な木造車と思われる。昭和に入ってから量産された鋼鉄製の客車の窓は、持ち上げて開ける方式が主だ。

§ 土樽駅の盛衰

長いトンネルを抜けて、列車が到着したのは土樽《つちたる》信号場。現在の土樽駅だ。上り下りの列車のすれ違いのために設けられた施設だが、清水トンネルの工事期間中から職員とその家族のための官舎が周囲に立ち並び、大きな集落になっていたという。正式に旅客の乗降を取り扱う駅ではなかったが、職員の便乗は行われていたのかとも想像できる。昭和八（一九三三）年の冬からは、スキーシーズンに限り臨時駅として営業を始めた。ただ、島村たちが乗った列車が土樽に着いたのは、もうすっかり日も暮れた頃合いだったので、停車したのは本来のすれ違いのためだったのか。駅長が線路の下を歩いていたのは、ここがまだ一般旅客が乗り降りする駅ではなく、きちんとしたホームがなかった事情を表している。

なお、広い意味での鉄道の駅には、旅客駅、貨物駅の他に信号場も含まれる。駅長は営業の責任者で、かつ列車の運行を管理し安全を守る責任者でもある。列車がすれ違う重要な拠点としては駅と変わりはない信号場にも、保安要員として当然に必要な役回りだ。だから、信号場の長を駅長と呼ぶことに間違いはない。土樽が正式な旅客駅となったのは、昭和十六（一九四一）年だ。

昭和二十二（一九四七）年には電化区間が伸びて、上野〜長岡間に及んだ。昭和三十四（一九五九）年四月十三日、その上野〜長岡間に電車による準急列車が登場。〈ゆきぐに〉と命名された。

上越新幹線開業前の冬の土樽駅。構内が広く、特急の待避なども行われていた。

雪国は雪深い地方を指す一般名詞でもあるが、やはり川端康成の小説が意識されたのは間違いあるまい。東京〜伊豆急下田間の特急が、『伊豆の踊子』にちなんで〈踊り子〉と命名されるなど、作品と鉄道との縁が深い作家でもある。

現在の土樽駅。昭和60年に無人駅となった
[提供：しこちゃん（photo library）]。

昭和四十二（一九六七）年には新清水トンネルの開通により、群馬と新潟の県境を挟む上越線湯檜曽《ゆびそ》〜土樽間の複線化が成った。従来の清水トンネルは上り列車専用となり、東京から越後湯沢へ下り列車で向かった島村の行程を、そのままたどる旅は不可能になってしまった。上越新幹線の開業前、特急や急行が頻繁に走っていた時代には土樽に待避線が設けられており、しばしば普通列車がこうした高速列車の通過を待った。しかし現在では、在来線の特急もなくなったため不要になった待避線は撤去。駅自体も無人になり、駅周辺には民家もなくなってしまっているそうだ。『雪国』の時代から変わらないのは、もはや冬の深い雪だけかもしれない。

山道をゆく中央東線の美しさ

堀辰雄『風立ちぬ』

私達の乗った汽車が、何度となく山を攀《よ》じのぼったり、深い渓谷に沿って走ったり、又それから急に打ち展《ひら》けた葡萄畑の多い台地を長いことかかって横切ったりしたのち、漸《や》っと山岳地帯へと果てしのないような、執拗な登攀《とうはん》をつづけ出した頃には、空は一層低くなり、

(『風立ちぬ』)

§ 旅立ちは新宿駅

中央本線は東京を起点にして、甲府、塩尻、木曽福島を経て名古屋までを結ぶ幹線鉄道だが、実態は塩尻を境にして運転系統が東西に分かれる。東京〜塩尻間が中央東線《とうせん》、塩尻〜名古屋間が中央西線《さいせん》と通称される。長距離旅客列車はそれぞれ新宿と名古屋をターミナルにしており、明治四十四（一九一一）年に全通した当時から全線を直通する列車はごく限られ、JR東日本とJR東海という

別会社の路線となった今ではまったくない。いずれにしろ、山梨、長野と本州中央部の山岳地帯を通るため急勾配、急曲線が多く、列車の運転には苦労が絶えなかったが、変化に富んだ山々や高原の風景は旅する者にとっては興味深い。

そのように移りゆく車窓を簡潔に、かつ余すところなく描写しているのが、堀辰雄の代表作『風立ちぬ』だ。文壇でその描写力をたたえられた堀の本領が発揮されている。

この小説は、美しい自然に囲まれた高原の療養所を主な舞台に、かつては不治の病とされた結核を患う婚約者と、付き添う作家自身の分身〝私〟の限られた日々を、生と死の意味を思いつつ描いた作品で、昭和十一（一九三六）年から各章が順次、発表された。そのうち、三番目の章の冒頭で、中央東線の車窓の描写が展開される。

これは〝私〟と婚約者の節子が中央東線の富士見駅に近いサナトリウム（作中ではF高原）へ向かう場面だ。実際に堀辰雄と節子のモデルとなった婚約者の矢野綾子は昭和十（一九三五）年七月に富士見高原療養所へ、二人そろって入院している。清潔な空気の中で身体を休めることぐらいしか、結核の治療方法がなかった時代だ。

中央東線の長距離列車のターミナルは、明治二十八（一八九五）年に最初の区間が開業した時は、今の飯田橋駅に近い飯田町だった。しかし、昭和八（一九三三）年に新宿へ始発駅の役割を譲って旅客営業を廃止してから、平成十一（一九九九）年に駅自体が廃止となるまで、飯田町は貨物駅として推移した。跡地は、JR貨物が再開発を手がけた、アイガーデンエアだ。

四月下旬の或る薄曇った朝、停車場まで父に見送られて、私達はあたかも蜜月の旅へでも出かけるように、父の前はさも愉しそうに、山岳地方へ向う汽車の二等室に乗り込んだ。汽車は徐《しず》かにプラットフォームを離れだした。

〔中略〕

すっかりプラットフォームを離れると、私達は窓を締めて、急に淋しくなったような顔つきをして、空《す》いている二等室の一隅に腰を下ろした。

（『風立ちぬ』）

昭和十（一九三五）年に彼らが旅立った駅は、文中には明記されていないが、新宿だったはずだ。笹子トンネルをはじめとする長大トンネルと山岳路線の急勾配対策として、昭

甲府盆地へ下ってゆく中央本線の特急列車。

富士見駅に到着する特急〈あずさ〉。
背景にそびえる八ヶ岳の手前に富士見高原療養所があった。

和六（一九三二）年四月一日にはすでに甲府までの電化が完成していたので、列車を牽引したのは電気機関車。窓を開けての見送りも可能だった。今のグリーン車にあたる二等車に乗ったのは、病人への気配りか、混雑する三等車を避けたのか。それゆえハネムーンのような気分にもなったのかもしれない。

§ 日本一高いところにある駅

八王子を過ぎるまで中央東線は武蔵野台地の上を走るが、高尾山の懐に入ると堀が描写したような山間部となる。大月を出て笹子トンネルを抜け、勝沼まで来ると、「急に打ち展けた葡萄畑の多い台地」へと踊り出る。そうした風景は石和《いさわ》付近まで続く。今日の駅名で言えば、勝沼ぶどう郷から塩山《えんざん》、山梨市、石和温泉の辺りで、特急列車に乗っていても雄大な風景が堪能できる。堀辰雄と矢野綾子は、窓を大きく開けて風に当たりつつ、景色を愛でたかもしれない。蒸気機関車が牽引する列車、そして窓が開かない現代の特急ではできない芸当だ。

ただ、甲府から先、上諏訪までの電化が完成したのは、はるか後の昭和三十九（一九六四）年。蒸気機関車に付け替えられたのでは、新鮮な空気どころではない。そして、韮崎からはスイッチバック駅も続き、八ヶ岳の麓を、まさに「果てしのないような、執拗な登攀」と表現したくなる急勾配を登ってゆくのだ。

目的地の富士見まで鉄道が通じたのは、明治三十七（一九〇四）年十二月二十一日。そして、昭和七（一九三二）年に小海線の小海〜佐久海ノ口《うみのくち》間が開通するまで、標高九五五・二メートルの富士見駅が、日本一高いところにある国有鉄道の駅だった。つまり、山梨県（甲斐）から来ても長野県（信濃）から来ても、ここが上り勾配の頂点にいちばん近い駅となる。

一〇〇〇メートルに近い標高ゆえ空気は澄み渡っており、都市の煤煙に汚れた大気とも無縁だったがため、富士見に結核の療養所が建てられた。富士見高原療養所の開所は大正十五（一九二六）年。初代の院長は正木不如丘《まさきふじょきゅう》といい、医師でもあり文筆家でもある人物だった。堀辰雄は正木との交友から、ここを療養の場所と決めたのだった。他にも竹久夢二、横溝正史らもこの療養所で過ごした時期がある。それもまた正木との交友ゆえだ。

結核療養所が建てられる以前から、富士見はアララギ派にとってのゆかりの地だった。正岡子規に始まり、伊藤左千夫が受け継いだ短歌の革新運動は、東京を中心に『馬酔木《あしび》』などの短歌雑誌発

小海線の開業まで日本一の高所にあった富士見駅舎。
鉄道が通じて歌人たちの交流が生まれ、新たな『アララギ』の創刊につながった。

刊により続いていた。明治四十一（一九〇八）年には『阿羅々木』の発刊が始まっている。一方、諏訪出身の島木赤彦らは、その五年前に雑誌『比牟呂《ひむろ》』を発刊。やはり子規の精神を受け継いでいた。両者はしばしば深く交流したが、明治四十一（一九〇八）年に富士見で開かれた短歌会に左千夫ら『阿羅々木』の同人が多く参加。意気投合し、翌年『阿羅々木』『比牟呂』は合併し、改めて『アララギ』として再出発した。

こうした文芸上の動向は、やはり鉄道の開通と無縁ではなかろう。富士見まで通じた中央東線がさらに延伸され、上諏訪、下諏訪を経て岡谷まで達したのが、明治三十八（一九〇五）年十一月二十五日だ。これによって東京と諏訪との間の往来が、飛躍的にたやすくなったことは想像に難くない。鉄道を使えば、互いを気軽に訪問できるようになり、だからこそ『アララギ』は生まれたとも言えそうだ。

§　電気機関車が牽引していた中央東線

堀辰雄の晩年（といっても、まだ三十代）の代表作で、本格的な長編小説『菜穂子』にも、中央東線の描写がある。これは昭和六（一九三一）年の物語で、荻窪を通過する列車を見て、黒川圭介が、富士見の結核療養所に入院している妻の菜穂子のことを思う場面だ。

或野分立《のわきだ》った日、圭介は荻窪の知人の葬式に出向いた帰り途《みち》、駅で電車を待ちながら、夕日のあたったプラットフォームを一人で行ったり来たりしていた。そのとき突然、中央線の長い列車が一陣の風と共にプラットフォームに散らばっていた無数の落葉を舞い立たせながら、圭介の前を疾走して行った。圭介はそれが松本行の列車であることに漸《や》っと気がついた。

〔中略〕

それからは屢々《しばしば》会社の帰りの早いときなどには東京駅からわざわざ荻窪の駅まで省線電車で行き、信州に向う夕方の列車の通過するまでじっとプラットフォームに待っていた。いつもその夕方の列車は、彼の足もとから無数の落葉を舞い立たせながら、一瞬にして通過し去った。

（『菜穂子』）

前述のとおり、この年には東京～甲府間の電化が完成していたので、荻窪を通過する松本行きは電気機関車が牽引していたはずだ。速度もさることながら、まったく煙を出さずに走り抜けてゆく場面は、蒸気機関車のものではない。

中央東線の電化の際に投入された電気機関車は、上越線と同じ国産のＥＤ16形だった。堀たちが富士見まで往来する時に乗っていた列車も、甲府まではこの形式が使われていたはずだ。この機関車は性能にもすぐれ、使い勝手が良かったため、昭和五十九（一九八四）年まで国鉄に在籍。うち1号機は準鉄道記念物に指定され、川端康成『雪国』の項で述べたとおり、青梅鉄道公園（二〇二五年度末まで休園）で静態保存されている。

この頃、現在の中央線快速にあたる省線電車は東京〜浅川（現在の高尾）間で運転されていたが、浅川以西、甲府、松本方面へ直通する列車は小さな駅には停車しなかった。複々線区間は中野までで、中野から西は電車と列車が同じ複線を共用していた。それゆえに、荻窪駅ホームの落ち葉が、列車の通過とともに舞い上がったのだった。

思わぬ駅で心細い思いをした詩人

中原中也「桑名の駅」

桑名の夜は暗かつた
蛙がコロコロ鳴いてゐた
夜更の駅には駅長が
綺麗な砂利を敷き詰めた
プラットホームに只《ただ》独り
ランプを持つて立つてゐた

桑名の夜は暗かつた
蛙がコロコロ泣いてゐた
焼蛤貝《はまぐり》の桑名とは
此処《ここ》のことかと思つたから

駅長さんに訊ねたら
さうだと云つて笑つてた
桑名の夜は暗かつた
蛙がコロコロ鳴いてゐた
大雨の、霽《あが》つたばかりのその夜は
風もなければ暗かつた

（「桑名の駅」）

§ 豪雨災害で迂回運転

わずか三十歳で夭逝した詩人、中原中也は明治四十（一九〇七）年、今の山口県山口市に生まれた。生涯としては晩年にあたる昭和十（一九三五）年、郷里に帰省し八月に東京へ戻る途中、思わぬ体験をする。

この年、京都は六月に豪雨と大洪水に襲われ、ようやく少し落ち着いたかと思われた八月、さらに二回目の豪雨に見舞われて、鴨川をはじめとする淀川水系の河川が次々に氾濫。後世に語り継がれる大きな被害を出した。京都駅の前後で鴨川や桂川を渡る東海道本線も被害を受けたようで、中也を乗せた列車も京都を通れず、関西本線を迂回して東京へと向かったのだった。

そして、八月十二日の夜更けに到着した桑名駅で詠まれた詩が「桑名の駅」だ。「此の夜、上京の途なりしが、京都大阪間不通のため、臨時関西線を運転す」と添えられている。

大阪や名古屋の近郊はすっかり通勤路線となり、中間はローカル線と化した今となっては考えづらい話ではあるけれど、昭和三十年代に東海道本線が電化されるまでは、関西本線も名古屋〜大阪間の幹線の〝格〟としてはほぼ同じだった。線路の規格も高く、長く重い列車を走らせられるようになっており、私鉄として建設され、国有鉄道の東海道本線と激しい乗客獲得競争を繰り広げた面影を保っていたのだ。そのため、東海道本線が通れないとなると、関西本線へ長距離列車や貨物列車を迂回させることも当たり前だった。

§　どの列車がどう迂回したのか?

中原中也は医者の息子で、学業も優秀だったと伝えられるが、鉄道に深い関心があったわけではない。この帰省の期間中には日記もつけておらず、詳細は不明だが、詩人が乗った列車がどこをどう走って、本来は

現在では短い編成の列車が発着するだけで、使われなくなったホームがわびしく残る夜の桑名駅。

通るはずがない桑名へ至ったのか、推理してみたい。

山口から東京へは、まず支線の山口線で小郡《おごおり》（現在の新山口）へ出て、山陽本線の列車に乗り換える。丹那《たんな》トンネル開通による昭和九（一九三四）年十二月一日改正のダイヤでは、小郡から東京まで直通する列車は、特別急行の〈富士〉（小郡二十一時四十二分発）、〈櫻〉（同二十三時五十分発）。急行8列車（同十時三十五分発）、6列車（同十四時六分発）、10列車（同〇時二十分発）。および普通22列車（同六時四十一分発）、24列車（同十六時四十分発）の、計七本があった。

中也の実家は資産家だったが、この頃には医師だった父も亡くなっており、自身も詩作だけでは生活できずに月に百円以上も母から仕送りを受けて、ようやく妻と息子と三人で暮らしていた。昭和初期の百円を現在の貨幣価値に換算するのは難しいが、小学校教員の初任給が五十円前後との資料もあるので、およそ三十～四十万円か。今で言うニートに近かった生活では、やはりこのぐらいは送ってもらわないと東京での家族生活は無理だろう。

そこで小郡～東京間の運賃と急行料金などの合計を調べてみると、三等車利用で特別急行十一円六十三銭、急行十円三十八銭、普通だと九円十三銭だ。戦前の特別急行や急行は上流階級や、官吏、軍人が公用公務で乗る列車との意識が強く、一般庶民は迷わず気軽な各駅停車の旅を選んだ。三等寝台車も昭和五（一九三〇）年に登場し、特別急行や急行には連結されていたが、三段式の上段でも八十銭、中・下段は一円五十銭の寝台料金が別途必要だった。やはり庶民の感覚としては、かなり高価で贅沢な設備に思えただろう。おそらく中也も、普通列車の三等座席車で行き来したと思われる。

所要時間で見ると、特急が十七時間台、急行が十九〜二十時間台だったのに対し、普通の22列車は翌朝六時ちょうどに東京着で二十三時間十九分。24列車は二十時十分東京着で二十七時間三十分もかかっている。なぜ同じ普通で同じ区間を走って四時間以上もの差ができるのかと言えば、24列車が昼夜を問わずほぼすべての駅に律儀に停車してゆくのに対し、22列車は夕暮れ時に着く大阪から東は主要駅のみの停車に変わり、深夜帯に入る豊橋から先は、浜松、静岡、沼津、熱海、小田原と急行並みの停車駅になって東京へと急いだ。現代で言う快速だったのだ。こういう列車は非公式ながら準急とも呼ばれた。

何度も東京と山口を行き来した中也にも、小郡六時四十一分発に乗れば安くて速く、いちばん便利、との知識があっておかしくはない。生家に近い湯田《ゆだ》駅（現在の湯田温泉）から、六時九分発に乗れば、小郡には六時二十四分に着いて接続する。

また、夜更けに桑名に着いたとの作中の証言も、22列車利用の裏付けになりそうだ。当然、京都における豪雨、東海道本線不通の情報は各所へ伝わっており、主要な列車を関西本線へ迂回させる準備は粛々と進められていただろう。定刻なら22列車は十七時五十分に大阪に着く。名古屋着は二十一時四十九分だ。大阪まで順調に走ったとして、その後、関西本線へ入るには、どのような道をたどればよいか。

妥当と思われるのが、貨物列車が両線の間を行き来していたルートに乗せるやり方。いったん宮《みや》原《はら》の客車操車場に入れ、折り返し吹田《すいた》の貨物操車場へ進み、もう一度、折り返して、現在はおおさか東《ひがし》線として旅客列車も運転している城東貨物線を進むと、そのまま関西本線へ入れる。ただ、そうすると名古屋で東海道本線に戻る際に編成が逆向きになってしまうため、天王寺駅へまた入れて、三度目の折り返しをしたかもしれない。最優先で通しただろう特別急行〈富士〉は、最後尾に一等展望車を連結していたので、編成の向きは気にせざるを得ない。

§　田舎ではなかった桑名

関西本線のターミナル駅、湊町《みなとまち》（現在のＪＲ難波）から桑名までは、当時のダイヤで約四時間。本来の列車をストップさせて、東海道本線の列車を通すぐらいの対策はやったかもしれないから、22列車が遅れて十九時か、あるいはもっと遅くに吹田を出たとすれば、まさに夜更け、二十三〜〇時ぐらいに桑名に着いただろう。

もともとの関西本線の列車ではないし時間も時間だから、乗り降りする客はない。それはホームに駅長だけが一人、立っていた風景から想像できる。駅長と言葉を交わす余裕があったのだから、列車のすれ違いのためか、あるいは名古屋から先のダイヤの兼ね合いか、かなり長い時間、桑名で停まっていたようでもある。詩人が詩想を練る時間はあったのだ。

京都に大災害をもたらした大雨は桑名にも余波を及ぼし、ねっとりと蒸し暑い空気を置き土産にした。風もなく、じっとしているだけで汗が噴き出る、熱帯のような八月の夜だ。元気なのはカエルだけ。

こういう描写を読むと、桑名とは、かなりの田舎の駅のようにも感じられる。確かに、江戸時代の城下町から見れば町外れにつくられており、まだ周囲に田んぼもたくさん残っていたのだろう。

駅と城下町を結んでいた桑名電軌。

開業は明治二十八（一八九五）年五月二十四日だ。

ただ、大正三（一九一四）年には北勢《ほくせい》鉄道（現在の三岐《さんぎ》鉄道北勢線）の大山田《おおやまだ》駅（現在の西桑名駅）が桑名駅のすぐそばに開業。大正八（一九一九）年には、桑名と大垣の間をショートカットする養老鉄道（初代）が乗り入れてきており、大正十二（一九二三）年にはすでに全線電化が完了していた。最新式の電車が桑名に発着していたのだ。昭和四（一九二九）年には現在の近鉄名古屋線の前身にあたる伊勢電気鉄道の四日市〜桑名間が開業。同じく電車による運転を始めている。昭和六（一九三一）年には北勢鉄道も電化された。

伊勢電気鉄道に先んじて、昭和二（一九二七）年には桑名電軌が桑名駅と町の中心部を結んだ。わずか一キロの路面電車だが、利用客で賑わったと言われる。この会社だけは太平洋戦争中の昭和十九（一九四四）年に廃止されてしまったが、他の鉄道は現在も営業を続けている。

つまり、中原中也が通りかかった昭和十（一九三五）年には、桑名は四本もの電気鉄道が乗り入れる、東京でもなかなかない、珍しくモダンな駅だったのだ。カエルの鳴き声だけ聞こえるような寂しい駅ではない。

ＪＲ桑名駅の関西本線下りホームの詩碑。

しかし、不慮の天災で乗っていた列車が、おそらく大幅に遅れてどこだかよくわからない経路を走り、夜も更けてから見知らぬ駅に停まって動かなくなった。本当に東京まで帰れるのか。詩人の心は大きくざわついていたに違いない。よく眠れなかったのではあるまいか。「桑名」との駅名から、唯一思い出されたのが焼きハマグリだったのだろう。心細さから駅長に確かめたのだが、笑われてしまった。やり場のない不安は高まり、詩作へと向けられた。

なお、平成六（一九九四）年。中也が乗った列車が停まっていたはずの上りホームの向かい、関西本線の下り一番ホームに「桑名の駅」の詩碑が立てられた。だが、この詩が生まれた頃の名残は、今や広々とした駅の敷地と、長距離列車が発着できそうな長いホームぐらいだ。

活力の象徴だった越中島貨物線や城東電車

土屋文明「城東区」

木場すぎて荒き道路は踏み切りゆく貨物専用線又城東電車　（「城東区」）

§ 誕生したばかりの東京市城東区

土屋文明は明治二十三（一八九〇）年九月十八日、群馬県群馬郡上郊村《かみさと》（現在の高崎市）に生まれた。東海道本線が全線開通した翌年だ。短歌の師は伊藤左千夫。『アララギ』に参加し、昭和五（一九三〇）年には斎藤茂吉から編集発行人を引き継いだ。そして明治、大正、昭和、平成の四つの元号、百年を生き抜き、平成二（一九九〇）年に没している。

その七年後の平成九（一九九七）年に開業した長野行新幹線（北陸新幹線）は、昭和五十七（一九八二）年に開業した上越新幹線と高崎駅北方で豪快に分岐し、長野へと向かう。土屋文明の故郷は、榛名山麓を雄大な高架橋で走り抜ける二本の新幹線に挟まれたあたりだ。この歌人、故郷を上越新幹線が通ったニュースは知っていたはずだ。今、生誕の地の近くには群馬県立土屋文明記念文学館が立つ。南青山にあった自宅の書斎も移築されている。

私の姓も土屋だが、そのルーツは相模国。令和五（二〇二三）年まであった神奈川大学湘南ひらつかキャンパスの跡地の所在地が神奈川県平塚市土屋で、そこになる。駅で言えば小田急電鉄の東海大学前が近い。戦国時代、土屋氏は甲斐の武田氏の家臣として名高かったが、そのため か武田の領地だった静岡県に今も多い姓だ。上野《こうずけ》、つまり現在の群馬県も一時、武田氏の領地だった。土屋文明の先祖も武田氏家臣の流れか。

さて、昭和七（一九三二）年。東京市は隣接する五郡八十二町村を編入し、市域を大幅に広げた。南葛飾郡の亀戸町《かめいどまち》、大島町《おおじままち》、砂町《すなまち》も含まれており、三町を合わせて城東区が成立している。このエリアは当時、隣接する本所区、深川区からの市域を越えた市街地化がすでに著しく進捗しており、大小の工場も多数、立地しつつあった。当時の東京の急速な発展を象徴するような、言い換えれば、最も活気があった地域の一つでもあった。昭和二十二（一九四七）年に隣の深川区と統合されて江東区となっている。

そうしたエネルギッシュな町に興趣を覚えた土屋文明はここを訪れ、「城東区」と題した一連の短歌を詠んだ。そして昭和十（一九三五）年刊行の歌集『山谷集《さんこくしゅう》』に収めた。この歌集は、都市のめざましい変貌を、破調も怖れずに即物的なリアリズムで描いたなどと評された。「城東区」の他にも「横須賀」や「鶴見臨港鉄道」など産業地帯を詠んだ一連の短歌が収められている。真に迫る力強い描写こそ、彼の真骨頂だ。

貨物船入り来る運河のさきになほ電車の走る埋立地見ゆ　（「鶴見臨港鉄道」）

鶴見臨港鉄道は現在のJR鶴見線だが、埋立地に集まる工場への通勤客、また原材料や製品の輸送を目的として、大正十五（一九二六）年から順次、川崎と横浜にまたがる一帯に路線を延ばした。電化されて電車が走りはじめたのが昭和五（一九三〇）年。この鉄道には、志賀直哉を轢き殺しかけた疑いのある、ナデ6110形も一両、巡り巡って入線している。城東区に続いて、同じ産業地帯として注目したのだろう。鶴見臨港鉄道には運河沿いに走る区間や、運河を渡る橋梁もあるから、そのどこかで、大小の貨物船が行き交う運河越しに電車の姿を見たと想像できる。

§　城東区を縦走する貨物線と都電

発足当時の城東区には、国有鉄道は総武本線が通っているばかりで、駅は北端に近い亀戸にしかなかった。もちろん都営新宿線や東京メトロ東西線はまだ影も形もない。旧大島町や旧砂町方面へ区を南北に結んでいた唯一の交通機関が、昭和四（一九二九）年に亀戸駅のそばの水神森《すいじんもり》から洲崎《すさき》まで通じた城東電気軌道、つまりは冒頭の歌の〝城東電車〟だった。

一方、〝貨物専用線〟とは現在のJR東日本越中島貨物線だ。昭和四（一九二九）年に亀戸と小名《おな》木川《ぎがわ》の間が開業。越中島（現在の京葉線越中島駅とは別の場所）まで延ばされたのは昭和三十三（一九五八）年だから、文明の時代の国有鉄道としての営業区間はまだ小名木川駅までだ。

（上）貨物営業をやめ、JR 東日本各地への交換用レールの輸送が主な役割となった越中島貨物線。現在は新型車両に代わり、写真の機関車は走っていない。

（下）土屋文明も渡ったと思われる越中島貨物線の踏切。

こうなると「木場《きば》すぎて」の部分が引っかかる。木場とは、今は埋め立てられて木場公園となっている、江戸時代から続いた巨大貯木場だ。東京都現代美術館がある木場公園の北端付近から、まっすぐ東へ歩けば、確かに元の小名木川駅付近に出る。駅跡地に建設されたショッピングセンター、アリオ北砂が目印だ。文明がこの歌を詠んだのも、そのあたりだったのだろう。

小名木川駅は水運と連絡する物流拠点として整備された貨物駅で、取り扱い貨物量の減少により廃止された後に再開発されて、アリオ北砂とその南側のマンション群となっている。しかし跡地の広さからも往事の盛況ぶりが想像できるというもの。越中島貨物線も複線化を前提として用地が確保されている。荒々しくも力強い風景が文明の興味をひいたのも、むべなるかな。

越中島貨物線自体は今も健在だが、産業構造の変化と道路輸送の発展により定期貨物列車は平成九（一九九七）年に廃止された。また、これまで定期旅客列車が走った例はない。今ではわずかにレール輸送用の列車などが走るだけになってしまっている。江東区は本来の使命をほぼ終えたこの路線を複線、電化して旅客線に転用する構想を立てている。だが幹線道路との交差点は踏切のまま。渋滞悪化の要因になりかねないし、かと言って高架や地下に走らせる立体交差化は莫大な費用がかかるとして、いまだに具体化はしていない。

§ 貨物線と並走していた電車

この鉄道が貨物線のままで推移してきたのも城東電気軌道、後の都電砂町線が、昭和四十七（一九七二）年に廃止されるまでほぼ並走していたからだ。亀戸駅のすぐ南側の京葉道路（国道14号）水神森交差点から南へ伸びる緑道がある。亀戸緑道公園だが、これが都電砂町線の跡。この電車は専用の線路を走る区間が多く、廃止後は多くの区間が緑道に転用された。ところどころに車輪や線路を使った、都電を懐かしむモニュメントも置かれている。

南へと緑道を歩くと、竪川《たてかわ》とその上を走る首都高速七号小松川線を境に大島緑道公園と名が変わる。城東電気軌道の橋梁と越中島貨物線の橋梁の間で竪川に掛かる橋が、五の橋だ。

左千夫先生の大島牛舎に五の橋を渡りて行きしことも遥けし　（『城東区』）

師の伊藤左千夫が営んでいた牛舎はその晩年、錦糸町駅前から大島（現在の大島六丁目団地付近）へ移っており、かつて自分も通った頃を懐かしく振り返っている。この思い出もあって、土屋文明は城東区を訪れたのだろう。左千夫が大島で亡くなったのは大正二（一九一三）年だから、まだ城東電気軌道は開業前で、亀戸駅から歩いて通っていた。

廃線跡の方は、都営新宿線西大島駅東側の城東郵便局の脇で新大橋通りと交差するあたりからぐいっとカーブ。いかにも鉄道の跡らしい。その先で明治通りに合流し、併用軌道となって小名木川を渡ると北砂町三丁目の停留所となる。今も同名のバス停があるが西側がアリオ北砂、つまりは小名木川貨物駅だから、文明が電車を見たのもこのあたりと想像できよう。

工場へ通う多くの通勤客を運ぶ城東電気軌道も活力の象徴だ。冒頭の歌の「又」とは、両方の鉄道、軌道が近接していて立て続けに踏切があった風景を表している。しかし小名木川貨物駅付近の城東電車は道路上を走っていたから別の場所で見たのか。あるいは単に、自分が歩いている道路と交差している有様を表現したのか。そういう想像もできるから楽しい。

文明にとって小名木川より南は未踏の地だったようだ。

亀井戸大島は吾に親しき名なれども
今日小名木川を南に渡る　（「城東区」）

これも「城東区」の中の短歌。ただ冒頭の歌とは歌人の歩く方向が違う。荒川や中川を詠んだ歌もある。かなりあちこち気の向くままに歩き回ったのだろう。

仙台堀川を渡って葛西橋通りを横切った少し先から都電砂町線は再び専用軌道になり、今は大きくカーブした南砂緑道公園として整備されている。ここに越中島貨物線と交差する地点があるが、開業の時期の違いから都電の方が下で、後から出来た貨物線の方が上を

大半が緑道として残った城東電気軌道～都電砂町線跡の、越中島貨物線との交差点付近。

城東電軌こ線ガードの表示板。

またいでいる。貨物線のガードには、「城東電軌こ線ガード」との名前も残る。

今の南砂団地は鉄道車両メーカー汽車製造東京支店工場の跡地。新製された車両は越中島貨物線を通って、全国の配置先へと向かっていった。南砂町へ移転する前は、錦糸町の伊藤左千夫の牧場のすぐ隣りに工場があった。この頃の土屋文明の周囲には、鉄道の匂いが色濃かったようだ。

短命だった京成白鬚線の〝廃線跡〟

永井荷風『濹東奇譚』

線路に沿うて売貸地の札を立てた広い草原が鉄橋のかかった土手際に達している。去年頃まで京成電車の往復していた線路の跡で、崩れかかった石段の上には取払われた玉の井停車場の跡が雑草に蔽《おお》われて、此方《こなた》から見ると城址《しろあと》のような趣をなしている。

（『濹東奇譚』）

§「ラビラント」玉の井

昭和三十三（一九五八）年の売春防止法の施行により、表向きには遊郭は消滅した。現在の墨田区の一角にあり私娼街として知られていた玉の井も、この日をもって最後を迎えたとされる。ただそれ以前に、昭和二十（一九四五）年三月十日の東京大空襲で完全に焼き払われており、戦後は近隣へ移転し営業を続けていた。だが、往年の賑わいは戻らなかった。今はもう住宅街と町工場や商店が入り交じったふつうの街になっており、細かく入り組んだ道以外、名残はほとんどない。歓楽街のすぐ西側にあって玉ノ井を名乗っていた東武鉄道の駅も、昭和六十二（一九八七）年に東向島へ改称された。

永井荷風は、玉の井にしばしば通ってきていた。他にも多くの文人が訪れているが、やはり『濹東奇譚』を著し、「ラビラント（迷宮）」と自身が呼んだこの街の様子を活写したと名高い。

その冒頭、小説の舞台を求めて玉の井へ向かった、荷風自身をモデルとした主人公の小説家、大江匡《ただす》は、浅草雷門まで市内電車で行き、寺島《てらじま》玉の井と行先を掲げた乗合自動車に乗り継ぐ。『濹東奇譚』の発表は昭和十二（一九三七）年四月、脱稿は前年の十月二十五日とされる。作中では六月末となっており、昭和十一（一九三六）年夏の話となる。

吾妻橋をわたり、広い道を左に折れて源森橋《げんもりばし》をわたり、真直に秋葉神社の前を過ぎて、また姑《しばら》く行くと車は線路の踏切でとまった。踏切の両側には柵を前にして円タクや自転車が幾輌となく、貨物列車のゆるゆる通り過るのを待っていたが、歩く人は案外少く、貧家の子供が幾組となく群をなして遊んでいる。降りて見ると、白鬚橋《しらひげ》から亀井戸の方へ走る広い道が十文字に交錯している。

（『濹東奇譚』）

バス（乗合自動車）は現在の国道6号（水戸街道）を走った。秋葉神社は今もある小さな神社だが、その頃は目立つ存在だったようだ。大江が下車したのは東向島駅の南側。東武鉄道は今、高架化されているのでガードになっているが、水戸街道と交差するあたりとわかる。交錯する広い道とは明

旧玉ノ井駅近く、現在の東向島駅に到着する東武鉄道。
白鬚線健在の頃は東武が下をくぐっていた。

治通りだ。ただその先の水戸街道は、玉の井の迷宮に突っ込む形になるためか、未整備だった。

以前の東武伊勢崎線（現在のスカイツリーライン）は東京都内に発着する貨物の大動脈で、貨物列車も多数、運転されていた。操車場があったのは業平《なりひら》橋、今のとうきょうスカイツリー駅だ。平成五（一九九三）年に貨物列車と貨物駅が廃止された後、東京スカイツリーが跡地に建設された。

§ わずか八年の命だった鉄道

大江は東武玉ノ井駅の前を通り、東武の上を鉄橋でまたいでいた土手に来る。そして「去年頃まで京成電車の往復していた線路の跡」と記した。京成電鉄では、押上と青砥を結ぶ押上線が墨田区内を通っている。同社の主要幹線の一つだ。だが玉ノ井では東武とは交差していないし、そもそも廃止になっていない。

では、この京成とは何かと言えば、今はなき白鬚線なのだ。

白鬚線の終点、白鬚駅跡の解説板。現存する数少ない写真が掲載されている。

京成白鬚線は京成曳舟《ひきふね》駅と荒川駅（現在の八広駅）の間に存在していた向島駅から分岐し、玉ノ井で東武伊勢崎線の上を跨ぎ越して白鬚駅へと走っていた、全長一・四キロしかない短い支線だった。昭和三（一九二八）年四月七日に開業。だが、荷風が『濹東奇譚』に描く直前の昭和十一（一九三六）年三月一日に廃止されている。わずか八年弱しか営業しなかった。

なぜ、このような路線が建設され、またたく間に廃止になったのか。起点を隅田川の東岸の押上にしか置けず、なかなか東京都心部への延長が認められずに苦しんだ挙げ句の苦肉の策だったとの説がある。白鬚で隅田川を渡り、そのまま西へ進めば三ノ輪橋に至る。そこにはすでに、王子電気軌道が大正二（一九一三）年からターミナルを構えていた。現在の東京都電荒川線だ。

京成はまだ木造の小型の電車も多く走っていた時代で、さらに軌間は王子電気軌道と同じ一三七二ミリ。そのため三ノ輪橋まで路線を延ばせば王子電気軌道へ乗り入れることができ、戦前は賑やかな繁華街だった大塚まで直通できるとの目論見を立てたのだ。その手始めが白鬚線で、都心乗り入れの目的ゆえ、短い支線ながらこの路線は複線で建設されている。

しかしながら昭和五（一九三〇）年、京成は計画のみに終わりそうな他社の買収で上野への路線延伸の免許を獲得し、昭和八（一九三三）年には上野公園（現在の京成上野）〜青砥間の新線開業にこぎつけている。京成にとっては念願の山手線との接続だったが、これによって白鬚線は存在意義を失ってしまった。

人気がある歓楽街への、今で言うアクセスとしても、浅草から直通する東武に対して町外れの押上からの京成は不利。白鬚線の利用は低迷を続け、末期には単線運転になっていたと言われる。最終的には水戸街道の延長工事の際にこの線と交差するため立体化が求められ、渡りに船とばかりに京成は白鬚線をあっさり廃止してしまう。荷風が玉ノ井駅跡を訪れたのはその直後だった。

東武との交差地点にあった玉ノ井駅は築堤上の駅で、ホームへは石段で上がる構造となっていた。玉の井の歓楽街を見下ろすにはよい高みとばかりに、荷風は廃線跡への侵入を試みたわけだ。もっとも現役の線路ですら道路代わりによく使われていた頃の話だから、草むした廃駅に誰が入り込もうが皆、無関心だったに違いない。

§ 白鬚線と玉ノ井駅のその後

白鬚線が消えた後、バス専用道に改築されるというローカル線廃止後にはよく聞く話もあったそ

京成玉ノ井駅があった辺り。荷風が登った築堤はもうない。

うだが、それもまったく具体化せずに立ち消えとなり、線路や駅の敷地は売却された。玉ノ井駅跡の築堤も崩されてしまい、住宅街となった今では痕跡をたどるのも難しい。辛うじて、一般道との交差地点で若干、道路が盛り上がっているため築堤跡がわかる程度だ。玉ノ井駅があった場所も、東武東向島駅との位置関係や戦前から残る道筋より、どうやらこのあたりかと推定できるにすぎない。廃止からもう八十年以上も経過しているからやむを得まい。

玉の井自体も空襲で焼き払われてしまったから、荷風がさまよった頃の面影を求めるのは難しい。ただ、昭和十二（一九三七）年四月に私家版として刊行された『濹東奇譚』の初版本には、荷風が撮影したスナップ写真が添えられているので、なんとか往事を偲べる。中には白鬚線の築堤ではないかと思われる写真もある。『濹東奇譚』は同年四月十六日から六月十五日に東京朝日新聞で木村荘八《しょうはち》の挿絵とともに連載され、これが八月に岩波書店で単行本化された。この挿絵は現在も岩波文庫版に収録されており、大江が玉ノ井駅跡にたたずむ絵もある。木村も連日のように玉の井へ通い風景を観察したそうなので、描写はかなり正確だと思われる。だが、玉ノ井駅跡はもはや明瞭な駅の形をしておらず、かなり崩れていたように描かれている。あるいは廃止から二ヶ月あまりで、すでに撤去作業が進められていたのか。

荷風にとっては玉の井の一風景だっただろうが、京成白鬚線の写真は現存するものがほとんどなく、『濹東奇譚』に掲載された写真や挿絵は非常に貴重な資料となっている。何気ない日常の記録が、後世の研究の助けとなっている好例でもある。

福知山線の線路を歩いて通った主人公たち

水上勉『櫻守』

　武田尾《たけだお》駅にとまる国鉄は単線だったが、川際すれすれに、崖のトンネルを二つくぐっている。演習林は、このトンネルの上にあるので、一どは線路をまたがねばゆけない。竹部は、弥吉をつれてきた時に、

「汽車の時間表をようしらべといて、駅員さんにたのんで、線路を通らしてもろたがよろしおっせ」

といった。その日も竹部は、駅を降りて、改札を出ようとする弥吉を、北さんこっちやとよびとめ、顔見知りの助役に会釈一つしただけで、煤けた枕木の積まれてある駅員宿舎の前から、ホームを歩いた。ホームが切れるとそのまま線路へ降り、枕木づたいに演習林の入口まできた。

（『櫻守』）

電化前の福知山線旧線の武庫川沿いを走る列車［提供：sannkou（PIXTA）］。

§ 川沿いに延びた鉄道

古来、川は重要な交通路だった。もちろん水運ルートとの意味もあるが、急峻な山脈を越える場合、ひたすら川に沿って遡るよう歩き、分水嶺に近い峠を越えて、向こう側の川筋へ取り付くのがふつうのやり方だったからだ。そうやって勾配を緩め、少しでも輸送の手助けとした。

明治に入り鉄道が盛んに建設される時代となっても事情は同じで、特に力が弱い蒸気機関車は上り勾配に弱く、曲線が多くても川沿いのルートを取るのが鉄道の常識でもあった。そして、もうこれ以上遡れなくなったところで短いトンネルに入り、峠を越えた。現代においても、そうした当時の考え方を感じられる鉄道路線は少なくなく、例えば伯備《はくび》線。倉敷から高梁川《たかはしがわ》の水系をひたすらたどり、新見《にいみ》を経て谷田乢《たんだたわ》（乢とは中国地方で峠を指す）をトンネルで抜けると、日野川の水系に取り付いて下ってゆく。そのため一部、改良が施された区間を除いて今も線路は曲がりくねっており、昭和五十七（一九八二）年から現在に至るまで、特急列車には曲線を高速で通過できる振子式電車が使われている。当然、こうした路線はスピードを出せず、複線化しようにも用地に乏しい場合が多い。

こうした鉄道の建設方法が変わってきたのが、一九六〇年代に入り新幹線が計画されるようになってからだ。都市間を極力直線で結ぶよう、山にぶつかれば長大トンネルで抜け、渓谷は高架橋で高々と渡る。そんな鉄道が利用客が少ないローカル線でも次第に増えていった。

新規に建設される路線だけではなく、既存の鉄道も同様にトンネルや橋梁で一気に山岳地帯を抜ける新しい線路を敷き直し、輸送力増強や高速化などの改良を施す例が出てきた。水上勉が『櫻守』で描いた福知山線もその一つだ。

§ 道路代わりにされた鉄道

映画『スタンド・バイ・ミー』(一九八六)で少年達が冒険の旅に出たシーンの影響か、線路内を歩きたがる向きが時々、現れるが、列車が高速化している今でなくとも、大変危険な行為だ。ただ、道路の整備があまり進んでいなかった時代には、鉄道の線路が道路代わりに使われることがしばしばあった。おおらかと言えばおおらかで、鉄道側もあまり気にしていなかった節がある。その分、事故も多かっただろう。志賀直哉もそれで山手線にはねられたのだが、鉄道側が責任を問われることはさほどなかったのか。

『櫻守』の主人公、庭師の北弥吉も、サクラの保護に生涯を捧げた学者、竹部庸太郎に連れられ演習林に出入りする。その時に通っていたのが、冒頭に引用した福知山線の線路だった。竹部のモデルはやはり植物学者で、桜博士と呼ばれた笹部新太郎。サクラの固有種、古来種を守るための演習林は武庫川《むこがわ》沿いの山麓に作られた。このあたりの事実は小説のとおり。亦楽《えきらく》山荘と名付けられたこの林は現在、宝塚市に寄贈されて里山公園〝桜の園〟になっている。

小説が発表されたのは昭和四十三（一九六八）年だが、物語は日中戦争が始まった昭和十二（一九三七）年頃から、昭和三十九（一九六四）年に弥吉が亡くなるまでを描いている。当時の福知山線は宝塚から先、生瀬《なまぜ》より武庫川沿いの狭い渓谷を走り、武田尾を経て三田へと抜けていた。大都市大阪の近郊にありながら近代化は遅れ、この間、長く蒸気機関車が主力として使われており、それがディーゼル機関車に置き換えられても、さほど事情は変わらなかった。

武田尾は谷間の狭い平地にある駅で、周りには何軒かの鉱泉旅館とわずかな民家、そして弥吉の妻となる園の出身地、切畑《きりはた》などに通じるバスの起点があるばかりのところだ。周辺に通じる道路は、今でも限られる。サクラを育てる適地として選ばれた山麓へは、最初から線路を歩いて通う前提だったと思われる。

§　小説に描かれた道のり

線路はゆるやかなカーブで、五分ほど歩くとトンネルに入ったが、そこは、急流で崖がえぐれていた。

「二十三番トンネルで、枕木のかずは百二十一です」

と竹部はいった。〔中略〕一つをすぎると、すぐにまたトンネルがきた。これは二十三番より短くて、枕木のかずは九十八あった。（『櫻守』）

昭和六十一（一九八六）年、旧態依然たる福知山線を電化、複線化して改良する工事が完了し、生瀬《なまぜ》～道場《どうじょう》間が新線に切り替えられた。この新線は従来から大きくルートを変え、何本ものトンネルで山を抜け、谷を渡る、時代に合わせた設計となった。その際、途中にある武田尾駅の位置はほぼ同じにされたが、ホームの四分の三がトンネルの中、残り四分の一が武庫川の橋梁上という珍奇なスタイルに変貌した。周囲の山深さは変わらないけれど、一時間に一本あるかないかだったディーゼル機関車に牽引された客車列車も、十五分間隔で停車する通勤型電車に置き換えられている。

弥吉と竹部が歩いた旧線は廃止され、特に利用価値もないため、柵でふさいだ程度で放置されていた。ただ、レールが外され、武田尾駅の旧ホームや駅舎など

現在の武田尾駅。

『櫻守』の主人公たちが通った線路は電化により廃止、
現在はハイキングコースになった福知山線旧線。

は撤去されたものの、枕木や鉄橋はそのまま残された。それゆえ、比較的歩きやすいハイキングコースとして、いつしか人が入り込むようになってしまった。

当初、管理していたJR西日本、宝塚市、西宮市は立入禁止措置を徹底する方針だったが、正規のハイキングコースとして整備、開放してほしいとの声が高まり、今では一転。ある程度の安全対策を施して、自己責任を原則としながらも、武庫川の風光明媚な渓谷美を楽しめる観光地「福知山線廃線敷《じき》」として人気を集めるに至っている。

武田尾駅から旧駅跡を通り、〝廃線敷〟に入ると、まさに『櫻守』に描かれた通りの風景が現れる。まず二十三番トンネル。正式名称は長尾山第三トンネルで九一メートルある。今も残る枕木の本数はさすがに百二十一本ではなくなっているだろうが、照明もない暗がりの中、靴底の木の感触を確かめながら弥吉のように歩ける。

小説では次のトンネルの方が短いように記されているが、武田尾から二番目の長尾山第二トンネルは一四七メートルあって、そちらの方が長い。これは脚色のうちか。そして、このトンネルを抜けたところに、桜の園の入口がある。

「時間表を暗記しとらんとなア。トンネルの中で汽車に会うてしまうと大変です」

と竹部はいった。〔中略〕とつぜん、けたたましい警笛を鳴らして臨時が走ってきた。時間表にない臨時には、福知山の連隊を出たらしい兵隊がつまっていて、ふたりは、すぐに二十三番の壁へへばりついた。

（『櫻守』）

鉄道の線路内通行はやはり危険な行為で、列車が来る時刻を熟知していたとしても、時にこういう羽目になる。弥吉も竹部もこの時は辛くも難を逃れたが、蒸気機関車時代だ。手も顔も煤で真っ黒になってしまった。二人は武田尾の鉱泉旅館「たまや」へ寄り、風呂で汚れを落とした。この時、弥吉が出会った宿の女中が、後に妻になる園。汽車が思わぬ縁結びをしたのだった。

月見草に埋もれた西武多摩線のガソリンカー

上林暁『花の精』

その日の午後、私達は省線武蔵境駅からガソリン・カアに乗った。是政《これまさ》行は二時間おきにしか出ないので、仕方なく北多磨行に乗った。そこから多摩川まで歩くのである。〔中略〕ガソリン・カアは動揺激しく、草に埋もれたレエルを手繰り寄せるように駛《はし》って行った。風が起って、両側の土手の青草が、サアサアと音を立てながら靡《なび》くのが聞えた。私達は運転手の横、最前頭部の腰掛に坐っていた。

（『花の精』）

§ 月見草を引きに是政へ

私が初めて文学の中に著された鉄道に興味を持ったのは、『花の精』に出会った時だった。中学校の国語の教科書に載っていた。上林暁《かんばやしあかつき》が友人とともにガソリンカーに乗り、多摩川の河原まで月見草を引きに行く話だ。この小説の中に描かれた西武多摩線（現在の多摩川線）の描写はリアルだ

現在の是政駅を出発する西武多摩川線。

ったが、発車時刻などが果たして現実か空想か。中学生らしい生意気さから、古い時刻表を開き、どのような記述が成されているか照合したのだ。

結果はまったく正確で、「参った」と思うより他はなかった。私小説の大家を馬鹿にしすぎていた。作中の描写がすべて実体験だったのは間違いない。ちょうど復刻版の時刻表が刊行されはじめた頃で、作品が発表された昭和十五（一九四〇）年の多摩線も調べられるようになっていたから、こんな若気の至りに及んだのだが。

上林暁の作品で著名なのが、〝病妻《びょうさい》物〟と呼ばれる一連の短編小説だ。昭和十四（一九三九）年に精神病を発症した妻を昭和二十一（一九四六）年に看取るまでの闘病生活を描いており、『聖ヨハネ病院にて』がよく知られている。『花の精』も執筆された時期からして、その中に含む見方もある。

植木屋が雑草と思い込んで引き抜いてしまった庭の月見草は、〝私〟や家族にとっては妻、母の代わ

東京都豊島区内で保存されている、多摩鉄道を走った西武鉄道の蒸気機関車。

りとも言える癒やしだった。それを失った〝私〟は、しばし呆然とした日々を暮らしていたが、来訪した友人に「山の見えるところへ行きたい」と訴え、多摩川べりの是政を勧められ、そこに月見草が群生していることを知る。

§『花の精』の頃の西武多摩線

現在の西武多摩川線は、ワンマン運転ながらも四両編成の電車が走る通勤・通学路線だ。ただ他の西武の路線とは接続しておらず、離れ小島の状態になっている。それはこの鉄道の出自による。

当初の主な建設目的は貨物輸送、なかんずく建築資材として大きな需要があった多摩川の砂利輸送だった。西武とは別会社の多摩鉄道として境（現在の武蔵境）〜北多磨（現在の白糸台）間が開業したのが大正六（一九一七）年十月二十二日。大正十一（一九二二）年に是政まで全通している。非電化で、蒸気機関車に旅客列車も貨物列車も牽引されていた。西武

戦後は燃料不足からエンジンを外され客車になっていたキハ10形。

鉄道に合併されたのは昭和二（一九二七）年だが旧社名そのままに多摩線となっており、実態はほとんど変わらなかった。電化されたのは昭和二十五（一九五〇）年だ。

最新式のガソリンカーが導入されたのが昭和四（一九二九）年。多磨霊園への墓参客を見込んで多磨墓地前（現在の多磨）駅が開業した時で、春秋の彼岸などには、武蔵境〜多磨墓地前間で当時としては非常に高頻度な十五分間隔運転を行っていた。

ガソリンカーとは現代の自動車と同じくガソリンエンジンで走る車両で、戦前の閑散路線では多用されていた。しかし太平洋戦争中の燃料不足時代を経て、戦後は軽油を燃料とし熱効率にすぐれたディーゼルエンジンで走るディーゼルカーに取って代わられ、今は見られない。

上林はガソリンカーのいちばん前に座って、風に当たっていた。今のように先頭部分すべてを占めず、左前部の片側だけに運転室を設けた車両も多く、反対側は座席が車両の端まで伸びている構造もふつうに見られた。

昭和十五（一九四〇）年頃、多摩線では、定員四十人のキハ10形10〜12と、定員五十人のキハ20形21・22の、五両のガソリンカーが使われていた。いずれも全長一〇メートルに満たない小型車だ。最前部に座ったことと動揺が激しかったこと以外は特に描写がないため、どれに乗ったかはわからない。なおキハ20形は、昭和三十三（一九五八）年に、ほとんど原形を留めないほどの大改造を受けて電車となり、西武多摩湖線で使われた後、秋田県の羽後《うご》交通と愛知県の豊橋鉄道へ譲渡され、前者は昭和四十八（一九七三）年、後者は昭和五十七（一九八二）年まで健在だった。

貨物輸送に対して戦前の多摩線の旅客輸送は振るわず、墓参客がいない時期は、それこそ上林が描写したように、武蔵境〜是政間の列車は二時間に一本だけ。その間に武蔵境〜北多磨間の区間運転があった程度だった。現在は十二分間隔運転が基本だから、かなり沿線は発展したのだが、元は純然たるローカル線だった様子が、作家の筆によって伝わってくる。北多磨で降りた二人は時折、線路の上も歩いて多摩川へ向かったが、それでもまったく差し支えないような閑散ぶりだった。

§　昭和十五年の女性車掌と月見草

まだ私鉄の南武鉄道だった南武線の二両編成の電車が多摩川を渡るのを眺めつつ、上林は月見草を引いた。南武鉄道にはこの頃、西武の是政駅近くに南武是政駅が存在した。昭和十九（一九四四）年の政府による南武鉄道買収時に廃止されたが、南多摩〜府中本町間の、現在の是政三丁目付近にあった。多摩川の河原からは少し距離があったようだが、結局は北多磨から歩かざるを得なかった二時間に一本の西武多摩線より便利だったはずだ。けれども彼らの頭の中にはなかったようで、その選択により、『花の精』は夢、幻のようなクライマックスを迎える。

七時五十五分、最終のガソリン・カアで、私たちは是政の寒駅を立った。乗客は、若い娘が一人、やはり釣がえりの若者が二人、それにO君と私とだった。自転車も何も一緒に積み込まれた。月見草の束は網棚の上に載せ、私達はまた、運転手の横の腰掛に掛けた。線路の中で咲いた月見草を摘んでいた女車掌が車内に乗り込むと、さっき新聞を読んでいた駅員が駅長の赤い帽子を冠り、ホームに出て来て、手を挙げ、ベルを鳴らした。

（『花の精』）

是政からの帰り、月見草を抱えて乗ったのは最終、十九時五十五分発の武蔵境行きだった。乗客はわずか五人。自転車も何もかも一緒だったが、この頃のローカル鉄道では自転車を荷物扱いで積み込むのも常だった。この最終列車の車掌が女性との一節には、ちょっと驚く。発車まで線路に咲く月見草を摘んでいたので、まだあどけなさが残る少女だったのだろうか。

一般には、太平洋戦争の戦局も悪化し男手が戦争に取られた埋め合わせとして、女性が鉄道で働くようになったと思われている。女性で置き換えられる職種への男子の就業が禁止されたのが、昭和十八（一九四三）年七月。昭和十九（一九四四）年八月には未婚女性の就業が義務化された。昭和二十（一九四五）年の終戦時には、約十万人の女性が国有鉄道に在籍していた。

しかし昭和十五（一九四〇）年以前の段階で、すでに西武多摩線では女性が車掌として働いていた。実は戦争前から女性の鉄道員は、数は少ないなりに存在していた。情景描写に長けた上林だけに、これは作家の空想ではないだろう。珍しい場面のはずで作家の脳裏に焼き付いても当然。さりげない言葉だけれど、鉄道の状況を端的に表しているように思う。

帰路、是政を発車したガソリンカーは、夢のような風景の中を走った。

私は最前頭部にあって、吹き入る夜風を浴びながら、ヘッドライトの照し出す線路の前方を見詰めていた。是政の駅からして、月見草の駅かと思うほど、構内まで月見草が入り込んでいたが、驚いたことには、今ガソリン・カアが走ってゆく前方は、すべて一面、月見草の原なのである。右からも左からも、前方からも、三方から月見草の花が顔を出したかと思うと、火に入る虫のように、ヘッドライトの光に吸われて、後へ消えてゆくのである。それがあとからあとからあとからひっきりなしにつづくのだ。私は息を呑んだ。それはまるで花の天国のようであった。

(『花の精』)

やがて到着した武蔵境は、暗い是政と比べると別世界のようにまぶしく見えた。省線(現在のJR中央快速線)に乗り換えると、一気に日常に引き戻されたようだった。ちょうど乗り合わせた横綱男女ノ川《みなのがわ》の巨体が、現世の象徴となった。月見草がみすぼらしく見えた。

しかし、杉並の自宅に戻り庭に植えた月見草は二、三日すると黄色い花を開いた。

「目出度《めでた》く月見草が咲きました。」

(『花の精』)

空襲の翌日、山手線は走った

吉村昭『東京の戦争』

家が町とともに夜間空襲で焼けた日の夜明け、私は不思議なものを眼にした。避難していた谷中墓地から日暮里駅の上にかかっていた跨線橋を、町の方へ渡りはじめた時、下方に物音がして、私は足をとめ見下ろした。人気の全くない駅のホームに、思いがけなく山手線の電車が入っていて、ゆるやかに動きはじめていた。物音は、発車する電車の車輪の音であった。町には一面に轟々と音を立てて火炎が空高く噴き上げているのに、電車がホームに入りひっそりと発車してゆくのが奇異に思えた。

（『東京の戦争』）

§　山手線は空襲に耐えたのか？

昭和十九（一九四四）年夏のマリアナ諸島の陥落により、サイパン島に築かれた飛行場から発進

江戸城を築いた太田道灌の像が立つ現在の日暮里駅前。一帯は空襲で焼き払われた。

するB29戦略爆撃機の航続距離内に日本列島の主要都市が入ったため、本格的な本土空襲が始まった。第一目標はもちろん東京だ。ただ、当初は軍事施設や航空機工場などを、はるか上空から昼間に爆撃する高高度精密爆撃を中心としていたため、一般市街地の被害は比較的少なかった。

しかし昭和二十（一九四五）年初頭のアメリカ側の指揮官交代により、無差別爆撃を実施して日本に屈服を促す方針に転換。その下で行われ、死者八〜十万人以上を出したのが、同年三月十日未明の、後に東京大空襲と呼ばれる、焼夷弾を中心とする夜間低空爆撃だった。戦後、『戦艦武蔵』で広く世に知られたノンフィクション作家の吉村昭は、荒川区の日暮里出身、在住で、この時はまだ十七歳。空襲から一夜明けて自転車で隅田川沿いへ出向き、無数の死体を目にした。

そして四月十三日の夜。大空襲が再びあり、日暮里の町も生家ごと焼き尽くされた。吉村は家族と共に線路をまたぐ橋を通り、谷中墓地へ逃げて命だけは助かる。その後、荒川を越えて、今の足立区梅田へ避難する。

『東京の戦争』は、昭和十七（一九四二）年のドーリットル部隊による初空襲に始まり、終戦直後の父の死までを描いた、自伝的な小説だ。そして、東京における戦争がいかなるものだったかが緻密に描かれている。

冒頭の引用部分は、空襲が終わった四月十四日の夜明け、吉村が見た光景だ。前夜、あれだけ壮絶な爆撃を受けたにもかかわらず、山手線が走っている。当然、不通だと思い込んでいた吉村にとっては、驚愕とも言える光景だったに違いない。ただ、鉄道を買いかぶりすぎていたようでもある。

電車は車庫に入っていたが、鉄道関係者は沿線の町々が空襲にさらされているのを承知の上でおそらく定時に運転開始を指示し、運転手もそれにしたがって電車を車庫から出して走らせているのだろう。日本の鉄道は発着時刻の正確さ等、世界随一だと言われていたが、その電車を眼にして鉄道員の規則を忠実に守る姿を見る思いだった。

（『東京の戦争』）

この時の空襲は、後に城北大空襲と名付けられた大規模なもので、王子にあった陸軍の兵器工廠《こうしょう》を狙ったとされたが、豊島区、滝野川区（現在の北区の一部）、荒川区など被害は広範囲に及び、罹災家屋約十七万戸、罹災者は約六十四万人にものぼった。

鉄道も空襲で大きな損害を受けていたはずだ。ただ、当時の鉄道は空襲に対してはある程度の耐性があった。線路、なかんずく橋梁は急所で、爆弾でこれを破壊されれば、ただちに運転不能となる。しかし焼夷弾に対しては、木造の車両はひとたまりもなかったが、線路自体は焼け焦げる程度

谷中墓地側から見た現在の山手線と日暮里駅。

で、大きな被害にはならなかったと伝えられる。その頃は現在のように複雑な信号・保安システムはなく、線路さえ無事なら何とかなった。一説によると、アメリカ軍は日本占領後の輸送を考慮して、鉄道を積極的には爆撃しなかったとも言われている。

もちろん、自らも被災者となりながら電車を動かそうとした鉄道員たちの努力があったのは確かだ。ただ、鉄道員とて機械ではなく、心を持った人間だ。規則を忠実に守る義務感より、避難民を安全な場所へ運ぼう、国家の動脈として鉄道を止めるわけにはいかないとの使命感に駆られていたのではあるまいか。

§ 当時の国有鉄道職員の証言

多くの車両が焼失し残骸が線路を塞いでいる状態では、まっとうなダイヤでの運転は期待できないが、空襲の翌日、まがりなりにも電車が走った事実は数々の証言から確かだ。では、鉄道ではどのように対応していたのか。昭和二十（一九四五）年当時、東京鉄道局新橋運輸部運転課長だった明石孝の記述より、その一端を紹介してみよう。後に日本国有鉄道常務理事、近畿日本ツーリスト社長なども務めた人物だ。三月十日の東京大空襲後では最大規模の、同年五月二十四～二十五日の山の手空襲直後の話で、不眠不休の努力がわかる。

空襲が終わるとすぐ被害の調査にかかり、復旧工事の準備を始めた。調査が進むにつれ、被害が大きく、特に架線が全く使えなくなっていて、夜が明けても電車を動かすことは全く見込がないことがわかった。やむをえず、二十六日の運転計画は、長距離列車は横浜・大宮折返しとし、電車は復旧工事の進み具合で次第に動かしてゆくことにした。

しかし、なんとかして横浜～東京間の連絡をつけたいので、蒸気機関車を使って横浜～品川間を運転することにした。駅のポイントも電源がやられて動かず、信号機も復旧していないので、客車十五両の両端に機関車を前後向きにつけ（この形を専門屋はトンボという）一本の線路だけを使って往復させることとし、そのためのダイヤを大急ぎで作らせ、現場の各駅にも十分に説明して二十六日朝九時ごろには動かすことができた。

（明石孝「〝ゲタ電〟むかしばなし第9話　空襲と電車（2）」『鉄道ジャーナル』一九八〇年九月号）

吉村昭が見た山手線も、こうした努力の甲斐があって、まだ町が燃えさかっている中で動き始めたものだったのだろう。

§　悲惨だったのは終戦後

空襲で大きな被害を出した鉄道ではあったが、終戦までは厳しい統制がかけられており、長距離列車については乗車券の発売制限もあって、それほど大きな混乱は見られなかった。しかし、終戦となって一気に統制が解け、戦災による車両不足も輪を掛けて、鉄道輸送は悲惨な状況に陥ってしまった。

『東京の戦争』でも終戦後、吉村昭が秋田県まで米の買い出しに出かけた時の様子が、詳しく描写されている。

まず上野駅を列車が出る時の様子だが、ホームには乗客が線路にこぼれ落ちるほど満ちあふれていて、客車の前後部にある入口から入れぬ男や女たちは窓から車内に入り込む。

私は、人の体に押され押されて入口から入ることができたが、人の圧力で洗面所に押し込まれた。あのせまい空間に何人が入っていたのだろう、全く身動きができず、洗面台の上にも二人の男が立っていた。

〔中略〕

洗面所の入口近くにいた私は、車内の様子を眼にできた。むろん通路は人が隙間なく立ち、さらに向い合った座席と座席の間にも人の体が押し込まれている。

それらの人たちの上に高々とみえる男たちが至る所にいた。それは座席の背の上に立っている男たちで、網棚の横木をつかんでいる。網棚に背を丸めて横坐りに坐っている男もいた。

（『東京の戦争』）

もはや限界を超えた混雑ぶりだが、それが当時の日常だ。

そんな中でも進駐軍の輸送は最優先されていた。山手線や京浜東北線の電車には専用車両が連結されており、白帯を巻いて厳しく区別されていた。

その車輌だけはガラ空きで、米兵がのんびりとホームを窓越しにながめたりしていた。

〔中略〕

電車だけではなく、列車も進駐軍専用のものが毎日走っていることも耳にした。それは、上野・青森間を走る特急で、ヤンキー・リミテッド号とかいう列車名がつけられていたと記憶している。

（『東京の戦争』）

鉄道員たちが命がけで守った鉄道は、終戦とともに、こんな姿になっていた。

仙台市電のヘンテコリンな決まりごと
北杜夫『どくとるマンボウ青春記』

市電からして、妙であった。松本の市電も小さかったが、ここにも前世紀的な市電が動いていて、しかも前か後かどちらかの扉から乗り、降りるときはもう一方の扉から出るように定められていた。いくら乗客が少なくとも、入口と出口が判然とわかれており、出口から乗ろうとすると車掌に叱られるのだった。市電をあつかう役所の親玉にシートンか何かの愛読者がおり、おそらく電車を擬人化して、口と尻とをわけたのであろうか。

（『どくとるマンボウ青春記』）

§ 戦後、紆余曲折を経た市電

路面電車は、主に大都市の市内交通を担うとの意味から市電とも呼ばれる。市が経営している電車の意味もあるが、中には民営もあり、それも市電に含まれる。二十一世紀の今日では、乗り降りに障壁の少ない交通機関として見直され、電車の超低床化やバスなどとの連携といった輸送システムそのものの改良が施され、新しい呼称「ＬＲＴ（Light Rail Transit）」も普及している。

しかし高度経済成長期には、偏見ではあったが道路交通の邪魔者と見なされた。自動車の増加により身動きが取れなくなって客離れが起き、大幅に採算が悪化した結果、地下鉄やバスに置き換えられて廃止される市電が続出した。昭和四十四（一九六九）年に全廃された大阪市電や、昭和四十七（一九七二）年に荒川線以外すべて廃止された東京都電などがその例だ。現在も残る広島市や長崎市などの市内電車は、その時期に市民の理解を得て、線路内への自動車の立ち入りを禁止するなどの改善を図り、現代にふさわしい公共交通機関への脱皮を図った。それゆえ、今も多くの利用客を運んでいる。

小説家の北杜夫、本名斎藤宗吉は、若い頃、兄の斎藤茂太に続いて医師となるべく、父の茂吉に厳命されて医学の道へと進まされた。茂吉は斎藤家の婿養子だったので、後継者問題には人一倍敏感だったのかもしれない。

宗吉は歌人としての父は尊敬しており、自分も文学への志はあったものの、頑固な父には逆らえなかった。麻布中学校を卒業してから旧制松本高校を経て、戦後、昭和二十三（一九四八）年に、仙台にある東北大学の医学部へと進学し、精神科医をめざしている。そして松本、仙台とも、彼が過ごした頃には市電が健在だった。

この多感な時期を回想した随筆が『どくとるマンボウ青春記』だ。大ベストセラーとなった『どくとるマンボウ航海記』を受けて、次々に執筆された〝マンボウもの〟と呼ばれる作品群の一つで、

開業まもない昭和５年の仙台市電モハ1形。

昭和四十二～四十三（一九六七～六八）年に『婦人公論』に掲載され、昭和四十三（一九六八）年に中央公論社から単行本を刊行。この年のベストセラー第一位となっている。そしてこのシリーズを担当し、名編集者とうたわれるようになったのが、宮脇俊三だった。

『どくとるマンボウ青春記』では、旧制高校生の若いエネルギーに満ちあふれた、バンカラな日々が活き活きと描かれている。旧制松本高校は新制信州大学の母体の一つとなった学校。現在も校舎が松本市あがたの森文化会館として残っており、公民館などに利用されている。

§ 市電を止めようとした斎藤宗吉

旧制松本高校の前には市電が通っていた。正式には松本電気鉄道浅間線と言い、民営だった。同社は今のアルピコ交通で、松本～新島々《しんしましま》間の上高地線を走らせている。そちらは一般的な電車だが、浅間線は松本駅前～学校前間が路面、学校前～浅間温泉間が専用の線路だった。そのため使われていた電車も、路面電車スタイルだった。学校前駅は名前のとおり旧制松本高校の門前の駅で、急カーブがあり、電車は線路を大いにきしませて通り抜けていたと言う。

宗吉をはじめとする旧制高校生たちは南松本駅近くの寮で寝起きし、松本駅までひと駅は篠ノ井線の列車に乗った後、学校までは歩いて向かったようだ。二キロもなく、二十分ほどでたどり着けた。そのため、この随筆でもさほど描写はされていないが、松本高校で駅伝が開催された時は、この市電を横切るコースになった。

コースは一ヵ所市電の線路を横断することになっていた。私が一同を集め、
「選手の通過中は他の者が市電をストップさせて下さい」
と、演説しても、かつての対外宣伝部のようにツーカーの反応が起らなかった。
一教師が、「本当に市電をとめるのですか」
と、困ったように言った。

（『どくとるマンボウ青春記』）

今ならば、警察などに根回しして交通規制を行うところだろうが、戦後すぐの時代は大らかだ。しかし、宗吉の在学中には、バンカラな気風は急速に失われつつあったらしい。

駅伝など、市中で行われるスポーツ競技やお祭りなどで市電や鉄道が止められるケースは、実はさほど珍しくない。正月の風物詩、箱根駅伝では、選手の通過中、箱根登山鉄道の電車が踏切の手前で止められるし、京急蒲田駅が高架化されるまでは京急空港線の電車も止められたり、はたまた

一部の電車は支障のないよう、行き先を変えてまで対応していた。ただ、宗吉が言うように勝手に止めては教師が困惑するのも無理はない。

仙台市電保存館で展示されているモハ1形。小型ゆえ乗車口と降車口が分けられていた。

§ 宗吉を戸惑わせた大型電車

市電の全盛期はいつか、いろいろな見方があるだろうが、利用客数で言えば、昭和二十年代の戦後復興期から三十年代前半だろう。まだ地下鉄も自家用車も十分に普及しておらず、市内交通と言えば、すなわち市電との時代だった。そのため、各都市では戦災で失われた電車を補充して輸送にあたる一方、復興が一段落すると、旧式化した黎明期の小型木造電車に代わる新式の鋼鉄製大型電車を投入した。中には、大阪市電のように高性能電車を開発してスピードアップを図り、勃興しつつある自動車交通に対抗しようとした都市もあった。

仙台でも「前世紀的な市電」がまだ走っていた。現在、仙台市電保存館に展示されているモハ1形1号は、二十世紀に入ってからの大正十五（一九二六）年、仙台市電創業時に導入された電車だが、当時としても旧式化しつつあった木造単車だった。単車とは、一両あたり二個の車輪が車体に固定されている、小型車両にのみ用いられる構造だ。

宗吉が仙台へやってきた昭和二十三（一九四八）年には、戦災を生き残ったこのタイプの電車がまだ現役だった。そして、車掌が乗務して運賃を徴収していたのだが、この時期は乗車口と降車口が厳然と分けられていた様子が、『どくとるマンボウ青春記』の記述からわかる。もちろん仙台市交通局にシートンの愛読者がいたからではなく、おそらく混雑が激しくなったので、車内の利用客の流れを一方通行にして、スムーズな乗降ができるよう図ったのだろう。

ところが。

二、三年経って、私の叔父〔母輝子の弟の斎藤西洋か〕が仙台を訪れたことがある。彼は二高〔現在の東北大学〕の出身で、むかしの仙台にはくわしかろうが、おそらく近ごろの仙台のことは知るまいと思ったので、私はあらかじめ手紙で注意を与えた。

「仙台の市電には厳重な規則があり、乗る口と降りる口が別々になっていますから間違わないでください」

叔父は仙台に着き、市電がくるのを待ち、一方の口から人が乗ってゆくのを見、ははあ、これが入口だなと待っていると、今度はそこから人が降りてきた。これは間違ったと別の扉へゆくと、そこからも人が降りてきた。どうしていいかわからずにいるうちに電車は行ってしまった。そういう体験を幾度も重ね、ついに人に問うてみると、どちらから乗ってもよい

し降りてもよい、その両方を一遍にやってもべつに犯罪にならないという返事であった。そこで叔父は大いに立腹して、
「おれは友人にも仙台の電車の規則について講釈をして恥をかいた。おまえは一体仙台に住んでいて、本当に電車に乗ったことがあるのか」
と私をなじった。

（『どくとるマンボウ青春記』）

戦後に導入された、仙台市電保存館のモハ100形（当初はモハ80形）。

こうした変更には、電車の大型化が大いに関係していたと思われる。

まさに昭和二十三（一九四八）年、仙台市電に初めてのボギー車モハ80形（後のモハ100形）が登場していた。ボギー車とは、現在の一般的な電車がそうであるように、車体の前後に自由に回転する台車を履かせ、その台車に各二個の車輪をつける構造だ。これにより、モハ1形の八メートル弱から、一一・四メートルにまで車体を大きくでき、輸送力増強が実現した。

ただ、モハ80形の運用開始で余裕ができたのか、

小型電車時代のように乗降口を分けなくてもよくなったらしい。確かに、どこの扉からでも乗り降りできた方が便利だ。この変更を知らなかったがために、宗吉は叔父からこっぴどく叱られる始末となった。

しかしながら、利用客が減る時代となって、また、これが変わる。

採算が悪化した市電の経費節減策の一つに、車掌の乗務を廃止して運転士だけで走らせるワンマン化があった。今では一般の鉄道でもワンマン運転は珍しくなくなったが、市電は一両で運べる客の数が少ないので、そこへ二人以上も人手を掛けるのは無駄とばかり、先んじてワンマン運転が導入された。高度経済成長期に入り、どこも人手不足に陥っていたとの側面もあった。日本初のワンマンカーは、昭和三十一（一九五六）年の岡山市の〝市電〟、岡山電気軌道番町線（現在は廃止）だ。

仙台市電でもワンマン化が進められ、モハ80形改めモハ１００形も昭和四十四（一九六九）年以降、扉の位置を移すなどの改造を受けて、運転士だけでの運行が可能となった。それにより、中央部の扉から乗り最前部の運転士の脇から降りる際、運賃も払う、お馴染みの方法に統一された。

しかし、仙台市電の命脈は長くなく、昭和五十一（一九七六）年には全廃。仙台市電保存館に、ワンマン化された後の姿で、モハ１００形の１２３号が保存されている。

もつれ合う多摩地区の西武鉄道の路線網と恋愛関係

大岡昇平『武蔵野夫人』

「ここはなんてところですか」と勉は訊いた。

「恋ヶ窪さ」と相手はぶっきら棒に答えた。

道子の膝は力を失った。その名は前に勉から聞いたことがある。「恋」とは宛字らしかったが、伝説によればここは昔有名な鎌倉武士と傾城《けいせい》の伝説のあるところであり、傾城は西国へ戦いに行った男を慕ってこの池に身を投げている。〔中略〕

彼女はおびえたようにあたりを見廻した。分れる二つの鉄路の土手によって視野は囲われていた。彼女は自分がここに、つまりは恋に捉えられたと思った。

見すぼらしい二輛連結の電車が、支線の鉄路を傾いて曲って行った。その音は彼女を戦慄させた。

（『武蔵野夫人』）

西武国分寺線の恋ヶ窪駅。

§ 西武鉄道の二本の支線

大岡昇平は『レイテ戦記』などの戦記文学で知られた作家で、世に出るきっかけとなった『俘虜記』も太平洋戦争中、アメリカ軍の捕虜になった経験から執筆された作品だ。しかし多才な人で作品のジャンルは幅広い。『武蔵野夫人』はラディゲの『ドルジェル伯の舞踏会』の影響を受けて書かれたとされる恋愛小説で、昭和二十五（一九五〇）年に発表されると、戦後を代表するベストセラーとなっている。

作品中の重要な出来事として昭和二十二（一九四七）年九月に大きな被害をもたらしたカスリーン台風が登場するため、時代背景は明確だ。この小説は〝はけ〟と呼ばれる野川《のがわ》の北側を走る崖（国分寺崖《がい》線《せん》）と、その周辺が舞台となっている。この川の源は今、国分寺駅のすぐ北西にある日立製作所中央研究所の敷地内にある。湧き出た水は線路の下をくぐり、南側の深い谷底へ流れ出る。両側は急な斜面だ。主人公の道子と勉が二人でこの水源を訪れた時、地名が恋ヶ窪と教えられ、既婚者の道子は従弟の勉への恋心を初めて覚る。

「恋ヶ窪」は西武国分寺線の駅名にもある。ただ、この駅の開業は昭和三十（一九五五）年で、『武蔵野夫人』の時代にはなかった。名称ゆえに、今日では漫画やアニメなどにもしばしば登場する駅だ。地名の由来には諸説あるが、作中にあるように当て字らしい。最初は狭い窪地を表す〝峡《かい》ヶ窪〟と呼ばれていたのが、なまって鯉ヶ窪になり「恋」の字に変わったとの説もある。伝説とは、美男子で知られた武士、畠山重忠と遊女・夙妻《あさづま》太夫の悲恋の物語だ。

道子は自らに戦慄しつつ「分れる二つの鉄路の土手によって視界は囲われていた」ことで、恋に捉えられたと知った。位置としては南を向いて左手が西武多摩湖線、右手が西武国分寺線になる。道子と勉がいた場所の近くに今、立ってみると、確かに二本の鉄道で抱かれているようにも感じる。多摩湖線は建物の陰に隠れてしまっているが、国分寺線は今でも目の前を往来している。

§ 大岡昇平が見た国分寺線は電化後？

多摩湖線と国分寺線は、ルーツとなる会社が違う。国分寺線は川越鉄道が明治二十七（一八九四）年という早い時期に開業した鉄道だ。この会社は現在の中央本線の前身、甲武鉄道の子会社で、国分寺で分岐し、東村山、所沢を経て、川越までの支線のような形で鉄道を建設した。その後、現在の西武新宿線の一部、高田馬場〜東村山間の開業により、東村山〜本川越間は同線と一本化され、国分寺〜東村山間が独立。国分寺線となっている。川越鉄道も武蔵水電を経て初代西武鉄道に吸収合併され、太平洋戦争の終戦後すぐの昭和二十（一九四五）年九月二十二日には、現在の西武池袋

恋ヶ窪を抱くようにカーブして西へ向かう現在の西武国分寺線。

線などを経営していた武蔵野鉄道とさらに合併。二代目の西武鉄道になった。国分寺〜東村山間が電化され、電車が走り始めたのは、昭和二十三（一九四八）年十一月五日だ。

一方の多摩湖線は、昭和三（一九二八）年に多摩湖鉄道が国分寺〜小平間を開業。昭和五（一九三〇）年一月二十三日には村山貯水池仮駅（現在の武蔵大和）まで開業し、同年五月七日には電化された。多摩湖鉄道は、西武グループの不動産会社だったコクド株式会社の前身にあたる箱根土地の子会社で、昭和十五（一九四〇）年三月十二日に武蔵野鉄道に合併。同社の初代西武鉄道との合併により、二代目西武鉄道の路線となっている。

国分寺線と多摩湖線は、同じ国分寺を分かれて発車してのち、八坂駅の西側でもう一度、もつれ合うように立体交差し、位置関係を変えている。この交差地点に駅がないのは開業時からで、ここにも別会社だったがゆえの経緯がある。

さて、引用したように小説では「見すぼらしい二輛連結の電車が、支線の鉄路を傾いて曲って行った」とあるが、どちらだろう。多摩湖線は国分寺駅から緩く曲がりつつも、ほぼまっすぐ北上している。国分寺線なら西向きに発車し大きくカーブする。けれども、前述のように昭和二十二（一九四七）年九月の、カスリーン台風来襲の段階ではまだ非電化だった。

作中の描写からすると国分寺線の方が妥当に思える。ただし電車はおかしい。多摩湖線には電車が走っていたが、連結器は取り付けられておらず、二両連結運転は行われていなかった。考えられるのは、大岡昇平が描写の参考のため現地を訪れて取材したのが、昭和二十三（一九四八）年十一月以降だった可能性。電化直後だと、気づかなかったのかもしれない。

§ 多摩湖をめぐる争い

朝から曇っていた。新聞は颱風の接近を告げていたが、進路は北北西で、上陸地点を渥美半島と予想していた。駅にも警報の赤い鉄板が掲げられてあったが、折角《せっかく》出掛けてしまった二人は引き返す気にならなかった。

国分寺から狭山へ向う多摩湖線は、暫《しばら》く松や雑木の間から学園などの赤い屋根をのぞかせた樹林の間を行った。電車が停ると駅を囲む木立で蟬の声が高くなった。〔中略〕

武蔵野はそのゆるやかな起伏の中に、次第に狭山へ向って上っているらしく、電車は絶えず勾配の抵抗をモーターの音に感じさせながら走った。そしてやがて前方に眼路《めじ》を蔽《おお》って、

屏風のように連なる丘の線が見えて来た。〔中略〕

電車が「狭山公園」といわれる終点でとまると、前方を五十尺ばかり高く海鼠《なまこ》色の堰堤が塞いでいるのが見えた。

（『武蔵野夫人』）

道子と勉の二人は、カスリーン台風が近づく中、多摩湖線の電車で出かけた。そして、そのまま台風に巻き込まれて、湖畔のホテルに投宿せざるを得なくなる。村山貯水池（多摩湖）は、定番のデートスポットだった。昭和二（一九二七）年に完成した人造湖で、東側が高いダムで仕切られている。出来上がると手頃な近郊の行楽地として賑わい、鉄道各社も多摩湖への路線を競って建設した。

道子と勉が下車した駅は〝狭山公園〟で、多摩湖線の終点なら現在の多摩湖駅に当たるが、当時は二〇〇メートルほど手前の、狭山公園の入口に隣接した場所にあった。駅名としては〝狭山公園前〟が正しい。多摩湖鉄道は昭和十一（一九三六）年十二月三十日に仮駅から本設の〝村山貯水池〟までの延伸を完成させ、全通している。この村山貯水池駅が戦時中に〝狭山公園前〟に改称された。ダムが爆撃されると甚大な被害が周囲に及ぶので、秘匿する目的だったらしい。

一方で、別路線にて当時、〝狭山公園〟を名乗っていた駅もあったのだから、ややこしい。

狭山公園駅は、狭山公園前駅のすぐ東側にあった西武村山線の駅だ。初代西武鉄道も多摩湖への行楽客輸送を目論み、昭和五（一九三〇）年四月五日に東村山〜村山貯水池前間を開業させた。前述した、同年一月の多摩湖鉄道の延伸からわずか三ヶ月後で、かつ同社の〝村山貯水池〟駅に対し、

現在の西武多摩湖線。道子たちが乗った電車は、国分寺駅からまっすぐ北上してゆく。

旧狭山公園前駅付近。下の空き地は初代西武鉄道の村山線の延伸予定地とされる。

終点を〝村山貯水池前〟駅と名付けるなど、ライバル意識むき出しだった。この〝村山貯水池前〟が、同じ理由で戦争中、〝狭山公園〟と改称された。ただこちらの駅は、昭和十九（一九四四）年に不要不急として休止に追い込まれ、『武蔵野夫人』の舞台となった昭和二十二（一九四七）年には、まだ休止中。営業再開は翌年の昭和二十三（一九四八）年だったので、道子と勉は乗りようがない。なお、この駅は現在の西武園駅の開業に伴う路線変更によって、昭和二十六（一九五一）年に廃止された。

なぜ、このように複雑になったのかと言えば、武蔵野鉄道系の多摩湖鉄道に対し、村山線は初代西武鉄道の路線で、合併に至るまで、両社は不倶戴天の商売仇だったからだ。観光客を獲得するため、意図的に紛らわしい駅名を付けたと考えられる。大岡昇平も執筆の際、少々混乱したのではあるまいか。

今の西武多摩湖線は狭山公園前駅跡を過ぎるとすぐ、川も幹線道路もまたがない、不自然な橋梁を渡る。初代西武鉄道は村山線をさらに延ばし、今は橋梁の下の駐車場となっている付近に新しい駅を設け、少しでも湖畔に近づける計画だった。さすがにそれはライバルが阻止した。

道子と恋敵の富子の関係を描くにあたり、ひょっとすると両鉄道の争いが作家の念頭にあったのかとも思うと、また違った風景に見えてくる。

旅行代理店創業期の修学旅行専用列車

城山三郎『臨3311に乗れ』

「それより、添乗をしっかりたのむ」

馬場は、そういったあと、遠くを見る目つきになって、つぶやいた。

「3311か。あの列車は、うちが、国鉄さんにおねがいして、つくってもらったようなものだ」

「どういうことですか」

問い返そうとすると、馬場の姿はもうそこにはなかった。

「だれか説明してやれ」

声だけ残して消えていた。


（『臨3311に乗れ』）

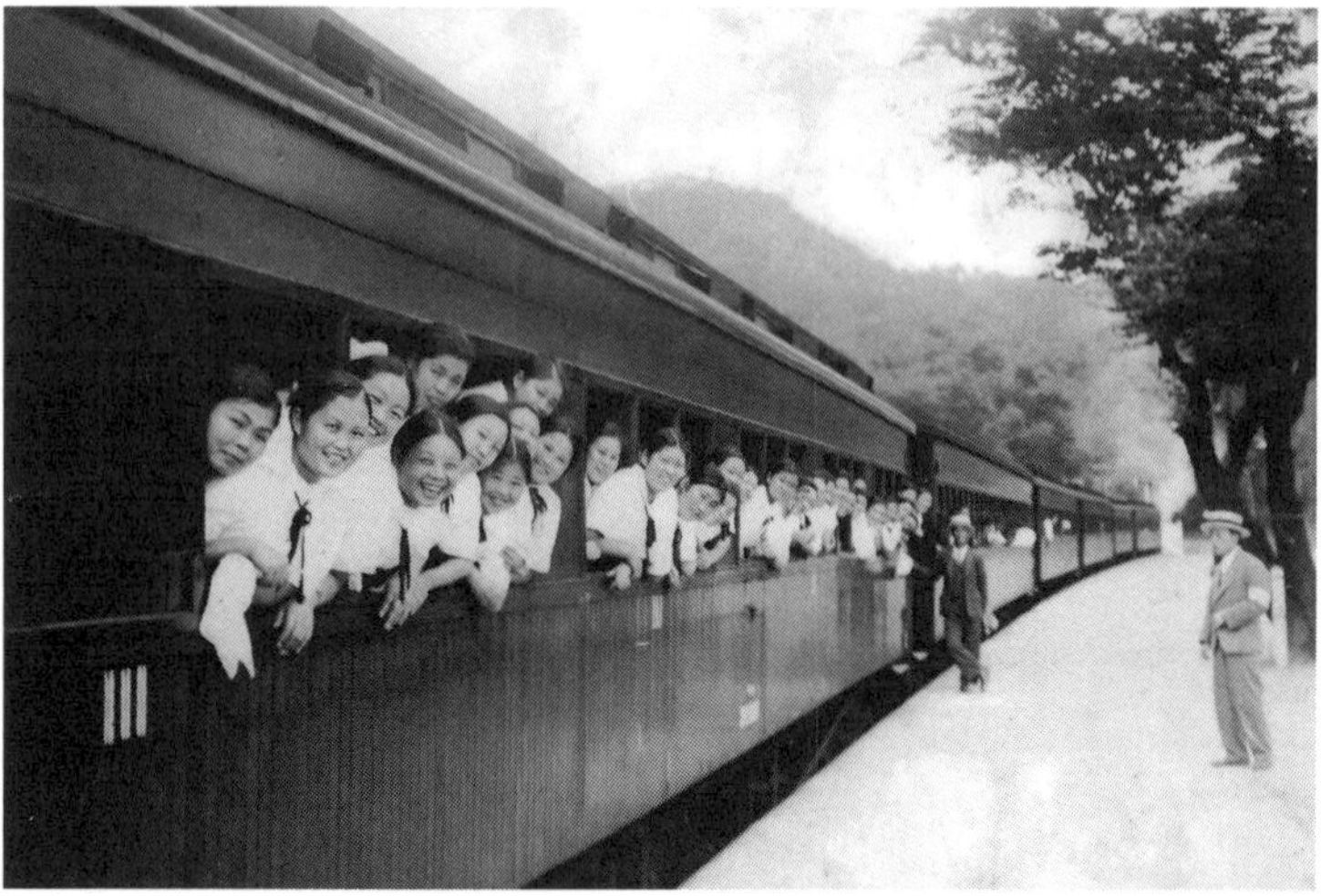

戦前の修学旅行の様子。三等車の赤帯が消された昭和15年直後か。
当時でも旧式化していた木造車が使われている。

§ 活路を見出した日本ツーリスト

昭和二十年代半ば、世の中はようやく戦後の混乱期を脱して落ち着いてきたが、機関車にまで人がしがみつくような事態こそなくなったものの、まだまだ鉄道の輸送力は不足。経済成長が始まり、急増する利用客に追いついていなかった。昭和二十四（一九四九）年に新組織として発足した日本国有鉄道（国鉄）も次々に車両を新製しては列車を増発した。だが進駐軍への対応や労使問題、下山事件、三鷹事件、松川事件といった重大事件にも手を取られ、なかなかサービスにまで気を配れなかった。

後回しにされていた分野の一つに団体旅行がある。学生団体については、昭和二十三（一九四八）年に生徒五割引、引率教師が二割引の運賃を設定し、引き受けを開始したものの、まとまった利用はあくまで一時的な需要。かつ割引運賃で乗せなければならないから、使う車両も間に合わせになりがちだった。貸切列車など夢で、一般客と定期列車に混乗するのが当たり前。座れるか座れないかが問題で、ましてや旅行代理店の添乗員など、列車のデッキに座り込めれば御の字だった。それゆえ国鉄も大手旅行会社も、団体旅行には及び腰だった。

中でも修学旅行はかなり酷なものだった。この時代の修学旅行を体験した一人に、日本初の鉄道専門のフリーライターで〝レイルウェイ・ライター〟を名乗った種村直樹がいる。昭和十一（一九三六）年生まれの種村は、中学三年生となった昭和二十五（一九五〇）年の十月に、大津市から高松へと出かけた。

京都21時発の宇野行き243レで出発したが一般客との合乗りで、やっと3人がけ〔本来二人掛けの座席に三人掛けさせること〕にしてすわったものの眠れるどころではない。網棚の上まで労務者ふうの男が寝ており、添乗の黄色いセーターを着た日本旅行会（現日本旅行）の女性は、洗面所で小さくなっていた。夜行なのに若い女性が添乗したのも妙ではある。高松の宿でもらった弁当のおかずがイカの足ばかりで、なにかとひどいことはひどかったが、帰りは関西汽船の瀬戸内海航路にも乗れたし、楽しい想い出だ。

（種村直樹「国鉄全線完乗まで〔上〕」『鉄道ジャーナル』一九八〇年二月号）

だが、この状況を奇貨とした人物がいた。昭和二十三（一九四八）年に、鉄道会社などの系列ではない独立系の旅行代理店「日本ツーリスト」を創業した熱血漢、馬場勇だ。そして、この馬場の

当時の最新型客車スハ42形。川崎市の生田緑地に置かれている唯一の現存車。

生涯を、昭和五十五（一九八〇）年刊行の『臨3311に乗れ』で描いたのが経済小説の名手、城山三郎だった。

馬場は会社を設立した仲間と、大手旅行代理店が敬遠する修学旅行の営業に積極的に食い込んでいった。それは次第に成果を挙げつつあったものの、劣悪な移動環境に変わりはなかった。そこで目を付けたのが、熱海、伊東方面への臨時列車用の客車。戦争は過ぎ去り少し余裕が出てきた人たちは、平和を謳歌すべく週末は温泉地へと繰り出した。国鉄もそれに応じて土曜の午後、東京を出発して伊東や修善寺へ向かい、日曜の夜に東京に帰ってくる臨時列車を設定した。

昭和二十四（一九四九）年に運転を開始したこの列車は湘南準急と通称され、同年十月には〈いでゆ〉と愛称が付いた。今とは違い、当時、愛称付きの列車は復活したばかりの特急〈へいわ〉と急行〈銀河〉しかなかった。それだけに発足直後の国鉄の意気込みが感じられたものだ。『臨3311に乗れ』では、新造客車がこの列車に投入されたと書かれている。この年だと、スハ42か。新設計の乗り心地の良い台車を履き、特急の三等車（当時）にも使われた客車だ。

しかしこの新鋭車は、平日は品川の車両基地で遊んでいた。そこで日本ツーリストが熱心に有効活用を提案したのだ。つまり、日光方面への小学生の貸切列車に使えば、無から有を生む形で収益にもなり、子供達にとっても喜ばしい改善になると。

この筋が通った主張に国鉄も重い腰を上げ、日本初とされる修学旅行専用列車の運転が始まった。その延長上で、今度は東京方面から京都への貸切列車が馬場たちに提案され、中学生や高校生にも専用列車の恩恵が及んだのだ。当時、3000番台の列車番号は、関西方面への臨時貸切列車に充てられていた。3311列車はそのうちの一本。神戸から日本ツーリストへ入社面接にやってきた青年、高島は即刻、採用されたばかりか、神戸へいったん帰郷すると言うのをいいことに、その日の夜七時三十分に発車するこの列車に添乗員として送り込まれる。この小説の題名は、そこから取られている。

「ちょうどいい。臨3311に乗れ」
「はあ？」
「3311だ」
馬場は同じ言葉を繰り返す。

（『臨3311に乗れ』）

日光線を走る現在の修学旅行専用列車［撮影：衣斐隆］。日本ツーリストが開拓した分野はＪＲに受け継がれ、複数校の生徒をまとめて運ぶ「集約臨」として残る。

今ならブラック企業と言われかねない荒っぽさだが、活気に満ち、野武士軍団とも呼ばれた日本ツーリスト創業期の雰囲気を伝えるエピソードだ。馬場は自らの会社を、欧米の伝統ある旅行代理店トーマス・クック社やアメリカン・エキスプレス社に匹敵する企業に育て上げる夢を抱いていた。

日本ツーリストの暴れっぷりは、他の老舗旅行代理店を刺激するところとなり、すぐに修学旅行の分野への参入が相次ぐようになった。種村が記した日本旅行会も、その一つだ。せっかくの修学旅行専用列車も日本ツーリスト専用ではなくなり、各代理店が集めた団体を一度に運ぶ「集約臨時列車」へと変質していった。これは現在においてもＪＲ東日本などで運転されており、複数の学校が同じ列車に乗り合わせ、日光などへ向かう。そんな状況でも馬場は〝誠心誠意〟をモットーに利用客の信頼を勝ち取っていった。

§注目の的となった日本ツーリスト

こうした馬場たちの活躍は、やはり業界内ではかなり注目を集めていたらしい。

この社会には、たとえば「いやさかえつうりすと」というような暗号がありまして、団体券の裏に割戻しのパーセンテージを「え」とか「つ」の記号で記してあるのが普通でございます。これは旅館から貰えるリベートでございます。

（井伏鱒二『駅前旅館』）

昭和三十二（一九五七）年刊行の井伏鱒二の小説の一節だが、日本ツーリストのやり方を言ったものだと、その二十三年後に刊行された城山三郎の『臨３３１１に乗れ』が明かしている。

「けど、もし協定旅館がとれたら、これを発行する」

森は、机の上から、ガリ版刷りの紙片をとり上げた。

「わが社のクーポン券、つまり、旅館券だ。裏に手数料を示す文字印をおす。これは、客にはわからぬ暗号だ」

森は、そのいくつかを教えてくれたあと、また、にが笑いしていった。

「以前は、いやさかえツーリストっていうのを使っていた」

「何ですか、それは」

「い、や、さ、か、え、つ、う、り、す、と。その一字ずつが、手数料のパーセントの符号なんだ……」

〔中略〕

「せっかくいい符牒を、どうしてやめたんですか」

「それが、世間にばれてしまったんだよ。学生アルバイトでもしゃべったんだろう。『駅前旅館』などという小説に使われてしまったんだよ」

高島は笑った。精悍な社長の顔と思い合わせ、ひどく間の抜けた感じがした。

（『臨3311に乗れ』）

これは日本ツーリストの、穴蔵のような上野営業所へ高島が初めて出向いた時の、先輩の森との会話だ。そして、井伏鱒二が『駅前旅館』の舞台に選んだのも上野駅前の旅館。どうやら日本ツーリストの存在は周囲にも強烈な印象を残していたらしい。十年近く経っても、旅館の人々はこの個性的な会社の逸話を覚えていて、井伏に話したのだ。

城山三郎は昭和二（一九二七）年生まれ。井伏鱒二は明治三十一（一八九八）年生まれだから、親子ほど世代が離れている。城山こそ苦笑いしたかっただろう。大先輩に敬意を払って、この一節を盛り込んだのかもしれない。

日本ツーリストは昭和三十（一九五五）年、近畿日本航空観光と合併して「近畿日本ツーリスト」となった。馬場勇が資金繰りに困り、知人の紹介で当時の近畿日本鉄道の社長だった佐伯勇と会って、お互いの考え方に共鳴、意気投合し、合併に至ったのだ。この際、日本ツーリストの方が吸収される形になったが、馬場は新会社の専務に就任している。偶然、同名だった二人は、性格も名前をそのまま表したような勇ましさだった。近畿日本ツーリストとの新社名も、親会社の名を優先しつつも、日本ツーリストへの尊重も感じるものだった。

山陽本線の難所〝瀬野八〟
阿川弘之『お早く御乗車ねがいます』

あと押しのD52の最前部――つまりガラス扉越しに、運転車掌室のすぐうしろに、青い作業衣を着た機関士が、鉄の棒をしっかり握って切離しに待機している。風圧のためか緊張のためか、頰の筋肉がピリピリ震えているのが見える。やがて列車が峠を登り切って、八本松の駅にかかったな、と思う頃、「プシュー」と鋭い音がして、連結器の口が開き、自動的に補機は切り離されて、見る見るあとへ遠ざかって行った。

（「特急『かもめ』」）

§「乗りもの」随筆集を発刊

汽車旅をこよなく愛した作家と言えば内田百閒、阿川弘之、宮脇俊三が押しも押されもせぬ〝御三家〟で、いずれも珠玉の名文を残している。ただ、内田百閒と宮脇俊三は車両の形式や鉄道そのものの仕組みには、それほど詳しいわけではなかった。旅の途上で得られる知識は多かっただろうが、列車に揺られること自体を無上の喜びとしていた。

それに対し、阿川弘之は少々毛色が異なる。もちろん鉄道旅行が大好きなのだが、鉄道のシステムにも精通しており、その片鱗は随筆の数々からもうかがえる。

『お早く御乗車ねがいます』は、そうした阿川の鉄道への思いがあふれる作品を集めた初めての随筆集だ。昭和三十三（一九五八）年に中央公論社から刊行された。担当編集者は宮脇俊三。

生計の足しに書く随筆が、汽車のこと時刻表のこと、海軍ものほど風あたりはきつくないけれど、

「子供じゃあるまいし、汽車ポッポかね」

尊敬される人間像とは遠いようで、これまた評判あまりよろしくない。

かくて鬱々と心楽しまず、茅屋《ぼうおく》に貧乏暮らしをしている私のところへ、二十二年前の某月某日、見知らぬ妙な人物が立ちあらわれた。

「汽車の随筆読んでるが、わりに面白い」

一向面白くないような陰々滅々たる顔つきで、

「ついては、乗りもの関係のあんたの随筆を、うちで一冊にまとめてみたい」

へえ、奇特な編集者がいるもんだと、ありがたく思ったが、なに、よく聞いてみれば、夫《ふう》子《し》自身子供のころから汽車と時刻表、大好きなのであった。

（『あくび指南書』 毎日新聞日曜版 昭和五十五（一九八〇）年五月四日）

これが阿川と宮脇の初対面の様子だ。宮脇は中央公論社の若手編集部員だったが、阿川の文章に惚れ込んで、なんとか自社で本を刊行できないかと考えていた。しかし、すでに小説は文芸系の出版社がしっかり押さえている。そこで、搦《から》め手からの攻略方法として、阿川の趣味趣向につけ込む作戦に出たのだった。

　阿川さんの乗りもの好き、鉄道好きについては、まだ広く知られてはいなかったが、雑誌『旅』の編集長の岡田喜秋《きしゆう》さんが眼をつけて、阿川さんを蒸気機関車に乗せたり、ニセ車掌に化けさせたりして、その体験記や随筆を掲載していた。当方としても関心のある分野だから、読んでいた。

　調べてみると、そのほかにも鉄道その他乗りもの関係の文章が相当数あり、まとめれば一冊の分量になりそうであった。

（宮脇俊三「解説」『南蛮阿房第2列車』新潮文庫）

以降、阿川弘之は、超ロングセラーになった絵本『きかんしゃやえもん』や、遠藤周作や北杜夫をお供（?）に海外にまで出かけた『南蛮阿房列車』シリーズなどを著し、〝乗りもの〟の分野でも高い評価を得る。

§〝瀬野八〟での補機連結の蘊蓄

『お早く御乗車ねがいます』の冒頭に収められた『特急『かもめ』』には、昭和二十八（一九五三）年三月十五日に運行を開始した、戦後初の山陽本線の特急の一番列車に乗車した時の模様が綴られている。

阿川は国鉄に招待されて、上り京都行きの〈かもめ〉に広島から乗り込んだ。まず一般試乗客として葉書で応募したが抽選で落選。兄（元南満州鉄道社員の異母兄、阿川幸寿か）が広島鉄道管理局長の友人だったので、頼んでもぐり込ませてもらっている。昭和二十七（一九五二）年には『春の城』で第四回読売文学賞を受賞しており、すでに作家としての名があったので、国鉄としても宣伝効果を考えたのだろう。

広島から乗り込む時、最後尾に補助機関車（補機）としてD52形蒸気機関車が連結されているところも、きちんと確認しているのは、阿川の面目躍如たるところだ。山陽本線の瀬野～八本松間は上り列車に対して急勾配となっており、〝瀬《セ》野《ノ》八《ハチ》〟と通称される難所。今も貨物列車には後押しの補助機関車が連結されるほどだ。かつての特急は、補機専用の機関区がある麓の瀬野ではなく、広島から補機を連結した。瀬野で停車する時間を惜しんでの措置だ。そして、坂を登り切っ

現在のJR山陽本線瀬野駅前の広場に立つ瀬野機関区跡の解説板。

た八本松を通過中に、走りながら補機を切り離していた様子が描かれる。

D52の前頭部に乗っていた鉄棒を持つ機関士が、手動で連結器を操作していたと阿川は記す。この作業は後世、自動的に連結器を切り離せるよう改良されたが、作家の筆は、昭和二十年代、まだ人力に頼っていた事情を著している。危険な作業に挑む緊張感、あるいは無事に成功した後の解放感などが読む者に活き活きと伝わってくる、この随筆のクライマックスだ。

§　三等車の転用を見抜いた？

阿川は〈かもめ〉の客車についても、鋭い視線を向けている。当人は新しい特別二等車（現在のグリーン車）に乗ったのだが、三等車（現在の普通車）もしっかり観察しており、さすがだ。おそらく五分停車のうちに、先頭に連結された、磨き込まれたC59形蒸気機関車から最後尾のD52まで、一通り見てまわったのだろう。C59に対して文句を言っているのは、当時最大の旅客用蒸気機関車のC62ではなかったためだ。

「かもめ」の編成はC59のあとに、荷物車と三等の混合車一輛、三等車二輛、特別二等車二輛、それから食堂車、その後にまた特別二等車二輛、最後尾がまた一輛三等車である。私はパスのお客だから、この日は新造の美しい特別二等車の椅子におさまっているのだが、アマチュアとしてこの編成に文句をつければ、二等車の新しいのに対して三等車がいわゆる特別三等ながら、煙草の焼け傷などの目立つ、大分使い古された車であることと、牽引する機関

（上）瀬野八の補助機関車にも使えるよう連結器の自動解放装置（丸囲み部分）を備えたC59形蒸気機関車。〈かもめ〉はC59が牽引していた。

（下）いちばん手前の客車が特急〈かもめ〉の最後尾に連結されていたスハ44系のスハフ43。特急用客車は左右に監視用窓が設けられていた。阿川もここから補助機関車解放の様子を見たと思われる。

車がC59であることとであった。（『特急『かもめ』』）

この特急に充当されていた三等車は、スハ44系と呼ばれる。昭和二十六（一九五一）年に登場した車両で、急行などに使われる一般的な客車は四人が向かい合わせに座るボックスシートだったのに対し、特別急行用として二人掛け座席を採り入れた点が画期的とされた。それゆえ特別三等とも呼ばれた。

ただ、完成から二年ほどの間、東海道本線の特急〈つばめ〉〈はと〉などに用いられた後、〈かもめ〉に転用された経緯がある。煙草の焼け傷などは、東海道本線で付けられたものだろう。「大分使い古された」と言うほど古くもないのだが、人気列車で酷使されて傷んでいたのか。阿川の目は、そういうところを見逃さない。あるいはお古と、もともと知っていたのかもしれない。

§　内田百閒とはすれ違っていない

特急〈かもめ〉の下り博多行きの一番列車には、内田百閒がやはり国鉄の招待客として乗っていた。ただ、マスコミのインタビューなどに煩わされ、いささかご機嫌をそこねていた。道中の様子を記した『春光山陽特別阿房列車』では、山陽本線は海沿いを走る区間が少なく、むしろ山の中を走る区間の方が多いので、「かもめ」ではなく特別急行「からす」の方がいいなどと嫌味も言っている。

阿川も、百閒が下りの〈かもめ〉に乗っていたとは、姫路駅で買った夕刊の記事で承知していた。

今から二十二年前の三月十五日、戦後初めて山陽本線に登場した特急「かもめ」上り6列車に乗って、私がいい心持で東行した日、同じ「かもめ」の下り5列車で、百閒先生がすれちがいに、幻の如く山陽道を西へ下って行かれた。それがのちの「春光山陽特別阿房列車」である。

（『欧州畸人特急』『南蛮阿房列車』）

ただし、時刻表を確認してみると、阿川が広島から乗った上り〈かもめ〉は十四時五十三分発。それに対し、百閒を乗せた下り〈かもめ〉は十四時二十分、広島発なので、上りと下りがすれ違うのは十四時三十五分過ぎの広島～岩国間になる。つまり、両者はすれ違ってはいない。阿川はもちろん、時刻表にも精通していた。「幻の如く」とはそういう意味ではあるまいか。

阿川が招待された際、国鉄の担当者から「上りにしますか、下りにしますか？」と尋ねられている。もし、この時、下りを選んでいたら。また、百閒は招待客扱いされるのが何かと面倒なので、〈かもめ〉には大いに興味はひかれるけれど、一番列車は避けて一日ずらして乗ろうかとも考えていた。

阿川弘之は京都で少し遊んで、翌々日の三月十七日に、やはり〈かもめ〉で広島へ戻っている。

この二人は結局、昭和四十六（一九七一）年に百閒が亡くなるまで、面識を得られなかったとされる。実に惜しいところだ。

急行〈銀河〉から転落死した親友を悼む
内田百閒『東海道刈谷駅』

宮城は改札を通り、ホームに出て、すでに這入つてゐる「銀河」の一号車に乗り込んだ。「銀河」は前後の荷物車を除いて十三輛の編成である。その一号車と二号車はもとの一等車で、当時の一等寝台が今は二等のA寝台B寝台となつてゐる。二号車はB寝台ばかり、宮城の乗つた一号車はデッキから這入つて行つた向きで奥の半車がA寝台のコムパアト、手前の半車がB寝台で片側に四つづつ〆《しめ》て八つの仕切りがあり、それが上段下段に別かれてゐる。

（『東海道刈谷駅』）

§ マロネ40に乗って最後の旅に出た宮城道雄

作家の内田百閒と作曲家・箏曲家の宮城道雄は親友で、お互いの随筆にもしばしば登場する。大正九（一九二〇）年に百閒が宮城に弟子入りし、宮城が琴を教える一方で、百閒が宮城の文学上の師匠となった。

その宮城道雄が、昭和三十一（一九五六）年六月二十五日未明、東海道本線刈谷駅付近で、急行〈銀河〉から転落し、死亡した。大阪での演奏会へ向かう途中だった。盲目だった宮城は、トイレの扉と間違えて手動式の乗降扉を開けてしまい、列車の揺れによって投げ出されたと推定されている。

東海道本線が走る事故現場。上に交差するのが名鉄三河線で、宮城はこの橋脚にぶつかるように転落して致命傷を負ったと推定されている。

宮城は元の一等寝台車、その当時の二等寝台車のB室に乗っていた。百閒が『阿房列車』の旅でも愛用したマイネ40形客車（二等車格下げ後はマロネ40形）で、それは宮城の死を悼み、転落事故前後の模様と百閒の激しい心の動きを表した『東海道刈谷駅』の描写からわかる。

東海道本線刈谷駅近くに立つ百閒も訪れた「楽聖宮城道雄先生供養塔」。手前の石柱は標識で、供養塔は奥にある。

（上）横川の「碓氷峠鉄道文化むら」で保存されているマイネ40形の貴重な一等寝台車。

マイネ40形の車内
［撮影：吉永陽一］
大幅に改造されているが、コンパートメント＝個室（中）と開放型（下）に分かれていた構造が見てとれる。

マイネ40は昭和二十三（一九四八）年に落成した寝台車だ。元は進駐軍の命令で軍用として設計された客車だが、命令が撤回されて宙に浮くなど紆余曲折があり、結局は国鉄が使用する羽目になった。客室内は百閒が書いたとおりの構造で、車両の半分に二人用の個室、もう半分に上下二段式の開放型寝台が並んでいた。開放型寝台側にはトイレと洗面所、そしてその向こう側、車両の端に乗降扉がある。宮城道雄は下段に、通路を挟んで弟子と向かい合わせに寝ていた。一方、車内をすべて二段式開放型寝台としたのがマイネ41で、これは〈銀河〉の二号車の描写と符合する。これらには冷房装置が取り付けられており、非常に画期的だった。この両形式は、昭和二十年代には東京と大阪、九州方面などを結ぶ急行に連結。昭和三十一（一九五六）年十一月十九日に運転を開始した、東京〜博多間の夜行特急〈あさかぜ〉にも充当されている。

しかし、終戦直後には、戦前に人気があった安価な三等寝台車は復活しておらず、長距離列車の輸送力自体も不足していたから、急行の編成も三等車が中心で、寝台を利用できる客は限られていた。とりわけ高価な一等寝台は不人気で、昭和三十（一九五五）年七月一日には設備はそのまま二等に格下げ。個室を二等寝台A室、開放型を二等寝台B室とし、非冷房の、元からの二等寝台車を二等寝台C室とした。これにより、実質的な値下げとしたのだった。

§ 百閒が愛用した〝コムパアト〟

百閒はもともと、若い頃から贅沢な旅を好んでいた。戦後、世情が落ち着き、長距離急行列車の設備もマイネ40、マイネ41の登場で次第に整えられたため鉄道旅行を再開。特に九州方面、なかんずく、当時は旅館としても営業していた熊本県八代《やつしろ》の名勝庭園の御茶屋松浜軒《しょうひんけん》を好み、しばしば通った。一等寝台の個室を百閒は〝コムパアト〟と表現し愛用した。初めて『阿房列車』に登場するのは、昭和二十六（一九五一）年六月三十日夜のこと、急行〈筑紫〉だった。

六月晦日、宵の九時、電気機関車が一声嘶《いな》いて、汽車が動き出した。第三七列車博多行各等急行筑紫号の一等コムパアトに、私は国有鉄道のヒマラヤ山系君〔国鉄職員だった平山三郎〕と乗つてゐる。二重窓を閉め切つて、カアテンが引いてあるから、汽車が動き出しても外が見えない。（『鹿児島阿房列車・前章』）

梅雨時の六月も末。すでに蒸し暑い日々が続いていただろう。一等寝台車の冷房も動いていたと見える。ただ当時は、車輪の回転をベルトで発電機に伝えて、その電力で冷房装置を動かす方式を用いていたから出力が弱く、窓を二重構造にした上でカーテンも締め切り、貴重な冷気を逃さないようにしていた。停車中は冷房も効かなかった。

灯火《あかり》は窓枠の上の蛍光ランプである。
〔中略〕
カフエやバアに行けば、蛍光ランプは普通かも知れないけれど、私は知らないから珍らしい。しかし目が馴れれば別に変つた所もない。ただ窓の外の灯《ひ》がへんな色に見える。

（『鹿児島阿房列車・前章』）

マイネ40は、それまで白熱灯（電球）を用いていた車内照明に、初めて蛍光灯を採用した形式でもあった。ただ、冷房も蛍光灯も画期的にすぎて調子はあまりよろしくなく、しばしば故障したと言う。

§ 空いていた一等寝台車

『阿房列車』の旅は続き、昭和二十八（一九五三）年六月二十二日から二十八日まで、再び九州へ出かけた。この時は旅先で、「昭和二十八年西日本水害」と呼ばれた大災害に見舞われている。九州北部が襲われ、死者・行方不明者千一名、浸水家屋四十五万戸、被災者約百万人の惨事が発生。百閒は次々に不通となる区間をすりぬけ、這々《ほうほう》の体《てい》で東京へ逃げ帰っている。

雨は東京を出発する時から降っていた。乗車したのは、十二時三十五分発の鹿児島行きの急行〈きりしま〉だ。もちろんコムパアトを一室、占領している。形式は、やはりマイネ40だ。

私や山系だつて、えらい。えらくないと云ふわけはないだらう。だから同じくさう云ふ風に這入つて行つた。ボイは矢つ張りお辞儀をする。

奥にあるコムパアトまで行かずに、その手前の一等車の座席で立ち停まつた。

「ボイさん。昼間《ひるま》の内はこつちにゐたいと思ふけれど、ここはあいてゐるかね」

「どうぞ、どうぞ。あいて居ります」と云つて、隠し持つたる布巾を取り出し、一寸《ちよつと》テーブルの上を拭く真以《まね》をした。

（『雷九州阿房列車・前章』）

急行〈きりしま〉は〈筑紫〉とは違って東海道本線を日中に走り、宵のうちに大阪へ到着して、山陽本線内を夜に走る。そのため、開放型一等寝台の部分も東京発車の時点では寝台を折りたたんで、四人掛けの座席にしつらえていた。夜になると〃ボイ〃こと列車ボーイが寝台をセットし、寝具を整えて就寝に備えるのだ。百閒は狭いコムパアトに入らず、昼間は座席状態で広々とした開放型一等寝台の方で過ごした。しかし、それができたのも空《す》いていればこそ。高額すぎるゆえの一等寝台車の不人気ぶりが、こんなところからも垣間見える。

百閒は〈きりしま〉を八代まで乗り通したが、一等寝台車は博多で切り離しとなり、二等車へ移っている。当時の時刻表をひもとくと、東京〜博多間で一等コンパートメントを利用すると、運賃は一等で五千百六十円（三等の四倍）、それに一等急行料金千五百円、一等寝台料金（個室下段）三千円を要し、合計で九千六百六十円だ。その頃の大卒の初任給が六千〜七千円ほど。三等の最低運賃が十円。現在、JR東日本の最低運賃は百五十円だから十五倍になっている。これを元に計算してみると、十四万四千九百円となる。対して東京（羽田）〜福岡（板付《いたづけ》）間の日本航空は一万千五百二十円、所要時間の差は言うまでもないから、当時から急ぐ客は飛行機へ流れていた。

『雷九州阿房列車』でも、VIPとおぼしき客と〈きりしま〉で乗り合わせている。外国の賓客と同車した描写も別の作品にある。相当な客でないと一等寝台は利用できなかったのだ。

§ 格下げされ、うらぶれた一等寝台車

一等だと需要が見込めないため二等扱いとした、特別室と称する個室寝台も存在した。内田百閒も『阿房列車』で、一度だけ二等の特別室を使っている。

戦前の一等寝台のコムパアトは四人室であつて、その中に寝てゐると、よく後から剣《つるぎ》をがちやがちや云はせて、中佐や大佐が這入つて來た。

〔中略〕今の一等コムパアトは全部二人室である。上段の天井裏にどぶ鼠の山系君が這ひ上がり、下段で私が鼾《いびき》をかいてゐればいいので、誰に気兼ねをする事もない。ところが今夜の特ロネ、二等寝台のコムパアトは四人室である。

(『長崎の鴉』)

この時、乗車した急行は長崎行きの〈雲仙〉で、昭和二十八(一九五三)年十月の話だ。一等寝台車が連結されていなかったので、二等の特別室(特ロネ)を使ったのだ。形式はマロネ38と推定される。昭和十(一九三五)年製で、当初は東北・北海道方面で運用された。戦後は進駐軍に接収されたが、返還後、再整備の上、〈雲仙〉などに充当されている。

内田百閒の『阿房列車』の旅の締めくくりは昭和三十(一九五五)年四月九日から十七日までの『列車寝台の猿』だ。東京から急行〈筑紫〉で出かけ、宮崎、八代とめぐって、八代から〈きりしま〉で帰京している。すでに一等寝台車の二等への格下げはニュースとして伝わっていたらしい。

作中でも言及がある。マイネ40も新造されてからまだ十年経っていないが、メンテナンスがかなり悪かったようだ。

もうぢき高い料金は戴かなくなるから、と云ふわけでもあるまいけれど、大体一等車にはぼろ屋敷に似たぼろ車が多い。新造の二等車の様な気の利いたのはない。通路のドアの立附けが悪く、開け閉《た》てがさうなる可き様にならないのは普通であつて、特に今日の一等車はがたぴししてゐる。

（『列車寝台の猿』）

なお、二等に格下げされて後、東京～博多間で個室を利用すると、二等運賃三千百円、二等急行料金千二百円、二等A寝台料金（下段）二千七百六十円で、合計七千六十円。二十五％以上の割引になった。

しかし、特急〈あさかぜ〉が運転を開始してからは、特急用の新しい寝台車が続々と製造される時代となり、新しい二等個室寝台車もお目見え。かつての一等寝台車の旅も『阿房列車』とともに、次第に昔語りとなっていった。

晩年の俳人が乗った？　身延線へ転じた32系電車
高浜虚子『身延行』

沼くぼで降りる子連れの花の媼
とある停車場富士の裾野で竹の秋

（『身延行』）

§　沼久保駅前にある歌碑

身延《みのぶ》線の沼久保駅は富士山の眺めが良い撮影名所として知られている。駅自体はホーム一面だけの、周囲に民家も少ない無人駅なのだが、昭和四十四（一九六九）年、この駅前に高浜虚子の句碑が立てられた。そこに刻まれているのが冒頭の二句。昭和三十三（一九五八）年四月十三日から十四日にかけて虚子は、弟子で俳句雑誌『裸子《はだかご》』を主催する堤俳一佳《つつみはいいっか》に招かれて身延を訪れた。その往路の道中で詠まれた句だ。

虚子自身は翌昭和三十四（一九五九）年に八十五歳で没しており、この句碑は俳一佳が立てたも

沼久保駅に到着する身延線普通列車と富士山。

沼久保駅前にある虚子と俳一佳の句碑。

のだ。脇には自身の句碑も立てた。師に遠慮したような小さなものだ。

沼久保の竹伐る頃を富士に雪　　俳一佳

俳一佳は虚子を非常に慕っており、生涯で師の句碑を五基も立てている。沼久保駅前にあるものも、その一つ。本業は国鉄職員で、いくつかの駅の駅長も歴任した人物だ。退職後、よりいっそう句作に熱心になったとか。平成六（一九九四）年に九十歳で没しているから昭和三十三（一九五八）年は五十四歳で、定年間近といったところだ。

§　鎌倉に住んでいた虚子

高浜虚子は明治七（一八七四）年、伊予の松山の生まれで、一歳年長の河東碧梧桐《かわひがしへきごとう》とともに同郷の正岡子規に師事した。子規が若くして亡くなった八年後、明治四十三（一九一〇）年十二月に鎌倉に転居。昭和十九（一九四四）年から二十二（一九四七）年の間、長野県の小諸へ疎開していた以外は、亡くなるまで鎌倉に住み続けている。

波音の由比ヶ濱より初電車　　虚子

鎌倉の虚子の庵跡と句碑は、今も江ノ島電鉄の由比ヶ浜〜和田塚間の線路際にある。浜辺の波音に混じり、早朝の一番電車の走る音が聞こえてきて、詠まれた句だ。

この区間が開業したのは明治四十三（一九一〇）年の十一月四日だから、住み始めた時から電車が脇を通り過ぎていた。鎌倉駅までの電車の便があったからこそ、選んだ場所かもしれない。その頃、この区間には虚子宅から至近の場所に原《はら》ノ台《だい》を名乗る駅もあったから（現在は廃止）、しばしば利用したに違いなかろう。

虚子の弟子の山口誓子《せいし》は鉄道好きの俳人として知られる。昭和八（一九三三）年に刊行された第二句集『黄旗《こうき》』に収録された一句が、代表作の一つとしてしばしば挙げられる。大阪に住んでいた頃、大阪駅へ通っては列車の往来を眺めていたという。


夏草に機罐車の車輪来て止る　（『黄旗』）

一方、虚子は線路際に住んでいたが、鉄道にはそれほど深い興味を持たなかったようだ。『虚子俳話続』に収められた『身延行』も詳細な紀行文ではなく、その時に詠んだ俳句と、旅の心覚えのような簡略な文章だ。

江ノ電の踏切近くにあった虚子の旧居跡に立つ句碑。

この時は、下部《しもべ》ホテルで昼食をとったと記されている。最寄り駅は下部（現在の下部温泉）で、当時の時刻表をひもとくと十二時十三分着の623列車があるから、これを利用したと考えるのが妥当だろう。これは始発の富士を十時四十一分に出る。沼久保は十一時十一分発だ。なお、春先の富士山は春霞にかすむ日が多いので、虚子が沼久保で眺められたかどうかは疑わしいところがある。その証拠に、二句とも富士山そのものを詠んではいない。

623列車に乗ろうと思うと、十時十一分に富士に着く準急〈東海1号〉を使えば便利だ。鎌倉から大船まで横須賀線で行き、大船を八時三十五分に出るこの準急に乗り継げば、出立の時間としてもほどよい。次に大船から富士まで乗り換えなしで行ける速い列車は、大船十時二十二分発、富士十二時二分着の急行〈なにわ〉になるから、いささか遅すぎる。そのあたりは国鉄職員でもある堤俳一佳が、高齢の師匠に差し障りがないよう、万事、よしなに取りはからったに違いない。句会に招待する幹事側だから、何なら勤務先の駅で乗車券や準急券を自分で購入、発券し、師へ郵便で送るぐらいの手間はかけたことだろう。

この準急〈東海〉は、昭和三十二（一九五七）年十月一日のダイヤ改正にて当時、最新鋭の電車、80系300番代が投入され、大幅なスピードアップを果たしたばかり。発着時刻をよく見ると〈東海1号〉は大船～富士間を一時間三十六分で走っているが、まだ電気機関車牽引だった〈なにわ〉は、同じ区間に一時間四十分かかっている。四分差とはいえ、急行より停車駅が多い準急の方が速かったわけだ。虚子自身はしばしば旅を繰り返した人だが、東海道本線の列車について書き残していないのは、やはりただの移動手段にすぎなかったのか。

§ 東京へ通う時に乗っていた電車と再会した？

高浜虚子は俳句雑誌『ホトトギス』の中心人物として知られる。現在の主宰は、虚子の曾孫だ。発行の拠点は明治三十一（一八九八）年以降、ずっと東京で、虚子は鎌倉への転居の後、横須賀線で通った。子規の死後、俳壇から離れていた虚子が復帰したのが大正二（一九一三）年。芥川龍之介が鎌倉に下宿し、横須賀の海軍機関学校に教師として通っていたのが大正五〜八（一九一六〜一九）年で、俳句は虚子に習ったとされるから、鎌倉駅で言葉を交わしていてもおかしくはない。芥川が『蜜柑』で描いたように、大正の初期には横須賀線の列車も蒸気機関車が牽引していたが、大正十四（一九二五）年には電化され、電気機関車が牽引するようになった。

大正三（一九一四）年に発表された虚子の小説『道』では、大正の初め、まだ電化されていない頃の鎌倉駅の様子が描写されている。もともとが軍事路線として建設された鉄道だが、鎌倉や逗子では通勤客が多く乗り降りしていた。官吏や豪商の利用もあり、芥川のように海軍関係者の乗降も少なからずあって、東京近郊の重要路線として機能していたのだ。

> 東京を離れることが余り遠くない此《この》駅を昇降する人には私のように東京を日帰りにする人も少なくはない。横浜に通勤する人は其れよりも多い。
> （『道』）

こうした重要性から横須賀線の改良は他線区に先駆けて進められ、昭和五（一九三〇）年には電車での運転が始まっている。横須賀線の電車は当初、中央線や京浜線などから捻り出した寄せ集めだったが、翌年には横須賀線専用として設計された32系電車がお目見えしている。これは、三等車の座席のほぼすべてを長距離列車と同じ四人掛けのボックスシートとし、乗降扉も車両の端に寄せて、乗客が乗り降りの雑踏に煩わされないようにした電車で、現在の新幹線に象徴される、電車全盛時代へと直接につながるルーツとも言える存在だった。急行〈なにわ〉に対する準急〈東海〉のように、一般的には電気機関車牽引の列車より、電車による列車の方がスピードが出る。東京〜横須賀間六二・四キロの所要時間は、電化前の八十七分から五十八分にまで短縮された。

32系電車は戦後、昭和二十六（一九五一）年からの新型電車70系の投入などもあって、横須賀線を離れ地方線区へ転用された。その先が飯田線、および身延線だった。

身延線はもともと、私鉄の富士身延鉄道が大半を建設した路線で、昭和二（一九二七）年には富士〜身延間を電化。電車での運転が始められている。沼久保駅の開業は昭和四（一九二九）年だ。この鉄道はトンネルの断面を国有鉄道の標準より小さく作ってしまったため、電車を投入する際にも一般的な電車より屋根を低くする必要があった。これは現在に至るまで同じで、JR東海の在来線車両はすべて、身延線でも運転できるよう設計されているほどだ。

横須賀線から転用された32系にも対策が必要となり、パンタグラフを搭載している電動車は、屋根全体を低くする改造を受けて身延線に入線し、モハ14形などに形式を改めた。それゆえ、以前とは印象が少々異なり、かなり平べったいディテールとなっていた。高浜虚子が富士から身延まで乗り、沼久保を通りかかった時の電車も、時期的に身延線の主力車両となっていた、この元32系の可能性が高い。横須賀線時代にはあった二等車（現在のグリーン車）も支線の身延線にはなかったから、

国鉄が富士急行へ譲渡した後のモハ32系のモハ14形［撮影：Thyristorchopper / CC BY-SA 3.0 DEED］。横須賀線から身延線へ転じ、さらに富士急行で昭和58年まで使われた。

三等車に揺られた。

同行していた堤俳一佳は前述のとおり国鉄職員だったから、多少は車両に関する知識を持っていただろう。ただ駅長だからといって、毎日、目の前を通り過ぎる電車がいかなる来歴を持っているかなどには、必ずしも通じていたわけではあるまい。「この電車は、先年まで横須賀線を走っていたものです。先生もよく乗られていたかと思います。」と師の注意を引こうとしたかどうかは、わからない。

ラブコメディの舞台のモデルとなった特急〈はと〉の食堂車
獅子文六『七時間半』

彼女たちは、列車食堂のウエートレスだった。列車食堂を請負ってるのは、日本ホテルその他二つのホテルと全国食堂であるが、彼女等が後者の従業員であるのは、いうまでもない。現在は特急〝ちどり〟に乗って、東京大阪間を往復しているが、五往復すると、九州急行食堂に乗り換えさせられる。

特急は、何といっても、最上の列車であり、それに乗るウエートレスも、優秀を保証されたことになるが、一往復毎に休日があるといっても、東京大阪間立ち続けの商売であって、決してラクなものではない。

（『七時間半』）

§ 廃止間際の特急列車

戦争により大きな被害を受けた日本の鉄道は戦後、昭和二十四（一九四九）年に東京〜大阪間の

鉄道博物館が保存する「つばめ」のヘッドマークを付けたEF58形電気機関車。

戦後初の特別急行列車〈へいわ〉の運転開始から、本格的な復興が進んだ。平和を祈念した愛称だったが、翌年には、戦前からの伝統がある〈つばめ〉に改称。同じく東京〜大阪間に〈はと〉が増発されて特急二往復体制となっている。

これらの特急は電気機関車または蒸気機関車が牽引する客車列車だった。最後尾には特別な列車の象徴の一等展望車を連結。特別二等車（現在のグリーン車）も多数、組み込まれており、もちろん食堂車もあった。

この食堂車のウェイトレスやスチュワーデス、特急列車に乗り込んだ乗務員や乗客の人間模様を描いたドタバタ喜劇が、獅子文六の『七時間半』だ。昭和三十五（一九六〇）年に発表されている。

タイトルの『七時間半』は特急の東京〜大阪間の所要時間にちなむ。〈へいわ〉復活時は九時間を要していたが、電化の進展により徐々にスピードアップされた。昭和三十一（一九五六）年に東海道本線の全線電化が完成して全区間が電気機関車の牽引となり、七時間三十分にまで縮まったのだ。

ところが時代の進歩は急で、昭和三十三（一九五八）年には151系高性能電車による特急〈こだま〉が運転を開始。東京〜大阪間を六時間五十分で走破し、最終的には六時間三十分にまで縮めた。新鋭車と比べられてしまっては〈つばめ〉〈はと〉は見劣りがする。結局、昭和三十五（一九六〇）年六月には、これらも151系電車に置き換えられ、客車特急としては姿を消した。『七時間半』は廃止間際の特急〈はと〉がモデル、舞台となっている。東京発十二時三十分との描写があり、時刻表と照らし合わせるとわかる。

〈はと〉は作品中では特急「ちどり」に名前が変えられている。国鉄に気を使ったのかどうかはわからないが〈つばめ〉が「ひばり」、〈こだま〉が「いそぎ」などと言い換えられている。「いそぎ」は、さすがにちょっとセンスがないけれど。

なお〈ひばり〉は、現実には昭和二十五（一九五〇）年に東京〜広島間の夜行急行の愛称となっていた。しかしこれは広島鉄道管理局独自の施策で、国鉄本社から「鳥の名前は特急に使うことになっている」と指導が入り、すぐ〈安芸〉に改称させられた。〈ちどり〉も、昭和二十八（一九五三）年から米子〜広島間の臨時快速に名付けられていたが、こちらは急行にまで格上げされてもそのまま。平成十四（二〇〇二）年まで走っていた。

獅子文六は『七時間半』の執筆にあたって綿密な取材を行っており、作品全体にわたってリアルに車内の模様が描かれているのだが、この〈ひばり〉〈ちどり〉の一件はご存じだったかどうか。〈ひばり〉は昭和三十六（一九六一）年に上野〜仙台間の特急として再デビューを果たし、東北新幹線の開業まで同区間で最大十五往復が運転された列車に発展したから、こちらを思い浮かべる向きも多いだろう。

§　食堂車オシ17と石炭レンジ

最上とはいえ、華やかさの一方で時代遅れになりつつあった列車のわびしさも、この小説の端々から醸し出されている。間もなく廃止が予定される旧式の特急を、わざわざ舞台に選んだ作家の意図は、何だったのだろうか。

今ではどこの家庭にもある電子レンジでも、当時の〈こだま〉には取り付けられていた電気レンジでもない、食堂車の石炭レンジが象徴だろう。ウェイトレスたちのリーダー、藤倉サヨ子からプロポーズされた、部内では〝助さん〟と呼ばれていたコック助手の矢板喜一は、同じ食堂車で働く彼女が気になって仕方がないまま、揺れる列車内で料理ストーブ（石炭レンジ）と格闘する。

石炭レンジは一見、今の大型ＩＨ調理器と似たような形をしている。原理は簡単で、調理台の下に石炭を燃やす釜があり上の鉄板を熱する。ただし、大きな煙突がついている。だから営業中の石炭レンジ食堂車は、蒸気機関車のように煙を出しながら走っていた。

明治期にはすでにガスコンロも普及していたそうだが、なぜ石炭レンジだったのかと言うと、やはり鉄道としては調達も管理も容易だったから。膨大な量の石炭を購入して蒸気機関車の燃料にしていたのだから、数も限られている食堂車で、そもそもわざわざ別の燃料を熱源にする必要はない。ボンベに詰めて管理できるプロパンガスが普及したのは昭和初期からで、食堂車の出現よりかなり遅かった。

営業所から、今日使う肉や、鶏や、魚を、もうすでに切りわけてあるのを、それぞれの金属容器に入れて、車の下へ運んできた。コック場のドアから、三人がかりで、それを受取って、直ちに冷蔵庫へ、納《しま》い込むのである。この食堂車が、もう旧式の証拠には、冷蔵庫といっても、氷冷式であり、料理ストーブだって、石炭を燃やすので、九州新特急〝ありあけ〟の電化調理場で働く者からみれば、倍も手数が掛かるのである。

（『七時間半』）


レンジにも電気を使えば、狭い車内の厨房で火気を扱う必要がなく、管理もずっと簡単で安全だ。また、厨房には欠かせない冷蔵庫も氷から電気に代えられれば申し分ない。ただ、その電気をどこから引っ張ってくるのかが問題だった。〈こだま〉のように、電化区間しか走らない電車ならば、架線からの電気を調理器具用に変換すれば済む。ただ前述のとおり、東海道本線の全線電化が完成したのは昭和三十一（一九五六）年。それまでは特急でも蒸気機関車が牽引する区間があった状況では、他の鉄道路線も推して知るべしだ。

この部分で「ありあけ」と呼ばれているのは、〈こだま〉と同時期に登場した、東京～博多間の夜行客車特急〈あさかぜ〉のこと。当時はまだ非電化だった山陽本線も走るため、大型ディーゼル発電機を搭載した電源車を連結して、食堂車の完全電化を達成した。

食堂車の〝電化〟は昭和二十六（一九五一）年から試みられていた。この年に新製されたマシ36

が大型の車軸発電機と蓄電池を搭載し、電気レンジ、電気冷蔵庫を備え付けたのだ。車軸発電機とは、回転する車輪に歯車やベルトを付けて、その動力で発電する装置。当時の一等車で冷房装置用として利用されており、電化区間、非電化区間に関係なく使用できた。

ところが、電化はしてみたものの、マシ36の車軸発電機は、食堂車で用いるには出力が足りなかった。食堂車のコックには極めて不評。調整のため乗り込んだ技師へ向かって、自分の手を電気レンジに押し当てて、この手が白くならないようじゃあステーキは焼けない！　と、目の前に突き出した人もいたという。十分な熱量が出なかったようだ。そのためせっかくの電化食堂車も昭和二十八（一九五三）年には早々に、安定した石炭レンジ、氷冷蔵庫に取り替えられてしまっている。

特急「ひばり」「ちどり」こと〈つばめ〉〈はと〉の食堂車には、もう一世代後になるオシ17が連結されていた。昭和三十一（一九五六）年に登場した。ただマシ36の失敗があったため、冷房装置は取り付けられたものの、厨房には引き続き石炭レンジ、氷冷蔵庫を備え付けた。オシ17は、ヨーロッパ風のスマートな外観が特徴だった、当時の最新式客車の一員だったが、相変わらず煙を吐きながら全線電化の東海道本線を走った。

喜一は、真っ赤な顔をして、眼を据え、鍋の中を睨んでいた。額と、頸《くび》と、両手に大きな汗の玉が結んで、ツルツルと、流れ落ちる。いちいち、それを拭いていた日には、商売にならない。食堂車のコック場は、焦熱地獄と、相場がきまっているのである。今は、まだいい。夏場の辛さといったら、印度洋を航海する汽船のカマ場と変らない。

（『七時間半』）

『七時間半』の舞台となった食堂車オシ17形（碓氷峠鉄道文化むら）。〈はと〉や〈つばめ〉に連結されたが、すぐに旧式化した。

〈はと〉の廃止間際と言えば、オシ17の登場からわずか四年しか経っていない。しかし、やはりそれも急激な時代の進歩だ。後に本格的な食堂車が連結されるものの、当初の〈こだま〉の供食設備は立食式のビュフェだった。もちろん調理も電気で行われる。石炭レンジの食堂車は時代遅れとなりつつあった。

オシ17自体は〈つばめ〉〈はと〉が電車化された後も、まだ新しかったため急行列車に転用されて使われた。もちろん石炭レンジのままだ。しかし、新幹線の開業や長距離急行列車の特急化により、昭和四十年代に入ると次第に活躍の場は狭まってゆく。そして昭和四十七（一九七二）年十一月六日未明、北陸トンネル内で急行〈きたぐに〉に連結されたオシ17から出火した「北陸トンネル火災事故」が発生。多くの死傷者が出てしまう。この事故は漏電が原因で、レンジは火元ではなかったが、やはり列車内で火を扱うのは危険と見なされ、石炭を使う食堂車は即座に連結を中止。残存車の大半が廃車となってしまったのだった。

ただ、二両だけは車内に各種機器を取り付け、巡回して職員の教習を行う教習車に改造され、姿は残った。そのうちの一両が廃車後、外見だけ食堂車に復元されて、群馬県の横川駅に近い「碓氷峠鉄道文化むら」で保存されている。「ちどり」の時代からもう六十年以上が過ぎた。二十三歳だったサヨ子も健在なら八十代だ。孫を連れてここを訪れ、青春時代を懐かしんでいるかもしれない。

『七時間半』は人気を博し、発表翌年の昭和三十六（一九六一）年には、これを原作としたフランキー堺主演の映画『特急にっぽん』が公開されている。ただ舞台が〈こだま〉の151系電車に変えられたため、時代遅れの哀感はない。

トリック成立に必要だった159系電車の色
鮎川哲也『準急ながら』

四切りに引き伸ばされた服部は、白っぽい上衣にネクタイという服装だった。右手に駅弁を、左手にビニール製のお茶の瓶をさげ、画面のやや左寄りの、《とうきょう》と書かれた柱のそばに立っている。電車は画面の右側から服部の後方にずうっとつづいていた。カラー写真でないので、色彩までは判らないけれど、窓のあたりが黒くそれをはさんで上部と下部が白っぽくみえる〔実際は窓のあたりが白、その上下が黒くなる。鮎川哲也は逆に書いている〕。服部はいちばん手前の出入口の横に立ち、カメラのほうを向いていた。その昇降口の肩の部分に三つのサイドボードが写っている。一つは6号車であることを意味する6の数字、もう一つは運転区間を示す《東京←→大垣》としるしたもの、これは横書である。三つ目がペットネームの〃ながら〃をひらがなで書いたものだった

(『準急ながら』)

§ 新幹線開業後も残った東海道本線の準急

アリバイ・トリック作りの名手だった推理小説家の鮎川哲也は、しばしば鉄道をその舞台に選んだ。長編の『黒いトランク』、短編の『下り〝はつかり〟』などが、よく知られているところだ。『準急ながら』は昭和四十一（一九六六）年六月に上梓された。昭和三十九（一九六四）年十月に東海道新幹線が開業してから、約一年半が過ぎた頃だ。この時期が、この長編推理小説においては、犯人のアリバイ作りと、主人公の鬼貫《おにつら》警部のアリバイ崩しに大きな意味を持ってくる。

タイトルのとおりこの作品は、東海道本線を走っていた準急〈ながら〉が鍵を握っている。東海道新幹線は国鉄にとっても日本にとってもまったく初めての経験となる超高速鉄道で、東京～新大阪間を〈ひかり〉が当初四時間で結んだ効果の大きささも、国鉄自身がなかなか理解していなかった。開業とともに、それまで東海道本線を走っていた〈こだま〉や〈つばめ〉など昼行の特急列車はすべて廃止された。ただ、東京と中国・九州地方を結ぶ長距離夜行特急や夜行急行、東京と関西を結ぶ急行、そして東京～名古屋間、名古屋～大阪間などを走る準急列車は、かなりの数が存置された。昼間の長距離移動は新幹線が主軸になるとしても、短距離の移動には、急行や準急の利用がまだまだあると見込まれたのだ。なお準急とは、昭和四十三（一九六八）年まで存在した国鉄の優等列車。急行より停車駅は多いが料金は割安に設定されていた。

東京～名古屋・大垣間を主要駅に停車しながら結ぶ準急は〈東海〉との愛称で、新幹線の開業まで昼行六往復、夜行一往復が設定されており、安くて速い列車として人気があった。そのため、多客期になると臨時列車も増発された。作品タイトルとなった列車は昭和三十五（一九六〇）年、東京~大垣間に登場。愛称は、長良川に由来する〈長良〉だった。翌年には、ひらがな表記の〈ながら〉に変わる。

東海道新幹線の開業時には、昼行の〈東海〉一往復が廃止された程度で、〈ながら〉も引き続き運行された。しかし、時速二一〇キロの魅力は短距離利用客をも新幹線へと引きつけた。〈東海〉は利用客の予想以上の減少により、昭和四十(一九六五)年十月一日のダイヤ改正で昼行、夜行各一往復が廃止。〈ながら〉も廃止された。最終運転は『準急ながら』でも言及があるとおり、同年九月六日だ。

§　なぜ〈ながら〉だったのか

これは新幹線に客をとられたせいではないか、と丹那は解釈した。このぶんだと、いまに東海道線の長距離列車は赤字路線になるかもしれない。〔中略〕

「東京駅に問い合わせてみたんだが、〝ながら〟が九月六日かぎりで運転が打ち切りになったことは事実なんだな。それから〝ながら〟は赤と黄色のツートンカラーだった。だから黒く写っているところが赤で、白くみえている部分は黄色だということになる」

丹那はあらためて車輌に目をやり、心のうちで赤と黄色とに彩色してみた。かなり派手な色になる。(『準急ながら』)

同じ区間を走りながら、なぜ〈東海〉と〈ながら〉は愛称が別々だったのか。一つの要因としては、使われた車両の違いがある。

〈東海〉は、この列車でデビューしたため〝東海型〟と通称される、153系電車が充当されていた。昭和三十三（一九五八）年に登場した高性能電車で六百三十両も大量生産され、東京〜大阪間の急行列車にも使われた。後には京阪神間の新快速や、山陽本線の快速列車などにも転用され、駿足を誇った。

これに対し〈ながら〉に使われた電車は159系と言う。「修学旅行専用電車」だ。

前出の『臨3311に乗れ』で城山三郎は、平日遊んでいた客車の有効活用で修学旅行専用列車を仕立て上げた物語を描いた。日本ツーリストと社長の馬場勇の功績だった。それがさらに発展。戦後すぐに生まれたベビーブーム世代が修学旅行に出かける昭和三十年代半ばともなると、高度経済成長期とも重なって再び車両不足に陥った。

そこで、学校関係者で構成された東京都修学旅行委員会は国鉄に、修学旅行用に設計された設備を持つ専用電車の開発、製造を要請。国鉄もこれに応じる姿勢を見せたが資金不足で、当時の三菱銀行と日本交通公社が、利用債と呼ばれた鉄道特別債券を引き受けて実現させている。これが155系で〈ひので〉〈きぼう〉と愛称がつけられた。153系とは共通する性能を持ち、急行に匹敵する高速運転が可能だった。

この155系の改良型が159系だ。昭和三十六（一九六一）年にデビューし〈こまどり〉と愛称がついた。155系が東京地区と関西地区向けの電車だったのに対し、159系は中京地区で利用債を引き受けて製造されている。この電車は、利用する学校の数が関東や関西と比べて少ないため、155系の四人掛け＋六人掛けボックスシートを、153系と同じ四人掛け＋四人掛けボックスシートに改めるなど、内装を急行・準急型電車に近づけた。夏休みや冬休みなど学校の長期休暇の時期は、修学旅行のない閑散期。その間は一般の臨時列車に使用する計画だったのだ。その具体的な例が〈ながら〉だった。

§ 色が異なる電車が一日一回だけ現れる

ただ、159系などの修学旅行専用電車は、鮎川哲也が描写したとおり、塗色は赤と黄のツートン。153系など一般の急行・準急型電車がオレンジとダークグリーンの、いわゆる「湘南色」だったのに対し、確かにかなり派手に感じられる色だった。昭和四十（一九六五）年前後は、カラー写真は一般にはまだ普及しておらず、ほとんどが白黒写真の時代だ。153系と159系の車体そのものの外観は似ており、鉄道に詳しくなければ見分けはつかないだろう。しかし、この二種類の塗色は、白黒フィルムで撮っても明確に区別がついた。

そして159系は、需要に応じて製造数は十六両。つまり、予備車を除くと、十二両編成一本を組んで東京〜大垣間を一日一往復運転するのが、せいいっぱいの数しかなかった。〈ながら〉に充当される時は、車両基地がある大垣を朝六時三十七分に出て、東京に十二時五十分着。折り返し下りは十四時五十六分に東京を出発し、二十一時十六分に大垣に帰り着くだけの話だ。

153系の急行・準急は、殺人事件が起こった昭和四十（一九六五）年九月には、まだ〈東海〉

（上）オレンジとダークグリーンの湘南色をした 169 系の急行型電車。
当時の東海道本線の急行、準急用電車は湘南色だった。

（下）鉄道博物館玄関前の修学旅行専用電車 167 系のモックアップ。
〈ながら〉に使われた 159 系も同様の赤と黄の配色で目立った。

をはじめ、数多く東京駅に発着していた。対して159系の〈ながら〉は一日一回、しかも時期を限って東京駅に現れるだけだ。臨時列車としての運転が終了すると、事後の検証もやりにくい。そこに目をつけた鮎川哲也は、トリックを組み立てていったのだった。

現在、153系の急行や準急も、修学旅行専用電車も、すでにない。ただ色だけは確認できる。153系の改良型で信越本線向けの169系が、同じ「湘南色」をしており、しなの鉄道坂城《さかき》駅前で保存されている。また、やはり修学旅行専用電車だった167系のモックアップ（実物用の部品を使った模型）が、塗色もそのままに、さいたま市の鉄道博物館の玄関前に置かれている。

夜行急行列車〈十和田〉の謎

井上ひさし『吉里吉里人』

ある六月上旬の早朝五時四十一分、十二輛編成の急行列車が仙台駅のひとつ上野寄りの長《なが》町《まち》駅から北へ向かって、糠雨《ぬかあめ》の中をゆっくりと動き始めた。

というところから事件の記録をはじめることにしよう。

この急行は「十和田３号」という愛称を持つ夜行列車で、前夜二十三時二十一分に上野駅の十八番ホームを発ち、常磐線を回ってようやくそのとき、青森までの七百四十粁《キロ》の長い道程のちょうど半ば近くにさしかかったところだったが、じつはその朝の「十和田３号」こそ、日本で、いや世界で最初にあの吉里吉里人に遭遇するという運命にあったのである。

（『吉里吉里人』新潮文庫版）

§ 急行〈十和田〉の歴史

急行〈十和田〉のルーツをたどると、昭和二十一（一九四六）年に運転を開始した進駐軍専用列車「Yankee Limited」となる。運転区間は上野～札幌間。もちろん青函トンネルが開通するはるか前の話で、寝台車の一部を青函連絡船に乗客ごと積み込んで運んでいた。これを客車航走と呼ぶ。日本に前例はなかったが、進駐軍の命令となれば、物理的に不可能でない限り無理にでも従わねばならなかった時代だ。当然、日本人には縁がない列車で、時刻表にも掲載されていなかった。前出の吉村昭が『東京の戦争』に記したように、偶然、目撃した敗戦国の国民は、複雑な目でこの〝よその国〟の特別列車を眺めていたことだろう。

世情が落ち着いてきて昭和二十六（一九五一）年九月にはサンフランシスコ講和条約が締結され、日本の主権回復を受けて、翌年四月には「Yankee Limited」も、一部の客車を日本人に開放するようになった。愛称も廃止。特殊列車と称されている。

この特殊列車が完全に、通常の急行列車となったのが、昭和二十九（一九五四）年十月一日のダイヤ改正の時だった。改めて、十和田湖にちなみ急行〈十和田〉と命名されている。なお、改正直前の九月二十六日に洞爺丸事故が発生しており、寝台車の客車航走は危険とされて中止。昭和六十三年（一九八八）年に青函連絡船は廃止され、客車航走が復活することもなかった。

この〈十和田〉はその後、上野～青森間を常磐線経由で結ぶ急行列車として定着し、増発も行われて1号から順に番号が振られた。昭和四十五（一九七〇）年十月一日のダイヤ改正の時点では、毎日運転の定期列車は昼行一往復、夜行三往復の計四往復が設定されていた。そのうち昼行は、昭和四十七（一九七二）年三月十五日のダイヤ改正で特急〈みちのく〉へ格上げされて姿を消し、以後は夜行のみが存続している。

§『吉里吉里人』の成り立ちと「十和田3号」の謎

井上ひさしの代表作の一つに数えられる『吉里吉里人』は最初、昭和四十八(一九七三)年六月刊行の雑誌『終末から』(筑摩書房)の創刊号より連載された。ただしこの雑誌は昭和四十九(一九七四)年十月の第九号限りで廃刊となってしまい、『吉里吉里人』は未完のまま いったん終わっている。

掲載誌を『小説新潮』に移し、改めて連載が再開されたのが昭和五十三(一九七八)年五月。これが完結し、昭和五十六(一九八一)年に単行本化されると、たちまちベストセラーとなる。作中に描かれた、一地方が日本からの独立を宣言するとの荒唐無稽さが受けた。

岩手県三陸沿岸の大槌町《おおつちちょう》には、同名の吉里吉里《きりきり》と呼ばれる地区があり、国鉄山田線(現在は三陸鉄道リアス線)には吉里吉里駅も存在する。ここが小説に倣って独立を宣言し、ミニ独立国ブームが巻き起こった。もちろん現実の方は話題作りと地域振興を狙ったもの。最盛期には二百余りの国が乱立したが、その後、多くは〝滅亡〟してしまった。

さてここで、『吉里吉里人』の物語が始まる、冒頭の引用部分に立ち返ってみる。

主人公の小説家、古橋健二は、編集者とともに「十和田3号」に乗って取材旅行に出た。目的地は岩手県岩泉町にある安家洞《あっかどう》だから、下車駅は盛岡だ。

『吉里吉里人』の連載へ向けて、井上ひさしが構想、取材した時期は特定できないが、作中にある

急行〈十和田3号〉の当時の姿〔撮影：北鉄局〕。写真は上野行きの上り列車だが、帯の塗装がある客車2両目が主人公らが乗ったグリーン車。

昭和四十七（一九七二）年として、三月に昼行が廃止された後とすると、臨時列車三往復を含めて〈十和田〉は五往復あった。

当時の時刻表を見ると、下りの〈十和田1号〉は上野発二十時十分で、多客期のみ運転の臨時列車。以下、〈2号〉は二十時五十分発で、これは毎日運転の定期列車。〈3号〉は二十二時十分発の臨時列車。〈4号〉が二十三時二十一分発の定期列車。〈5号〉は二十三時三十分発の臨時列車となっている。主人公の古橋が取材旅行に出かけたのは六月上旬とある。閑散期で臨時列車も多くが運休している。「二十三時二十一分発の、十和田3号に乗った」との描写は、現実とひもづけるには少々微妙な面が出てくる。

ここで『終末から』の創刊号をひもといて、『吉里吉里人』には最初、どう記述されていたのかを確認してみた。

ある六月下旬の早朝五時、十二輛編成の急行列車が仙台駅のひとつ上野寄りの長町駅から北へ向かって、糠雨の中をゆっくりと動き始めた。

というところから事件の記録をはじめることにしよう。

この急行は「十和田3号」という愛称を持つ夜行列車で、前夜十時十分に上野駅の十九番ホームを発ち、常磐線を回ってようやくそのとき、青森までの七百四十粁の長い道程のちょうど半ば近くに……

（『吉里吉里人』）

やはり「十和田3号」になっている。上野駅十九番線から夜十時（二十二時）十分発、長町五時発というダイヤは、前述のとおり昭和四十七（一九七二）年当時の〈3号〉と符合するが、冒頭に引いた現在の新潮文庫版とは発車時刻、および物語の時期などが異なる。

一方で編成内容は、普通車自由席七両、B寝台車二両、A寝台車一両、グリーン車一両、普通車指定席一両と記されている。この編成で運転されていた下り列車は〈十和田2号〉で〈3号〉ではない。〈3号〉は臨時列車らしく、ダイヤは同じでも時期によっては全車普通車で走ったり、全車B寝台の編成で走ったりしていた。

なぜ〈十和田2号〉にしなかったのかは、わからない。〈2号〉なら上野を二十時五十分に出発した後、長町に三時三分に停車。時刻表上では仙台は〃通過〃。そして五時四十六分に盛岡に着いたら、五時四十九分発の山田線宮古行きに接続している。時刻表に到着時刻の記載がなかったので推測になるが、茂市《もいち》には八時十七分頃着。安家洞の最寄駅である岩泉行きの岩泉線は平成二十六（二〇一四）年に廃止されたが、当時は茂市八時三十五分発があり、九時三十四分と一日の活動を始めるには良い時間に到着できるのだ。山田線、岩泉線ともローカル線で運転本数はごく限られる。後続の〈十和田3号〉では盛岡七時五十九分着。接続も良いとは言えず、岩泉到着は十二時四十七分になってしまう。もっとも、諸事不活発な古橋らしいスケジュールと言えなくもない。

§ 書き換えで生じてしまった矛盾

『終末から』の廃刊で、いったん発表を休止した『吉里吉里人』が再び世に出たのが、前述のとおり昭和五十三（一九七八）年。この間、急行〈十和田〉は昭和五十（一九七五）年三月十日のダイヤ改正で臨時列車の旧〈3号〉と〈5号〉が廃止され、号数が整理されて、毎日運転の〈十和田1号〉～〈3号〉の三往復のみに減った。

さらに『吉里吉里人』にとって、少々不都合な事態が続いた。

連載再開前の昭和五十一（一九七六）年、まず〈十和田1号〉が、充当されていた客車の老朽化に伴い、全車普通車の14系特急型客車へ置き換えられた。続いて翌昭和五十二（一九七七）年には〈十和田2号〉も同じ理由により、20系寝台車中心の近代的な編成になった。いずれもグリーン車の連結はなくなってしまった。

この小説、冒頭にかなりの紙幅を割いて〈十和田〉のグリーン車内の様子を描いている。〈1号〉

高架化された現在の長町駅より、右へ分岐するのが宮城野貨物線で、仙台駅内の新幹線工事期間中、夜行列車は同駅に停車し、この貨物線を迂回した。

〈2号〉へ舞台を変えてしまうと大幅に書き換えなければならない。

残る〈十和田3号（元の4号）〉だけが、全車旧式の座席車ながらもグリーン車も連結して運転を続けていた。そこで採られた手段が〈十和田3号〉はそのまま、時刻など必要最小限の修正で済ませる方法ではなかったかと思われる。幸い、連載途中で迎えた昭和五十三（一九七八）年十月二日のダイヤ改正でも〈十和田3号（改正後は5号に改称）〉の客車は従来のまま。まったく国鉄側の都合でしかなかったが、結果的に、遅筆で知られる井上は書き換えを免れた。

ただ、修正しきれなかったのか、現在の新潮文庫版でも矛盾が残っている。それが長町停車と、仙台通過だ。

仙台駅構内での東北新幹線の大規模な建設工事の

ため、昭和四十八（一九七三）年二月一日から昭和五十三（一九七八）年十月のダイヤ改正まで、深夜に仙台に停車していた夜行列車は、代わりに長町に停まる措置が取られた。そして、列車自体は仙台駅を通らない宮城野貨物線経由に変えて、工事をやりやすくしたのだ。今も長町駅の北側には、東北本線と貨物線の複線同士の豪快な分岐がある。

　ところが――。

　などとぐずぐず言っているうちに、「十和田3号」は仙台駅の構内を轟然と通り抜けた。〔中略〕構内は東北新幹線工事でごった返している。〔中略〕東北本線は仙台駅構内を抜け出したところで大きく右方へ、東へ曲がる。しかもこのあたりには転轍《てんてつ》機が多い。そこで「十和田3号」はこの地点で陽気なストリッパーのように左右に揺れ激しく尻を振ったが、じつはその揺れが主役を決めることになった。〔中略〕つまりこの運命的な朝、六時前に「十和田3号」の乗客で目を覚したのは、成人ではこの男〔古橋〕だけだった。ほかは全員眠り続けている。

（『吉里吉里人』）

　こういう描写もあり、また誤解が生じる。昭和四十八（一九七三）年の時刻表では、長町停車、宮城野貨物線経由の列車は仙台に通過を表す「レ」のマークがついていた。実用上はそれで差し支えないが、作家は仙台駅を通ると勘違いしてしまったのだ。こうした誤解を避けるため、後には時刻表のマークも、その駅を経由しない「＝」に変わっている。

吉里吉里国のモデルとなったともいわれる宮城県の有壁付近を走る東北本線の列車。

旧〈十和田3号〉はこの貨物線迂回の対象だった。だが新しい〈十和田3号〉は旧〈4号〉の時代から対象にはなっていなかった。末期のダイヤでは長町は通過で、仙台には五時三十四分着で停車。六月なら夜は明けている時刻で、東北一の都会だけに仙台で降りる利用客は多かっただろう。停車して周囲がざわつけば、客が「全員眠り続けている」のも奇妙だ。

こうして急行〈十和田〉は、昔のように〝よその国〟の列車として、日本ではない吉里吉里国へとさまよいこんでいったのだった。

気仙沼線全線開通日の志津川駅

宮脇俊三『時刻表2万キロ』

いよいよ悲願八十年の志津川《しづがわ》に着く。
気仙沼線の中心駅だけに大きな新駅である。しかし広いホームに立つ人の数は意外に少ない。そのかわり、サッカーでもやれそうな広い駅前広場はびっしりと人間で埋まっていて、思わず口を開けて見下ろしたところ五千人以下ではない。一万人ぐらいかもしれない。志津川は人口一万七千だからまさに町を挙げてである。特設の舞台も設けられている。花火が打ち上がり、風船が何百と放たれ、少なくとも百羽以上の鳩が飛びたった。上空にはヘリコプターが三機も旋回している。これはもはや出征兵士の見送りではない。

（『時刻表2万キロ』）

§　志津川の〝その頃〟と今日

今、志津川という駅はない。平成二十三（二〇一一）年三月十一日を最後に、列車が発着するこ

被災した志津川駅と駅前広場。駅舎やホームの屋根は全て津波に流された（2012年1月）。

とはなくなった。

宮脇が描いたのは、昭和五十二（一九七七）年十二月十一日の志津川駅。その三十四年と三ヶ月後、津波がすべてを押し流した。志津川町と歌《うた》津《つ》町《ちょう》が合併した南三陸町の死者は六百二十人、行方不明者二百十一人。そのうちには、気仙沼線全線開通日の祝福の渦の中にもいた人が何人もいるだろう。

ＢＲＴと称する、線路用地を改築した専用道路を走るバス輸送システムにより気仙沼線の機能は代替されているが、志津川の乗り場はかつての駅の跡ではない。駅前広場には一万人は集まっていたと宮脇は見たが、今の南三陸町の人口は約一万二千人。町の中心部には、全員が集まっても余りある空間が、なにがしかの跡地、または防災を考慮した緑地などとして広がっている。

気仙沼線は、三陸縦貫鉄道の一部を成す鉄道として構想された。有史以来、度重なる津波に襲われてきた三陸地方では、被災以上に被災後の孤立を何より怖れていた。津波から逃れて命は助かっても、食料、衣料などの救援物資が届かないと生き延びられない。寒冷地だから、冬季には迅速な支援が求められる。

それゆえ政府に対して、宮城県から青森県にかけての太平洋沿岸の鉄道建設が繰り返し求められたのだ。明治二十九（一八九六）年に発生し、死者二万人以上を出した明治三陸地震が、大きなきっかけ。志津川は湾口が広く太平洋へ向かって開いており、津波の被害を受けやすいため、鉄道を最も切望した町だ。ただ地形が険しく人口は少ない。計画はすぐに立っても、実際の建設は遅々として進まなかった。そうこうしているうちに、昭和八（一九三三）年に昭和三陸地震が襲う。

ようやく気仙沼線が実現へ向かったのは、昭和十（一九三五）年になってからだった。この鉄道は小牛田《こごた》～石巻～女川を結ぶ石巻線の途中駅、前谷地《まえやち》で分岐し、柳津《やないづ》、志津川、歌津、本吉《もとよし》を経由して気仙沼に至るもの。ただ、着工されたものの、日中戦争さらには太平洋戦争の影響で工事は何度も中断した。

戦後、ようやく工事が再開され、まず気仙沼～本吉間が昭和三十二（一九五七）年に開業。南側は柳津線との名称で、昭和四十三（一九六八）年になって前谷地～柳津間が開業している。残る柳津～本吉間が開業し、前谷地～気仙沼間の全通にこぎつけたのが、昭和五十二（一九七七）年十二月十一日なのだ。明治三陸地震から約八十年。宮脇が言う、悲願八十年とはこれだ。住民は熱狂して新しい鉄道を迎えた。

§ なぜ、気仙沼線の開業日へ向かったのか

宮脇は仙台に泊まって当日の朝、前谷地へ向かった。まだ勤め人だったので、十二月十一日が日曜日だったのが幸いした。開業日に乗車した経験は昭和四十六（一九七一）年八月二十九日の只見《ただみ》線只見〜大白川《おおしらかわ》間に続いて二度目とも記されている。その日も日曜日だった。二万キロあまりあった国鉄の全線に一度は乗車する〝完乗〟を、昭和五十二（一九七七）年五月二十八日に足尾線の間藤《まとう》で達成し、かえって愛読書だった時刻表に魅力を感じなくなるほどの喪失感に襲われていたところだ。だが、気仙沼線の開業によって、改めて乗りつぶしをしなければならない国鉄路線が出現したのだった。

それはとにかく、目出度いことである。何はともあれ、乗らねばならない。乗るなら開通日がよい。一日であろうと一〇〇パーセント（国鉄全路線の営業キロの合計に対して、自分が乗った路線の営業キロの比率）を下回りたくない。

（『時刻表2万キロ』）

別に、誰かに課された義務でもなんでもないのだが「乗らねばならない」との部分に、勇躍、三陸へ向かった心持ちがにじみ出ている。

『時刻表2万キロ』が刊行されたのは昭和五十三（一九七八）年で、たちまち版を重ねるベストセラーとなった。この紀行文は、勤務先の中央公論社を退社してから世に出たものだ。出版業界では『どくとるマンボウ航海記』や『世界の歴史』シリーズなどを手がけた名編集者として宮脇は広く

知られていたが、この処女作により、今度は鉄道紀行作家としての地位を確立する。常務取締役にはなっていたが、週休二日制導入以前の会社員時代、休みをやりくりして完乗をめざし、まだ乗っていない路線へと東奔西走していた様子が、てらいのない淡々とした筆致で記されており、乗りつぶしという鉄道趣味を広く世に知らしめた。そして、完乗をめざす者が多数、現れた。私もその一人だった。

このベストセラーに触発されて、国鉄は「いい旅チャレンジ20，000km」キャンペーンを昭和五十五（一九八〇）年から始めている。ある路線の起点駅と終着駅、例えば東海道本線では東京と神戸で、自分も一緒に写した駅名標の写真を撮り、事務局へ送ると、その路線を〝踏破〟したとの認定証が送られてくるシステムで、その数によって記念品がもらえた。大幅な赤字を出し財政難に陥っていた国鉄が、参加者が実際に乗車券を買って国鉄に乗ってくれるがゆえに飛びついたのだ。ただ、会員数四十万人を目論んだと言われるが、実際の参加者は五万人ほどに留まっている。

なお、キャンペーンがスタートした時には中学生だった私は、以前から乗りつぶしを始めており、今さら証拠を添えてまで国鉄に認めてもらわなくてもいい、乗ったと言えば乗ったことになる、ファンの間での紳士的な交流こそすばらしいと考え、生意気にも、これには目もくれなかった。

一方、国鉄再建法による赤字ローカル線廃止の動きも始まっており、『時刻表2万キロ』にも登場する北海道の白糠線《しらぬか》が、その第一号として昭和五十八（一九八三）年に消えている。それゆえ、廃止を考えている路線に「乗ってくれ」とのキャンペーンはいかがなものかとの意見もあった。気仙沼線も一時は開業が危ぶまれていた。建設自体は国策に沿って日本鉄道建設公団（現在の鉄道・運輪機構）が行っており、国鉄は出来上がった赤字線の運営を、言わば押しつけられる立場だった。『時刻表2万キロ』の末尾では、九州の油須原《ゆすばる》線豊前《ぶぜん》川崎～油須原間が、工事が終わっているにもかかわらず国鉄が受け取りを拒否しており、特別運賃制度を地元が了承すれば開業するとの旨を記している。結局、ここは開業できずに終わった。気仙沼線も同じような運命が待っていたかもしれない。

§　気仙沼線の、その後

数々の障害を乗り越えて、気仙沼線は開業した。地元は熱烈にこれを歓迎し、さまざまに表現した。前谷地から超満員の列車に辛うじて乗り込んだ宮脇は、それを見てこう評している。

> 一三分遅れて、10時30分に列車は歩くようにゆっくり動きだした。日の丸の小旗を持った手が一斉に上がる。もちろん万歳である。中年男なら誰でも思い出す、これは出征兵士の見送りではないか。
>
> （『時刻表2万キロ』）

こうして世の中に打って出た気仙沼線は国鉄の予想に反して、もちろん赤字ではあるが、比較的良い営業成績を収めた。気仙沼や志津川から仙台への最短経路ともなったため直通列車は乗車率が良く、後には〈南三陸〉と愛称がついた指定席連結の快速へと発展している。

ただそれも「3・11」までだった。

宮脇俊三は平成十五（二〇〇三）年二月二十六日に亡くなっている。その後の気仙沼線、志津川駅については知らない。知らずに逝き、幸いだったと思う。

復興工事がほぼ完成した、かつての気仙沼線志津川駅前。町並みは消え、避難所を兼ねた展望台と防災広場になった（2023年5月）。

あとがき

明治維新を迎え、まるで津波のように押し寄せた数多の欧米の文明、文化のうち、鉄道は今日も経済や庶民の生活に密着した存在として、社会の中で大きな地位を占め続けています。日本の鉄道ほど多くの人の暮らしを支えている公共交通機関はなく、世界でも稀と感じます。

好むと好まざるとにかかわらず、明治以降に活動した芸術家たちも現代社会の一部としての鉄道を、作品に採り入れたことでしょう。作品の舞台として、鉄道をめぐるさまざまに印象的なシーンが織り込まれることになりました。随筆や紀行文などのノンフィクションはもちろんですが、作品自体はフィクションでも、作家自身の体験や記憶が下敷きとなっているものも多くあります。

私が初めて、鉄道に対する作家の観察の正しさを感じたのは、本文でも触れましたが、中学生の時に国語の教科書に載っていた、上林暁の『花の精』でした。列車の発着時刻の正確さはもちろん、大人になって初めて乗った西武多摩川線の、沿線の雰囲気の切り取り方の巧みさにも舌を巻いたものです。ほんの一文からです。そうした作家たちの「眼の確かさ」をたどる一冊であるかもしれません。

本書は、東京新聞に平成二十八（二〇一六）年十一月から令和三（二〇二一）年二月にかけて連載された鉄道エッセイ「鉄学しましょ」の、私の担当記事を土台とし、ふくらませたものです。今回、一冊の本にまとめる機会を得て、とくに明治のはじめから昭和の末までの小説、詩、短歌、俳句など文学作品を扱った記事を選び、また、連載終了後に個人的に書き溜めていたものも加えました。単純に鉄道が出てくる出てこないだけではなく、描かれた時代の鉄道がリアルで活き活きとしているかどうかを基準に作品を選び、執筆しました。鉄道の専門的な解説に偏ることなく、芸術を好む人にも、作品鑑賞の新しい切り口を提示したつもりです。

同じ鉄道に触れた別の作家の作品も加え、さまざまな角度から、より深く踏み込んだ分析も試みています。鉄道が主たる題材、舞台の作品ばかりではありませんが、〝行間〟に息づく、その時代の鉄道風景を感じ取っていただければ幸いです。

二〇二四年十月一日　東海道新幹線開業六十周年の記念日に

土屋武之

関連略年表

年	月日	文学 ※出版物の刊行月日は奥付等の表記による	鉄道ほか
文久2（1862）年	2月17日	森鷗外が津和野（島根県）で誕生。	
元治元（1864）年	9月18日	伊藤左千夫が現在の山武市（千葉県）で誕生。	
慶応3（1867）年	2月9日	夏目漱石が江戸（現在の東京都新宿区）で誕生。	
	10月14日	正岡子規が松山（愛媛県）で誕生。	
明治元（1868）年	12月8日	徳冨蘆花が水俣（熊本県）で誕生。	
明治5（1872）年	1月22日	田山花袋が館林（群馬県）で誕生。	
	10月14日		新橋～横浜間の鉄道が開業。
明治6（1873）年	11月4日	泉鏡花が金沢（石川県）で誕生。	
明治7（1874）年	2月22日	高浜虚子が松山で誕生。	
明治12（1879）年	12月3日	永井荷風が東京で誕生。	
明治15（1882）年	3月10日		北陸本線の敦賀駅が開業。
	5月14日	斎藤茂吉が現在の上山市（山形県）で誕生。	
	6月25日		東京馬車鉄道が開業。
明治16（1883）年	2月20日	志賀直哉が石巻（宮城県）で誕生。	
明治18（1885）年	8月24日	若山牧水が現在の日向市（宮崎県）で誕生。	
明治19（1886）年	2月20日	石川啄木が現在の盛岡市（岩手県）で誕生。	
	11月1日	萩原朔太郎が前橋（群馬県）で誕生。	

明治21（1888）年	9月5日		碓氷馬車鉄道が開業。
	10月28日		伊予鉄道の三津〜松山間が開業。
明治22（1889）年	4月1日	伊藤左千夫が本所（現在の東京都墨田区）に牧場を開く。	
	5月29日	内田百閒が岡山（岡山県）で誕生。	
	6月16日		横須賀線の大船〜横須賀間が開業。
	7月1日		東海道本線の新橋〜神戸間が全通。
	8月1日	室生犀星が金沢で誕生。	
明治23（1890）年	8月17日	森鷗外が碓氷馬車鉄道に乗る。	
	8月24日〜	森鷗外が『みちの記』を『東京新報』に連載（〜9月2日）。	
	9月18日	土屋文明が現在の高崎市（群馬県）で誕生。	
	11月1日		日本鉄道の花巻駅が開業。
明治24（1891）年	9月1日		日本鉄道の大宮〜青森間が全通。好摩駅が開業。
明治25（1892）年	3月1日	芥川龍之介が東京で誕生。	
明治26（1893）年	4月1日		信越本線の横川〜軽井沢間が開業。碓氷馬車鉄道廃止。
	7月1日	獅子文六が横浜（神奈川県）で誕生。	
明治27（1894）年	10月21日	江戸川乱歩が名張（三重県）で誕生。	
	12月9日		総武鉄道の本所〜佐倉間が全通。本所駅が開業。
	12月	正岡子規が総武鉄道に乗る。	
	12月21日		川越鉄道の国分寺〜久米川間が開業。
	12月30日	正岡子規が『総武鉄道』を『日本』に掲載。	
明治28（1895）年	4月	夏目漱石が松山中学（愛媛県）へ赴任。	

	8月22日		道後鉄道の一番町〜道後間が開業。
明治29（1896）年	4月		平岡工場が本所駅前に移転。
	8月27日	宮沢賢治が花巻（岩手県）で誕生。	
明治30（1897）年	5月1日		総武鉄道の佐倉〜成東間が開業。
明治31（1898）年	6月15日		東海道本線の三島駅（初代）が開業、豆相鉄道の三島〜三島町間も開業し接続。
明治32（1899）年	6月14日	川端康成が大阪（大阪府）で誕生。	
	7月17日		豆相鉄道の三島〜大仁間が全通。
明治33（1900）年	2月1日	泉鏡花が『高野聖』を『新小説』に掲載。	
明治34（1901）年	2月15日		奥羽本線の赤湯〜上ノ山間が開業。上ノ山駅が開業。
明治35（1902）年	9月19日	正岡子規が死去。	
	10月6日	上林暁が現在の黒潮町（高知県）で誕生。	
明治36（1903）年	8月22日		東京電車鉄道が開業。
	9月15日		東京市街鉄道が開業、「街鉄」と通称。
明治37（1904）年	8月21日		甲武鉄道の飯田町〜中野間が電化され電車運転開始。
	12月8日		東京電気鉄道（外濠線）の土橋〜御茶ノ水間が開業。
	12月21日		中央本線の韮崎〜富士見間が開業（翌年に岡谷まで延伸）。
	12月28日	堀辰雄が東京で誕生。	
明治39（1906）年	4月1日	夏目漱石が『坊っちゃん』を『ホトトギス』に掲載。	
	9月11日		東京市内の電車3社が合併し「東京鉄道」となる。

	9月23日		甲武鉄道の代々木駅が開業。
	11月1日		日本鉄道が国有化。
	12月	田山花袋が代々幡村（現在の東京都渋谷区）へ転居。	
明治40（1907）年	2月	徳冨蘆花が千歳村（現在の東京都世田谷区）へ転居。	
	4月29日	中原中也が現在の山口市（山口県）で誕生。	
	5月1日	田山花袋が『少女病』を『太陽』に掲載。	
	5月6日	井上靖が旭川（北海道）で誕生、翌年、伊豆湯ヶ島（静岡県）へ移る。	
明治41（1908）年	1月19日	石川啄木が中央小樽駅から釧路へ向かって出発。	
明治42（1909）年	3月6日	大岡昇平が東京で誕生。	
	6月19日	太宰治が現在の五所川原市（青森県）で誕生。	
	12月16日		山手線が上野〜烏森間で電車の運転を開始。山手線の代々木駅が開業。
明治43（1910）年	春		鉄道院基本形客車が登場。
	8月		東京の下町など関東地方一円を大水害が襲う。伊藤左千夫も被災。
	12月1日	石川啄木『一握の砂』刊行	
明治44（1911）年	8月1日		東京市が東京鉄道を買収。
明治45（1912）年	4月13日	石川啄木が死去。	
大正元（1912）年	10月15日		北陸本線の親不知駅が開業。
大正2（1913）年	3月15日	徳冨蘆花『みゝずのたはこと』刊行	
	4月1日		北陸本線の青海〜糸魚川間の開業で米原〜直江津間が全通。
	4月15日		京王電気軌道の笹塚〜調布間が開業。

	4月		ナデ6110形（鉄道博物館蔵）が山手線などに登場。
	5月	斎藤茂吉の生母いくが死去。	
	7月30日	伊藤左千夫が死去。	
	8月15日	志賀直哉が山手線の電車にはねられる。	
	10月15日	斎藤茂吉『赤光』刊行	
	10月25日		岩手軽便鉄道の花巻〜土沢間が開業。
大正5（1916）年	12月	芥川龍之介が横須賀の海軍機関学校の嘱託教員となり、横須賀線で通う。	
	12月9日	夏目漱石が死去。	
大正6（1917）年	5月	志賀直哉が『城の崎にて』を『白樺』に掲載。	
大正7（1918）年	9月10日	室生犀星『抒情小曲集』刊行	
大正8（1919）年	2月14日	鮎川哲也が東京で誕生。	
	3月8日	水上勉が現在のおおい町（福井県）で誕生。	
	5月	芥川龍之介が『蜜柑』を『新潮』に掲載。	
	6月5日		駿豆鉄道の三島〜大仁間の電化が完成。
	11月7日		草津軽便鉄道の新軽井沢〜嬬恋間が全通。
大正9（1920）年	12月24日	阿川弘之が広島（広島県）で誕生。	
大正10（1921）年	7月1日		上越南線の新前橋〜渋川間が開業。新前橋駅が開業。
大正11（1922）年	6月20日		多摩鉄道の境〜是政間が全通。
	7月9日	森鷗外が死去。	
	10月15日	若山牧水が歌会に招かれ、翌日、草津軽便鉄道に乗る。	

大正12（1923）年	5月11～23日	宮沢賢治が『シグナルとシグナレス』を『岩手毎日新聞』に連載。	
大正13（1924）年	3月31日		上越南線の渋川～沼田間が開業。翌日に利根軌道（東京電灯前橋支社）廃止。
	7月1日	若山牧水『みなかみ紀行』刊行	
大正14（1925）年	6月	萩原朔太郎が「新前橋駅」を『日本詩人』に掲載。	
大正15（1926）年	12月9日	宮脇俊三が川越（埼玉県）で誕生。	
昭和2（1927）年	5月1日	北杜夫、吉村昭が東京で誕生。	
	7月24日	芥川龍之介が死去。	
	8月18日	城山三郎が名古屋（愛知県）で誕生。	
	9月18日	徳冨蘆花が死去。	
昭和3（1928）年	9月17日	若山牧水が死去。	
昭和4（1929）年	3月20日		貨物線の亀戸～小名木川間が開業。
	5月7日		城東電気軌道の水神森～洲崎間が全通。
	6月	江戸川乱歩が『押絵と旅する男』を『新青年』に掲載。	
昭和5（1930）年	5月7日		多摩湖線の国分寺～村山貯水池（仮駅）間の電化が完成。
	5月13日	田山花袋が死去。	
	12月24日		スハフ34273が梅鉢鉄工所で完成。
昭和6（1931）年	4月1日		中央本線の浅川～甲府間の電化が完成。
	9月1日		上越線の清水トンネルが完成し全通、土樽信号場が開業。

昭和8（1933）年	2月19日	太宰治が『列車』を『サンデー東奥』に掲載。	
	9月21日	宮沢賢治が死去。	
昭和9（1934）年	11月16日	井上ひさしが現在の川西町（山形県）で誕生。	
昭和10（1935）年	5月20日	土屋文明『山谷集』刊行	
	8月12日	中原中也が上京の際、水害により関西本線へ迂回。	
昭和11（1936）年	3月1日		京成電気軌道の白鬚線廃止。
	12月30日		多摩湖鉄道の国分寺～村山貯水池間が全通。
昭和12（1937）年	4月16日～	永井荷風が『濹東綺譚』を『東京朝日新聞』に連載（～6月15日）。	
	6月12日	川端康成『雪国』刊行	
	9月1日		京王電気軌道の上高井戸駅が芦花公園駅に改称。
	10月22日	中原中也が死去。	
	12月	中原中也「桑名の駅」が『文学界』に掲載される。	
昭和13（1938）年	4月10日	堀辰雄『風立ちぬ』刊行	
昭和14（1939）年	9月7日	泉鏡花が死去。	
昭和15（1940）年	9月	上林暁が『花の精』を『知性』に掲載。	
昭和17（1942）年	5月11日	萩原朔太郎が死去。	
昭和20（1945）年	4月13日	城北大空襲で吉村昭が焼け出される。	
	8月15日		玉音放送が戦争の終わりを告げる。
昭和22（1947）年	9月		カスリーン台風が上陸。
昭和23（1948）年	3月		日本ツーリストが創業。
	6月13日	太宰治が死去。	

	11月5日		西武国分寺線の国分寺〜東村山間の電化が完成。
	12月		仙台市電にモハ80形が登場。
昭和25（1950）年	1月〜	大岡昇平が『武蔵野夫人』を『群像』に連載（〜9月）。	
	10月頃〜		横須賀線から身延線へモハ32系電車が転出。
	12月1日		東北本線の渋民駅が開業。
昭和27（1952）年	3月5日		奥羽本線の北上ノ山駅が開業。
昭和28（1953）年	2月25日	斎藤茂吉が死去。	
	3月15日	阿川弘之と内田百閒が特別急行〈かもめ〉の初列車に乗る。	
	5月28日	堀辰雄が死去。	
昭和31（1956）年	6月25日	宮城道雄が急行〈銀河〉から転落死。	
昭和33（1958）年	4月13日	高浜虚子が身延を訪れる。	
	7月	高浜虚子が『身延行』を『玉藻』に掲載。	
	7月29日	阿川弘之『お早く御乗車ねがいます』刊行（担当編集　宮脇俊三）	
昭和34（1959）年	4月8日	高浜虚子が死去。	
	4月30日	永井荷風が死去。	
昭和35（1960）年	1月〜	井上靖が『しろばんば』を『主婦の友』に連載（〜昭和37年12月）。獅子文六が『七時間半』を『週刊新潮』に連載（〜昭和35年9月）。	
	2月25日	内田百閒『東海道刈谷駅』刊行	
	6月1日		客車特急〈つばめ〉〈はと〉が電車に置き換えられる。
昭和37（1962）年	3月26日	室生犀星が死去。	

昭和39（1964）年	10月1日		東海道新幹線が開業。
昭和40（1965）年	7月28日	江戸川乱歩が死去。	
	9月6日		臨時準急〈ながら〉が最終運転。
昭和41（1966）年	6月20日	鮎川哲也『準急ながら』刊行	
昭和42（1967）年	6月〜	北杜夫が『どくとるマンボウ青春記』を『婦人公論』に連載（〜昭和43年3月）。	
昭和43（1968）年	9月4日〜	水上勉が『櫻守』を『毎日新聞』に連載（〜12月28日）。	
昭和44（1969）年	12月13日	獅子文六が死去。	
昭和46（1971）年	4月20日	内田百閒が死去。	
	10月21日	志賀直哉が死去。	
昭和47（1972）年	4月16日	川端康成が死去。	
昭和48（1973）年	6月〜	井上ひさしが『吉里吉里人』の連載を雑誌『終末から』で開始（翌年10月の雑誌廃刊で中断）。	
昭和52（1977）年	12月11日		気仙沼線の前谷地〜気仙沼間が全通。志津川駅開業。
昭和53（1978）年	5月〜	井上ひさしが『吉里吉里人』の連載を『小説新潮』で再開（〜昭和55年9月）。	
	7月10日	宮脇俊三『時刻表2万キロ』刊行	
	10月2日		東北本線の夜行列車の仙台迂回運転が終了。
昭和55（1980）年	4月25日	城山三郎『臨3311に乗れ』刊行	
	8月28日	上林暁が死去。	
昭和61（1986）年	8月1日		福知山線の武田尾駅が移転、生瀬〜道場間の旧線廃止。
昭和63（1988）年	12月25日	大岡昇平が死去。	
平成2（1990）年	12月8日	土屋文明が死去。	

平成3（1991）年	1月29日	井上靖が死去。	
平成9（1997）年	10月1日		北陸（長野）新幹線が開業、信越本線の横川〜軽井沢間廃止。
平成13（2001）年	7月25日	吉村昭『東京の戦争』刊行	
平成14（2002）年	9月24日	鮎川哲也が死去。	
平成15（2003）年	2月26日	宮脇俊三が死去。	
平成16（2004）年	9月8日	水上勉が死去。	
平成18（2006）年	7月31日	吉村昭が死去。	
平成19（2007）年	3月22日	城山三郎が死去。	
平成22（2010）年	4月9日	井上ひさしが死去。	
平成23（2011）年	3月11日		東日本大震災、志津川駅も津波で流出。
	10月24日	北杜夫が死去。	
平成27（2015）年	8月3日	阿川弘之が死去。	

土屋武之（つちや たけゆき）

一九六五年大阪府生まれ。大阪大学文学部卒。『ぴあ』編集部などを経て一九九七年よりフリーのライター。著書に『ツウになる！鉄道の教本』（秀和システム）、『きっぷのルールハンドブック　増補改訂版』（実業之日本社）、『旅は途中下車から　降りる駅は今日決まる、今変える』（交通新聞社）、共著に『JR私鉄全線　地図でよくわかる　鉄道大百科』（JTBパブリッシング）など。

鉄路の行間　文学の中の鉄道

二〇二四年十一月十九日　第一刷発行

著　　者　土屋武之
発 行 者　田尻　勉
発 行 所　幻戯書房
郵便番号一〇一‐〇〇五二
東京都千代田区神田小川町三‐十二
電　話　〇三‐五二八三‐三九三四
FAX　〇三‐五二八三‐三九三五
URL　http://www.genki-shobou.co.jp/

印刷・製本　中央精版印刷

ISBN978-4-86488-309-2 C0095